新 潮 文 庫

雄 飛

古着屋総兵衛影始末 第七巻

佐 伯 泰 英 著

新 潮 社 版

9170

目次

雄飛

古着屋総兵衛影始末　第七巻

序章

江戸の海は高波が荒れ狂っていた。

冬の嵐《あらし》を予感させる鈍色《にびいろ》の海を奇怪な大船が疾走していた。和船ではない。といって鎖国の最中に南蛮の船が江戸の沖合いを走るわけもない。

舳先《へさき》には双鳶《ふたつとび》の船首像が風を切り裂いていた。

二本の主帆柱から三段の帆が六枚、風を孕《はら》んで膨らんでいた。

舳先に大きな男が屹立《きつりつ》していた。

黒地の背に蜘蛛《くも》の巣《す》文様の刺し子半纏《ばんてん》を着た総兵衛《そうべえ》の髪に、体に風が吹きつけていった。

黒猫のひなを入れた懐《ふところ》もばたばたと鳴っている。

ひなは風を恐れるように顔を総兵衛の懐深くに隠して縮こまっていた。

頭上の満帆《まんぱん》に風をはらんだ帆には総兵衛の隠れ身分の鳶沢《とびさわ》一族の家紋、二羽の鳶が飛び違う双鳶が描き出されて翻《ひるがえ》っていた。

主帆柱二本に見事に広がる横帆と総兵衛の横手に突きだされた大きな弥帆《やほ》、三角の補助帆が生み出す推進力が総兵衛にめくるめく感じを抱《いだ》かせていた。そして、この眩惑《げんわく》感には腹の底から突き上げてくるような爽快《そうかい》感が伴っていた。

風に混じって飛沫《しぶき》が着流しの大きな体に当たり、体が横に引っ張られた。

大黒丸《だいこくまる》が面舵《おもかじ》に転じたのだ。

和船の舵は、外艫《とも》から吊《つ》り下げられる浮動式の舵であった。これは水深の浅い湊《みなと》の海底に引っ掛けないように吊り上げ吊り下げ方式を取らざるを得なかったからだ。だが、大黒丸のそれは船尾材に固定され、艫櫓《ともやぐら》で操船が可能なようになっていた。なにより固定式にしたせいで、薩摩樫《さつまがし》で造られた舵の保持力と利《き》きが特段に飛躍していた。

視線を海面に落とした。

双鳶の船首像の下の海原が総兵衛の眼に突き刺さるように飛来して、後方に飛び去っていく。

主帆が風を受けて快走する喜びを歌っていた。

頭上を振り仰ぐと二本の主帆柱百二十余尺（約三七メートル）に三段に張られた帆六枚が優雅な膨らみを見せていた。

主柱は固定式で杉の巨木を使い、元の太さは直径二尺（約六〇センチ）余もあった。この帆柱に四方から無数の麻綱が張線として補強されていた。帆は和船が一枚の縦帆だったのに対して、横帆を三段にして滑車で吊り上げ、吊り下げられた。

これで微風をも確実に拾い、逆風のときでも帆の調整で四十五度まで稲妻形に進み上がる間切り航海ができた。

これは和船がせいぜい七十五度しか間切りできないのに対して革命ともいえ、推進力は比べようもなかった。

総兵衛が独り風を受ける舳先の前には、三角の補助帆を張る柱が突き出て、風を切り裂いていた。

船首櫓では、和船でかっぱと呼ばれる甲板部分にさらに水密性を高めた防水の板が張られていた。そして、その下には船室が設けられ、水夫《かこ》たちが長期の航海にも暮らせるようになっていた。

和船の千石船と大きく異なるのは、船体中央部が水密甲板《かっぱ》で覆《おお》われ、荒天のとき水を被《かぶ》っても積荷が濡《ぬ》れない工夫がされていたことだ。そして、甲板の下には隔壁で区分された船倉が並び、船内全体に簡単に海水が入りこまないように創意されていた。

また甲板が張られたことで広々とした空間を船上に造りだし、拡帆の作業などを容易にしていた。

船尾の外観は、一番大黒丸を特徴づけていた。

優美にも丸みを帯びた外観は和船に見られない特徴で、船尾船室は何層にも分かれて、大黒丸の主船頭らが乗り組む船の中枢部《ちゅうすうぶ》であった。

この船尾の船室の上に艫櫓があって、大黒丸の操船が行われた。

総兵衛が大黒丸建造を思い立ってから二年余の歳月と莫大《ばくだい》な費用が新造船に投下されていた。

当時、和船の建造は十石当たり七両から十両と言われた。千石船なら七百両から千両、さらに道具類に三百から五百両が要《い》った。

和船に直しておよそ二千二百石積みの大黒丸に総兵衛が費やした建造費は、およその七、八倍に上がっていた。

大黒丸の腹案が総兵衛と船大工の統五郎《とうごろう》の間で話し合われた直後、総兵衛は南蛮船や唐船が出入りする長崎に統五郎の弟子の箕之吉《みのきち》と大黒屋の若い手代の新造《しんぞう》と正吉《しょうきち》の三人を送り込ませていた。

二年後、新造らは苦労して南蛮船の造船技術と操船術を習得し、さらには南蛮船が使う航海の道具類を譲り受けて江戸に戻ってきた。ここにおいて大黒丸の主要な陣容が決まった。

初代主船頭忠太郎《ちゅうたろう》の下に操船方の幸吉《こうきち》と造船方の貫三郎《かんざぶろう》が配置され、操船方に新造と正吉が加わった。一方造船方の貫三郎の配下に箕之吉が参画した。

それにしてもなんという船か。

なんという速さか。

これまで総兵衛が体感したこともない大きさであり、速さだった。

南蛮の技術と統五郎の腕が合体されて大黒丸に生かされ、江戸の海を飛ぶように疾走していた。

背後に人の気配がした。

総兵衛は前方に目をやったまま答えていた。

「棟梁《とうりょう》、ようできた」

「ありがとうございます」

総兵衛が振り向くと、統五郎と大黒丸の初代主船頭の忠太郎が立っていた。

忠太郎は分家の嫡男《ちゃくなん》であり、総兵衛の従兄弟《いとこ》にあたる。

大黒丸は艤装《ぎそう》を終えた後、満潮前の大川から江戸湾佃島《つくだじま》沖に移されて、夜明け前の試走が繰り返されてきた。そして、試走の都度に改良が加えられ、

「総兵衛様、試し乗りを願います」

との待ちに待った知らせが昨日のうちに届き、総兵衛は夜が明けきらぬ前に大黒丸に乗り組んだのだ。

「長いことお待たせいたしました」

統五郎が緊張の面持《おもも》ちで船主に言った。

「ようこれだけの船を造りあげられた」

宝永《ほうえい》期、幕府の法度《はっと》によってあらゆることが統制されていた。

鎖国を政策の基本の一つとする幕府に遠慮して、大船の建造もまた、薩摩、加賀藩などの雄藩すら遠慮していた。

この大黒丸建造の根拠は、寛永十五年(一六三八)五月二日に出された布告によるものだ。

『徳川実紀』によれば、

〈……また先に五百石以上の大船を停禁せられしといへ共、商船はこの限りにあらずなり〉

とある。

幕府は戦船の新造を禁じていた。が、商船に関してはその布告からもその後の幕府の禁令集にもふれてはいなかった。

だが、幕府の鼻息を窺《うかが》う各藩も、さらには商人たちも大船建造恐れ多しと控えてきた。総兵衛は、寛永十五年の布告に基づき、大型商船を建造したのだ。

「棟梁、私の予測を超えたものですよ。これなれば、江戸と上方の間を一気に走れような」

「忠太郎様と荒天逆風といろいろな気候の下に走らせましたが、まずは風待ちも雨待ちもすることなく、よほどの嵐でないかぎり走れます」

「こうやって舳先に立ち、行く手を見ておるとこのまま異国の地にでも行きたくなるほどだ、わくわくするな」

統五郎がにやりと笑って、

「大黒屋《だいこくや》様は、そのために建造なされたのではありませぬか」

「おお、そのことよ」

と総兵衛が笑顔で応じた。

江戸は富沢町《とみざわちょう》の古着商を惣代《そうだい》として牛耳《ぎゅうじ》ってきた総兵衛には、古着商の枠を超えて異国に雄飛したいという夢があった、その夢が大黒丸という大船を造らせたのだ。

総兵衛は忠太郎を見た。

「操船にはなれたか」

「操船方幸吉の下に新造と正吉が加わったのは、なんとも大きな力にございます。これにて地廻《じまわ》りを取らずとも沖乗りができます」

和船の航法は、地廻りあるいは地方《じかた》乗りと称して、陸伝い島伝いに陸上の地形、山、島、川、岬、城、鳥居などを視認して進む方法だ。

これに比べ沖乗りは陸影を見ないまま、磁石を頼りの航海となる。この和磁石には、正針と逆針があり、正針磁石は船から陸地の目標物を、逆針磁石は、磁針の指す方向と船の進む方向が一致するという便利なものであった。

だが、和磁石は、海上では不安定で、使いづらかった。

新造らは極秘に南蛮船や唐船などから太陽や星を図る測天儀、時計、望遠鏡、陸地からの距離を測ることのできる測量器、さらには海図の写しなどを長崎から持ち帰り、航海手帳の記録方法などを取得してきた。

また船大工の箕之吉は、航海しながらも破損した箇所を修理する技術を学び、道具類を購《あがな》ってきていた。

大黒丸は和船とは比べものにならない推進力、水密性の増強、滑車を多用することによる操帆性の飛躍的向上などに加えたこれらの要素によって、沖乗りが可能になっていた。

いま、それらの成果が大黒丸を豪快に走らせていた。

「江戸の海では、飽き足らぬか」

総兵衛はそういうと後方を振り見た。

大黒丸が大川端《ばた》の造船場から江戸湾に移された後、幕府の御船手奉行《おふなてぶぎょう》向井将監《むかいしょうげん》の支配下の帆船がぴったりと監視に当たっていた。

むろん大黒屋総兵衛とは宿敵の大老格柳沢吉保《やなぎさわよしやす》の命《めい》を受けた船だが、その船影はない。

夜明け前に碇《いかり》を上げて試走に出航し、日没後に戻ってくる大黒丸を和船で追尾できるわけもなかった。

「外海を経験せよと仰《おお》せですか」

「荒海を乗り切って初めて大黒丸の真価が問われよう。忠太郎、水夫《かこ》はただいま何人か」

「うちだけで二十五人が乗り組んでおります」

「わっしの方は箕之吉ら三人です」

統五郎が答えた。

「長《なが》の航海となると船大工を加えて二十人以内に絞らずばなるまいな」

と応じた総兵衛が、

「だが外海帆走はできるだけ多くの者に経験させておけ。しばらくはこのままの陣容で行くのだ」

「はい」

「まずは近々上方との往来をして参れ」

頷《うなず》いた統五郎が舳先櫓から主甲板へと降りていった。

左手に房総半島がくっきりと浮かび、右手には三浦三崎が、そして夕暮れの富士山が望めた。

「新造、回頭せえ。佃島沖に戻るぞ！」

主船頭の声が響き、艫櫓で操舵輪《そうだりん》を握る新造が命に応《こた》えて、

「取り舵いっぱい！」

舵を切った。

大黒丸がいつもの停泊地、佃島沖に碇を下ろしたのは、日没後の刻限だ。

懐のひなかようやく安心してか、総兵衛の襟の間から顔を覗《のぞ》かせた。

「ひな、船はどうであったな」

総兵衛が喉《のど》を撫《な》でるとごろごろと鳴らした。

旧暦十一月のことだ、日はとっぷりと暮れていた。

御船手奉行の見張り船の数がいつもより増えていた。

「忠太郎、今晩は信之助《しんのすけ》とおきぬの祝言《しゅうげん》です。船を降りてきなされよ」

忠太郎は総兵衛によって大黒丸の主船頭を任されて以来、造船中は統五郎の家に、進水後は船に寝泊りして、大黒丸を片時も離れることなく新船をわが手中にする努力をしてきたのだ。

大黒屋の一番番頭であり、忠太郎の弟の信之助と奥向きの女中おきぬが祝言を挙げることになっていたが、兄が欠席してはと総兵衛は念を押したのだ。

「親父《おやじ》どのからも手紙にて釘《くぎ》を刺されました。総兵衛様、よしなにお願い申しあげます」

忠太郎と信之助の父親は、鳶沢一族の長老として駿府《すんぷ》の久能山《くのうざん》の北側に立地する鳶沢村を束ねていた。

一族の名代として嫡男の忠太郎が江戸にいて、忠太郎の娘のるりが江戸に上がってきていた。

大黒屋という古着商いを隠れ蓑《みの》に影の旗本として、徳川家に危機が襲いかかりしときは速やかに動け、と総兵衛の祖先の初代鳶沢成元《なるもと》に命じたのは徳川家康だ。

家康は鳶沢成元に古着商という権利と江戸の御城近くの富沢町に二十五間（約四五メートル）四方の拝領地を与える代わりに隠れ旗本としての任務を命じていた。

家康と成元の密契を知るものは、〝影〟だけだ。

家康が駿府に亡《な》くなったとき、鳶沢一族は家康の亡骸《なきがら》を供奉《ぐぶ》して久能山の神廟衛士《しんびょうえじ》としての任務を遂行し始めた。そして、家康の亡骸がその遺言に従い、日光の東照宮に移送された後も鳶沢一族は久能山裏の鳶沢村に止《とど》まり、その地を所領地に、江戸は富沢町の大黒屋を江戸屋敷にして活動してきたのだ。

碇を下ろした舷側《げんそく》から縄梯子《なわばしご》が下ろされて、待機していた小舟から手代の駒吉《こまきち》がするすると上がってきた。

「総兵衛様、乗り心地はいかがにございますな」

駒吉の声には試走に加わりたかったという羨望《せんぼう》の響きがあった。

「明神丸とは比較にもならぬな。まるで羽を持った天馬が宙を飛ぶような気分であったぞ」

「駒吉は、まだ羽を持った天馬に跨《また》がったことがございませぬ。出来ますならば、総兵衛様、忠太郎様、天馬に跨る気分をこの駒吉にも味わわせてくださいませ」

「駒吉、味わわせてくださいませときたか。どうしたものかな、忠太郎」

総兵衛の言葉に忠太郎が、

「駒吉は子供の時分から水は得意ではありませんでしたな。どうしたものでしようかな」

とからかわれ、

「忠太郎様、駒吉が水に弱いなどとだれかあらぬ噂《うわさ》をお耳に入れましたな。駒吉は鳶沢村の餓鬼時分から河童《かっぱ》の駒吉と呼ばれた男ですよ」

と口を尖《とが》らせて抗弁した。

「機会を見て主船頭どのに頼んでみようか」

と苦笑いした総兵衛が言い、

「駒吉、祝言の準備、滞りなく進んでおるか」

と聞いた。

「大番頭様が朝からねじり鉢巻で魚河岸《うおがし》に行かれたり、台所で指揮されたりと店まで怒鳴り声が聞こえてうるさいことにございます」

「それなれば何事もなく進んでおるということであろうか」

総兵衛が縄梯子に足をかけながら、暗い海面を見た。

「忠太郎、御船手奉行の船のほかに見知らぬ船も監視に加わったようだ。くれぐれも気をつけてな」

「畏《かしこ》まりました」

という忠太郎の言葉に送られて、総兵衛は迎えにきた駒吉の猪牙舟《ちょきぶね》に乗りこんだ。

宝永三年（一七〇六）十一月中旬の夕暮れのことだ。

第一章　旅立

一

駒吉の漕《こ》ぐ猪牙舟《ちょきぶね》が入堀を上がり、富沢町と久松町を結ぶ栄橋に着こうとしていた。そのとき、大黒屋を取り仕切る大番頭の笠蔵《かさぞう》が鼻の頭に眼鏡をずり下げて、大川端の方向を心配げな様子で見ていたが、河岸《かし》から船着場に飛びおりてきた。

入堀にも強い風が吹いていた。

荷運び頭《がしら》の作次郎《さくじろう》が人足たちを指揮して、荷船をしっかりと杭《くい》に舫《もや》っていた。

「お帰りなさいませ」

挨拶《あいさつ》する作次郎に頷《うなず》き返した総兵衛が、

「大番頭さん、なんぞ出来《しゅったい》しましたかな」

とのんびりした声音《こわね》で舟の中に招いた。

笠蔵が猪牙に乗ると主《あるじ》の下で腰を折った。なにかを言いかけた大番頭の出鼻をくじいて、

「総兵衛様、お元気そうで」

通りがかりの町内の者が惣代《そうだい》格の総兵衛を見つけて挨拶した。

惣代制は廃止されたが、総兵衛は富沢町周辺に集まる古着問屋、小売店、露天商、担《かつ》ぎ商いなど数百軒を束ねる、事実上の惣代だ。だれもが承知していた。

「おや、常陸《ひたち》屋さんの番頭さんかい。うちは、ほれ、こうやって大番頭さんがでんと控えておられるのでな、主はふらふらと外歩きをしていますよ」

と返答して笠蔵に視線を戻した。

富沢町では、

「大黒屋の六代目は、どこぞに女でも囲っているとみえて、店に落ちついたことがない」

などという噂《うわさ》が始終流れていた。

「本庄《ほんじょう》様から火急の使いにて今晩にも屋敷に足労願えぬかとの使いをもらってございます」

笠蔵が小声で言った。

「なにっ、四軒町が」

本庄とはいわずと知れた大目付本庄豊後守勝寛《ぶんごのかみかつひろ》のことである。

幕吏の本庄勝寛と、いわば富沢町惣代の総兵衛とは家族ぐるみの付き合いで、勝寛自身は口にこそ出さないが、総兵衛が隠れ旗本としての務めを負っていることを承知していた。

二人はこれまでも徳川幕府に降りかかる危難や大黒屋の、いや、鳶沢《とびさわ》一族の存在を嫌がり、押し潰《つぶ》そうとしてきた大老格の柳沢吉保一派との暗闘に協力し合って、共に戦ってきた。

その勝寛が火急という以上、

「異変」

が生じていると考えねばならない。

「大番頭さん、祝言《しゅうげん》の支度はどうですかな」

「そちらの方は滞りなく手配を終えてございます」

笠蔵が大頭を傾《かし》げて答え、

「延ばしたほうがよろしいでしょうかな」

「まずはこの足で本庄様にお会いします」

と答えた総兵衛は、

「大番頭さん、どんなことが起ころうとも信之助とおきぬの祝言は行いますぞ、よいな」

「畏《かしこ》まってございます。いかなる事態にも対応できるように準備させておきます」

「うん」

と頷いた総兵衛が真っ暗な空を見て、

「今晩あたり、冬の嵐《あらし》が襲ってきそうな気配じゃな」

と独り呟《つぶや》いた。

「駒吉、四軒町へ行く。鎌倉河岸《かまくらがし》に舟を走らせよ」

「合点にございます」

とまるで職人のように応答した駒吉は、笠蔵が舟から下りるのを待って、竿《さお》の先で船着場の横桁《げた》を突いた。

その様子を荷運び頭の作次郎が思案顔に見送った。

小舟は入堀をさらに奥に進み、幽霊橋で直角に御城へと方角を変えて、牢《ろう》屋敷の裏手を通り、やがて竜閑橋《りゅうかんばし》を潜《くぐ》った。そこまで行けば千代田城を築城した折り、建築資材を揚げた鎌倉河岸が見える。

四軒町は鎌倉河岸の北側だ。

猪牙を舫《おこ》う駒吉を残して総兵衛が先行した。

四軒町は御小姓《こしょう》組六千石の平岡石見守《ひらおかいわみのかみ》ら大身旗本の拝領屋敷が連なる片側町だ。その真ん中に大目付本庄豊後守勝寛の屋敷があった。

すでに大戸が閉じられていたが通用口に訪《おとな》いを告げると、顔見知りの門番が総兵衛の姿を見て、

「孫兵衛《まごべえ》様が式台にてうろうろとお待ちにございます」

と言って、屋敷に招じ入れた。

「おおっ、総兵衛どのか」

本庄家の忠臣の川崎《かわさき》孫兵衛老人が総兵衛の姿を見て叫んだ。

「他出しておりまして、ただいま戻ったところにございます」

頷いた孫兵衛が、

「まずは殿の御前に」

と城を下がった勝寛が籠《こも》る書院に案内していった。

「お使いを頂きながら生憎《あいにく》と海に出ておりましたゆえ、参上が遅くなりまして申し訳ございません」

総兵衛は勝寛の前に平伏して詫《わ》びた。

「海に出ていたとは大黒丸が完成したということか」

「本日、未明より試走のため初めて大黒丸に乗りました」

「仕上がりはいかがかな」

「和船とは比べようもなきほど速うございますし、機動性も格段にございます。それにかなりの荒天でも荷に水を被《かぶ》らすことなく輸送できます」

当時、米を上方から江戸へ陸路で運ぶとき、馬一頭に四斗俵二俵を積み、馬子が一人つくことになる。それが千石としたら、馬が千二百五十頭、同数の馬子が要る計算だ、その日数はおよそ十五日だ。

それが海路なら千石船でわずか一隻《せき》、水夫《かこ》が十五、六人、日数は十日ほどで可能であった。費用も日数も海上輸送には敵《かな》わない。

だが、大黒丸にはさらに巨大で新たな工夫がなされていた。

「かなりの大船と聞く。操船はいかがじゃな」

「和船に直しておよそ二千二百石かと思いますが、舵《かじ》の利《き》きもようございます。ただ、帆の数が多うございますので、慣れるまで拡帆縮帆の作業が大変かと思います」

「船頭以下水夫たちも決まっておるのじゃな」

「はい。主船頭に分家の嫡男《ちゃくなん》忠太郎を命じ、水夫たちも持ち船の明神丸から半数を選び、残りを大黒屋の若手と駿府《すんぷ》の村から選抜して乗せてございます。このところ試走を重ねてきましたので、内海での操船はなんとかなりましょう」

「総兵衛、大黒丸を明朝にも出帆させられるか」

本庄勝寛がいきなり言った。

「本日のお呼び出しとは大黒丸の一件でございますか」

勝寛が頷き、

「茶坊主《ちゃぼうず》から聞いた話である」

と断った。

「本日、大老格柳沢吉保様が老中五人を集められ、商人が大船を建造して江戸の海にて密《ひそ》かに試走しておるとの御船手奉行からの報告があった。幕府の御用船にもなき大船、ちと差し障《さわ》りなきかとの下問があったそうな。その懸念《けねん》に上野《こうずけ》沼田藩の本多正永《まさなが》様が強く賛同なされて、明朝には、町奉行所の査察が入るということじゃ」

「勝寛様、幕府の大船禁止令は商船にあらずとの見解と承知しておりますが」

「寛永十五年の禁令は戦船に関してのこと、これは幕閣の統一の見解だ。だがな、総兵衛、吉保様は、寛永十三年の海外渡航禁止令を持ちだされて懸念を示されたそうな。この禁令を解釈なされて、大黒丸を処分なされる気であろう」

「さてな……」

総兵衛にとって大黒丸の最終的な目的は、異国への交易である。

つまり宿敵柳沢吉保は総兵衛の一番痛いところをついてきたことになる。だが、大黒丸は江戸の海で試走を重ねただけで、まだ異国どころか外海すら走ったこともない。

「勝寛様、未《いま》だ船は房総の先すら行ったことがございませぬ」

「総兵衛、大黒屋憎しが柳沢吉保様の動機だ。幕府の禁令に触れぬ触れないの話ではあるまい」

と言った勝寛は、

「もしじゃぞ、査察に入って、異国のいの字でも結びつけられるものが見つかったとせよ。柳沢様はどう動かれると思うな」

大黒丸には新造らが長崎から持ち帰った南蛮の航海用具や海図があった。

「どうでもこの総兵衛を縛に就かせる所存にございますか」

「そのきっかけの査察だ」

「勝寛様、大黒丸が江戸の海から消えて、柳沢様の追及が止まりますかな」

「総兵衛、柳沢様のお心は推測できぬ。だが、船がないとなれば、差し当たっての査察はできまい」
総兵衛は瞑想《めいそう》して、勝寛の申し出を熟慮した。そして、目を開くとにっこり
と笑った。
「勝寛様、有難きお知らせにございます。総兵衛、恐縮至極にございます」
と礼を述べた。
勝寛がぽんぽんと手を打った。するとすでに用意されてあった膳部《ぜんぶ》が二つ、
女たちによって運ばれてきた。
そのあとから奥方の菊《きく》と娘の絵津《えつ》が姿を見せて、
「大黒屋どの、絵津の婚礼の衣装の礼を申しあげたくて絵津を伴い、罷《まか》り出ま
した」
と菊が町人の総兵衛に頭を下げた。
「なんのなんの、気に入っていただけたなら本望にございます」
総兵衛も如才なく挨拶を返した。
「総兵衛様、おきぬ様が京にてお選びになられました衣装の数々、絵津には勿《もっ》
体《たい》ないほどにございます」

と絵津も緊張の面持ちで礼を述べた。

「奥方様、絵津様、なにしろ、絵津様が嫁がれる先は百万石の加賀藩のご家臣にございます。京に並ぶ友禅染めの土地にございますれば、絵津様に恥をかかせてはなりませぬ。おきぬも知恵を絞ったようにございますよ」

「総兵衛、正直申してな、わが屋敷ではあれほどの衣装は用意できぬ。出入りの呉服屋が絵津の支度をみて、仰天しおったわ」

勝寛がうれしそうに言った。

「そうそう、江戸でこれだけの支度をできるのは限られておりましょうと感心しきりにございましたよ」

菊も言い足した。

「なにしろ加賀藩のご家老ともなりますと、万石の大名家を超える禄高《ろくだか》にございますでな」

「総兵衛、それはご家門筋のことじゃぞ」

加賀百万石の士分は、八家《はっか》、人持組《ひともち》、平士の順で成り立つ。

八家とは、藩年寄、重臣になる身分だ。

ちなみに八家とは、直之系前田家一万一千石、本多家五万石、長家三万三千石、横山家三万石、長種系前田家一万八千石、奥村宗家一万七千石、奥村支家一万二千石、そして村井家一万六千五百石である。

元々八家は、前田本家への奉公が古い家系の本座譜代衆の人持組から交替で選ばれていた。が、当代の五代前田綱紀《つなのり》が元禄年間にこの八家に固定したのであった。

「いえいえ、禄高ではありませぬ。前田光太郎《こうたろう》様のご家系は、門閥の人持組七十家の筆頭にございますれば八家と同格、田舎大名など足元にも及びませぬ」

勝寛が調べたかという顔で総兵衛を見た。その視線を気がつかぬ風にうけた総兵衛が、

「ともあれ、絵津様、前田光太郎様とお幸せになってくだされますよう」

絵津が頬を染めて頷《うなず》く。

「総兵衛、その光太郎どのが江戸藩邸勤番からお国詰めに変わってな。絵津は金沢に嫁にいくことになった」

「なんと……」

総兵衛が驚き、

「祝言《しゅうげん》もあちらでございますか」

と聞いた。

「光太郎どのはすでに国許《くにもと》に赴かれておる。それにあちらの親戚《しんせき》縁者は大半が加賀におられる、そこで祝言は向こうで挙げることに決まった」

「江戸でお暮らしと思うておりましたのに、勝寛様も奥方様もちと寂しゅうございますな」

苦笑いした勝寛が、

「総兵衛、無理を聞いてくれぬか」

「なんなりと」

「わしは大目付という御用繁多のお役なれば、金沢へ行けるかどうか。今日、ご老中に届けを出したところで聞き届けあるとは思えぬ。そなたとおきぬが金沢に行って、絵津の祝言に出てはくれぬか」

「来春にございましたな」

「正月二十五日と決まった」

「承知いたしました」

総兵衛は二つ返事で胸を叩《たた》いた。

本庄家とは公私にわたる付き合いだ。勝寛の願いなら叶《かな》えずにはおれない総兵衛であった。

「絵津様のご婚姻が城中に報告されたのは初めてのことにございますか」

総兵衛はふと気になって聞いた。

「嫡男の話ではないしな、相手は陪臣の倅《せがれ》どのだ。役所に届けを出すことでもない。だが、大目付のわしが祝言に出るために江戸を離れるなどありえぬ話。じゃが、勝寛も人の親、一応金沢行の届けは出しておいた」

と繰返した。

「真《まこと》にさようで」

「総兵衛、よう引き受けてくれた」

「ほっとしました」

夫婦が口々に言って、安堵《あんど》の息を洩《も》らした。

総兵衛は総兵衛で本庄家とのつながりが深い一番番頭の信之助とおきぬの祝

言のことを伝えるべきかどうかと考えた。が、今宵は一族内での祝言である、他者が入ることはありえない。時節を見て、富沢町で披露するときに本庄家にも知らせようと思い直した。

「となれば、ささっ、酒を一献……」

菊自らが総兵衛に酌をしてくれた。

「恐縮にございます。おめでたき話の後ゆえ、一口つけさせていただきます」

総兵衛は久しぶりに勝寛と浅酌を交わし、

「明日のこともございますれば」

と本庄の屋敷を辞した。

式台のかたわらに駒吉が提灯《ちょうちん》を用意して待っていた。

かたわらに立つ孫兵衛が、

「雨は降りませぬが、雲行きが段々と怪しくなりましたぞ」

と夜空を窺《うかが》った。

二人が四軒町の通りに出たとき、小粒の雨が落ちてきた。

総兵衛はふと監視する目を意識した。だが、ただ雨が落ちてきた天を仰いでみせただけだった。

「屋敷に戻って傘を借りて参りましょうか」

「濡《ぬ》れたところで富沢町はすぐそこだ。このまま行こうではないか」

二人は鎌倉河岸に出た。

石畳の広場は、五つ半（午後九時頃）を回り、人の通りもない。

「総兵衛様、舟の舫《もや》い綱を外しておきます」

と小走りに河岸《かし》に繋《つな》いだ猪牙舟《ちょきぶね》に向かった。

提灯の明かりが去って、河岸が暗く沈んだ。

総兵衛は足の運びも変えることなく、朝の間は市で賑《にぎ》わう河岸を突っ切ろうとした。

すると後ろから尾行してきた黒い影二つが総兵衛の行く手を大胆にも塞《ふさ》いだ。

羽織袴《はかま》を身につけた剣客風の壮年の侍とその弟子と推測される若い男だ。

暗殺を商売にする刺客の動きではない。

「大黒屋総兵衛とはその方か」

相手は総兵衛を知らぬのか訊《き》いた。

「いかにも富沢町の古着問屋の主《あるじ》総兵衛にございます。なにか御用ですかな」

「そなたに恨みつらみはない。ちと理由があってな、死んでもらう」

壮年の侍が剣を抜くと若い連れも倣《なら》った。

「これは困りましたな」

と言いながら相手を観察した。

江戸者とは思えない。どこか野暮ったいなりだ。

なにより暗殺仕事が初めてと推測された。

「そなた方は本庄屋敷を見張られていたようですな。なんぞ大目付様とわたしどもの関わりを気にしておられるのか」

「さようなことは与《あず》かり知らぬ」

と答えた言葉にはなんの迷いもなかった。

総兵衛は勝寛が、本日、役所に金沢行きの届けを出したといった言葉を思い出していた。

幕閣の一人である大目付の長女が大名家の家来の家に嫁入りする話が柳営に初めて知られた日の夜に本庄家の出入りを見張る者たちがいたとすれば、そのことと関わりがないか。

「鎌倉河岸は御城が望める地にございます。夜とはいえ、刀を振りまわすのはちと剣呑《けんのん》な話、お引きなされ」

驚く様子も見せない総兵衛に意外な表情を見せた相手が、

「繰り返すがそなたには遺恨はない。金のためじゃ、許せ」

と律儀《りちぎ》にもいうと、地擦りに構え直した。

連れの若侍は正眼だ。

二人が剣を抜き揃《そろ》えると、なかなかの腕前と見えた。

腰が据わり、剣の構えに隙《すき》がない。

総兵衛は帯に差した煙草《たばこ》入れから銀煙管《ぎんぎせる》を抜いて右手に構えた。

鳶沢一族の総帥《そうすい》、総兵衛勝頼《かつより》は先祖伝来の祖伝夢想流の遣い手だ。腰に一剣がなくとも身を守る術《すべ》は備わっていた。

「そなたはただの商人ではないな」

壮年の剣客が驚愕《きょうがく》の言葉を洩らした。刺客自身が総兵衛の腕前を一瞬の間に見抜く、つまりはそれほどの剣技の持ち主ということになる。

総兵衛もうかとはできぬ相手だ。

「明正意心流加納十徳《かのうじっとく》、町人を斬《き》り捨てるのに迷いを持っておった。が、そなたが剣の心得あるものならば、気も楽になった、容赦はいたさぬ」

地擦りの構えに加納が集中した。すると中肉中背の五体に闘争者としての緊迫が漂い、一分《いちぶ》の弛緩《しかん》も感じられなくなった。同時に若い連れが加納のかたわらから油断のない助勢の構えを見せ、二人の息がぴったりとしていることを示していた。

(強敵かな)

総兵衛は腰を沈めると銀煙管を突きだした。

そのとき、第三の影が戦いの場に忍び寄った。

「総兵衛様、ご助勢仕《つかまつ》る」

鳶沢一族一の怪力の持ち主、薙刀《なぎなた》の名手の作次郎が忽然《こつぜん》と姿を見せた。手には六尺棒を持っている。

作次郎は大黒丸の試走から店に戻ってきた主の総兵衛が大番頭の笠蔵と話をするのを見て、

（一族によからぬことが降りかかったか）

と不安を感じたのだ。そこで密《ひそ》かに鎌倉河岸まで出迎えに出てきたのだ。

加納は棒を構えた作次郎を確かめた。

「作次郎か」

と呼びかけた総兵衛は、加納に言った。

「これで二対二と言いたいがいま一人、ほれ、河岸から上がってきた者がおる。

加納十徳どの、今宵は引き上げよ」

加納十徳が河岸をちらりと見て、駒吉の姿を認めた。

駒吉が異変に気付き、懐《ふところ》の縄に手をかけつつ走りだした。

「祐太郎《ゆうたろう》、引き上げじゃ」

二人の刺客が三河町の方へ走っていった。

「駒吉」

総兵衛が名を呼ぶと、

「畏《かしこ》まって候《そうろう》」

という言葉を残して、駒吉が二人の後を追っていった。

駒吉も鳶沢一族の者、説明されずとも心得ていた。

「逃してようございましたか」

作次郎が総兵衛に訊く。

「正直な男よ、金で雇われたと告白しおったわ。背後の者を探るのがまずは先決」

「確かに」

「作次郎、そなたの櫓《ろ》で富沢町に戻ろうか。今宵は祝言、花婿と花嫁をあまり待たせてもなるまい」

主従は駒吉の用意した猪牙舟が舫われた船着場に下りていった。

二

富沢町の大黒屋は二十五間四方の敷地に店と蔵がロの字型に連なり、中庭の中央に建つ〝本丸〟、総兵衛の住まいを守っていた。また中庭は、巨岩や樹木や泉水が巧妙に配されて、外からの侵入者はなかなか総兵衛の館《やかた》に近づけないような工夫がされていた。

大黒屋には商人と武人としての住まいが兼ね備えられていた。が、鳶沢一族が百年の歳月と莫大《ばくだい》な費用を投じて造りあげたのはそれだけではなかった。総兵衛の住まいの真下には、地下が掘り抜かれて一族の者たちが集まる大広間と道場を兼ねた板の間、武器庫、さらには入堀から秘密の水路で船が出入りできる地下の船着場が隠されてあった。また何本もの通路を伝って富沢町の古着屋数軒に通じていた。むろんこれらの古着屋は、一族の者が商人に成りすましている姿だった。

九つ（午前零時頃）の刻限、板の間に鳶沢一族の者たちが参集していた。

その数、およそ三十余名、すべて海老茶《えびちゃ》の背には二羽の鳶《とび》が飛び違う双鳶《ふたつとび》の家紋が染め抜かれた一族の戦衣装《いくさ》を身につけていた。

上段の間との間には、白一色の幔幕《まんまく》が垂れて、参集する一族のものには上段の間を窺うことが出来なかった。

「これより一族の鳶沢信之助とおきぬの祝言を執り行う。この祝言に異論ある者はおらぬか。異議ありやなしや、この場で申しでよ」

六代総兵衛勝頼の声が幔幕のうちから響いた。

「ございませぬ」

一同が和した。

「聞きとどけた」

幔幕がぱらりと切り落とされた。

上段の間には、初代鳶沢総兵衛成元の坐《ざ》像《ぞう》と南無《なむ》八幡大菩薩《はちまんだいぼさつ》の掛け軸がかけられ、その前に鯛《たい》、勝栗《かちぐり》、昆布、塩、水などが飾られた三方《さんぼう》が置かれてあった。家康からの拝領刀の三池典太光世《みいけでんたみつよ》をかたわらに置いた直垂烏帽子《ひたたれえぼし》姿の総兵衛が控えていた。いまここに集《つど》う者たちは商人ではない。家康から密命を託された隠れ旗本の頭領と一族だ。

上段の間の前に肩衣袴《かたぎぬ》に威儀を正した信之助と白無垢《しろむく》姿のおきぬが並んで、平伏していた。

総兵衛が立ちあがり、白扇を翳《かざ》して舞い始めた。

「めでたやなめでたやな、これは老木《おいき》の神松の千代に八千代に、さざれ石の、巌《いはほ》となりて、苔《こけ》のむすまで……」

一族の祝言に謡《うた》われる老松が舞われ、二人の祝言が始まった。神さびて清澄《せいちょう》な声と所作で総兵衛が謡い、舞い納めると二人がゆるゆると顔を上げた。

信之助の顔には緊張の中にも喜びがあった。

おきぬの紅潮した顔には新たな暮らしに踏みだす期待と不安が綯《な》い交ぜに漂っていた。なによりおきぬの顔は、神々《こうごう》しいほどに美しいものであった。

鳶沢村から出てきたるりが花婿《はなむこ》と花嫁の前に銚子《ちょうし》と杯が載せられた盆を捧《ささ》げ持って現われた。

信之助が軽く頭を下げて杯を手にした。

小さくおきぬに頷《うなず》くと、三度に飲み分けた。その杯がおきぬに回された。

座は粛然として二人の行動を見つめていた。

夫婦の契《ちぎ》りが終わったとき、新しい夫婦が誕生した。

一同に杯が配られ、酒が注がれた。

総兵衛も杯を手にした。

「信之助、おきぬ、ともに白髪になるまで添い遂げよ」

と総兵衛が締めて、一同が声を和して、

「おめでとうございます」

と二人を祝った。

「ありがたき幸せにございます。これからも幾久しくわれら夫婦とお付き合いのほどよろしくお頼みいたします」

信之助が短い言葉の中に万感の思いを託して応じた。

短いが厳粛な式の後、無礼講の宴が続くのが習わしだ。

だが、今晩は様子が違っていた。用意されていた祝いの膳《ぜん》も運ばれてくることなく、酒も下げられた。

厳しい顔の表情に変わった総兵衛が一同の者たちを見まわした。

「異変が出来《しゅったい》いたした」

総兵衛の言葉に一同も顔に緊迫を漂わせて、主の顔に視線を向けた。

「本朝、ご老中のお指図により大黒丸に町奉行所の査察が入る。その背後には、柳沢吉保様が控えておられる」

総兵衛の言葉にさらなる緊迫が走った。

「大黒丸は寛永十五年の五百石以上の大船の禁止令、商船はこれにあらずの命を遵守《じゅんしゅ》して造られた船である。なれど柳沢様はその理屈、お聞き届けになるまい」

五代将軍綱吉《つなよし》の信頼厚い吉保の憎しみは、

「なにがなんでも鳶沢一族の殲滅《せんめつ》……」

にあることを一同は、これまでの幾多の暗闘で承知していた。

再び新たな戦が始まろうとしていた。

「総兵衛様、いかがなされますな」

大番頭の笠蔵が一同を代表して訊いた。

「鳶沢一族にとって商と武は表裏一体の両輪、欠かせぬものじゃ。そのことをお許しあったは、神君家康公である。われらは、家康様との約定を決して違《たが》えてはならぬ」

「おおっ！」

「大番頭どの、今宵は荒れ模様の海じゃな」

「はっ、はい」

「さすがの大黒丸も揺れておろうな、忠太郎」

初代の主船頭に問いが向けられた。

「それがしが大黒丸を降りるとき、だいぶ揺れてはおりましたがそれがなにか……」

忠太郎が訝《いぶか》しい顔で総兵衛を見た。

それはそうであろう。

大黒丸は、異国の技術と和船の知恵を結集して、船大工の名棟梁《とうりょう》統五郎が造りあげた傑作であった。

この程度の強風で危難に見舞われるはずもない。

「忠太郎、冬の嵐《あらし》に舫《もや》い綱を切られた大船が流されることもある」

「さようなこともございましょうな」

「大黒丸も今宵のうちにいずこかへ流されてしまったわ」

「総兵衛様、今宵のうちに舫いを外して江戸を離れよと申されますか」

「ちと慌《あわ》ただしいが大黒丸は初航海に出る」

「はっ」

忠太郎が畏まった。

「大黒丸が江戸に戻るときまでに船隠しの隠れ湊《みなと》を築いておこうか」

「総兵衛様、大黒丸の行く先は上方ではありませぬな」

上方との往復なれば、二十日もあれば十分であった。隠れ湊を造ることも無理ならば、すぐに戻ってきた大黒丸を老中が見逃すはずもない。

「仔細《しさい》はこれに認《したた》めてある。忠太郎、初の航海にしてはちと遠出じゃ、存分に腕を奮って参れ」

頷いた総兵衛が一通の指図書きを差しだし、

「畏まりましてございます」

と忠太郎が受け取った。

「これより戻って出船の用意を致します」

「荒天の海、暗闇《くらやみ》での船出じゃあ。くれぐれも気をつけて参れ」

「心得ました。まずは……」

主船頭が一座に混じる大黒丸の乗組員を見た。

「総兵衛様、命令とあらば大黒丸を異国の地にも運んで参ります」

長崎で南蛮船や唐船から操船術を習ってきた正吉が叫ぶように言うと立ちあがり、地下の船着場に消えた。

大黒丸の水夫《かこ》たちが板の間からいなくなり、一族の者たちも出帆を手伝うために船着場に走った。

主船頭の忠太郎も腰を浮かしかけた。

「忠太郎、大黒丸に二人ばかり客を乗せてくれ」

「と申されますと」

浮かしかけた腰を忠太郎が下ろした。

「新しい夫婦が初航海の客よ」

「なんと信之助とおきぬが」

兄の忠太郎が驚いた。

それ以上に信之助とおきぬが仰天して、総兵衛を見た。

「祝言《しゅうげん》を挙げたばかりの夫婦を二人だけにさせてやりたいが、そなたらに新たな命がある」

「はっ、なんなりと」

「信之助、そなたらとはゆっくり話し合いたいと考えてきた。じゃが、そのときを失のうた。今晩、おれの考えは手紙に記す。船出して二人で読め」

「承知しましてございます」

「信之助、おきぬ、鳶沢一族の屋台骨に関わる人事じゃ、それを知って総兵衛を恨むかも知れぬぞ」

「われらの生き死には総兵衛様の胸三寸にございます」

と信之助が畏まった。

「おきぬ、荒海がそなたの床入りの寝間だ、辛抱せえ」

「なんということを仰《おお》せで」

おきぬが顔を赤らめ、すぐに緊張に戻して、

「支度をいたしまする」

と座を立った。

「忠太郎、二人は後ほど送りとどける。そなたは出帆の準備にかかれ」

忠太郎が急ぎ板の間から消えた。

信之助も支度のために席を立った。

大広間に残ったのは、総兵衛と笠蔵だけだ。

「えらく慌しい祝言になりましたな」

笠蔵が頭を抱えた。

「これがわれら一族に課せられた宿命《さだめ》よ」

「とは申せ」

「ともあれ、柳沢様の矛先をかわすことが先決じゃ」

「は、はい」

「大番頭どの、いま、うちの蔵にいかほど金子があるな」

「当座の商いに差し障《さわ》りがないところで、二万二千両ほどにございます」

「ちと少ないが急なことじゃ、仕方あるまい。その金子すべてを大黒丸に運べ」

「この荒海に千両箱を荷船で運べと仰せにございますか」

「二度とは言わぬ」

「なれば、笠蔵も声を張りあげましょうかな」

笠蔵も金蔵に向かった。

総兵衛はふいに足を崩して、直垂長袴《ながばかま》烏帽子姿で胡坐《あぐら》をかいた。

自慢の銀煙管《ぎんぎせる》に煙草《たばこ》を詰めて、一服点《つ》けた。

総兵衛が考えに耽《ふけ》るときの癖だ。

「総兵衛様」

どれほど刻限が過ぎたか、おきぬの声が板戸の向こうでした。

「入れ」

板戸が引かれ、おきぬが入ってきた。すでに白無垢の花嫁衣装から旅支度に変えていた。

「駒吉さんが総兵衛様に面会をと申しております」

おきぬはこれまで奥向きの用事をこなしてきた。これが最後の仕事と総兵衛の下に来たのだ。

頷いた総兵衛が、

「おきぬ、よう務めてくれた、礼を言うぞ」

「総兵衛様、そのようなことを……」

鳶沢村から富沢町に上がったとき以来、おきぬは総兵衛に思慕を抱いてきた。

おきぬは一族の長老の一人、鳶沢村名主勧三郎《かんざぶろう》の娘だ。

鳶沢一族の秘密を守り抜くために、一族の者は一族の者と婚姻するという習わしがあった。その習わしからいけば、総兵衛の嫁に一番近い女がおきぬであった。

だが、総兵衛には、幼馴染《おさななじみ》の千鶴《ちづる》がいた。一族外の娘、千鶴と惚《ほ》れ合っていたのだ。むろん頭領といえども不文律を破ることは難しい。

総兵衛は信之助に頭領の座を譲って一族を離れ、千鶴と所帯をと考えていた。

そんな最中、千鶴は鳶沢一族に敵対する者たちによって暗殺された。

おきぬに希望が生まれた。

だが、総兵衛は敵対する柳沢一派の刺客の一人として、総兵衛の前に現われた女剣士深沢美雪《ふかざわみゆき》に心を奪われていた。

一方、一番番頭の信之助はおきぬに恋してきたが、総兵衛を思慕するおきぬの心情を察して、そのことを面に表わすことはなかった。

総兵衛は、おきぬの気持ちも信之助の純愛も承知した上で二人を甲州への戦いの旅に連れだした。この危難に満ちた闘争の中で二人は改めて互いの存在を認め合い、所帯をもつことを誓い合ったのだ。

「総兵衛様の身の回り、美雪様が富沢町にお入りになるまで、まだ頼りのうございましょうが、るり様でご辛抱願い申します」

おきぬに代わる奥向きの女中として忠太郎の娘のるり
が鳶沢村から呼ばれていた。そのるりにおきぬは、御用の数々を手取り足取り教えこんでいたが、余りにも時間がなかった。

総兵衛が頷くと言った。

「おきぬ、今宵からの主《あるじ》どのは信之助じゃ、かまえて忘れるでない」

「はい」

「二人で幸せになれ、たくさんのやや子を産め」

「はっ、はい。総兵衛様、長々ありがとうございました」

「これからもよろしくな」

頷いたおきぬがゆっくりと姿を消した。

おきぬの恋が完全にかき消えた瞬間であった。

総兵衛は、火口《ほくち》の刻みを煙草盆にはたき落として、新しい刻みを詰めた。

「ただ今、戻りましてございます」

唇を紫に染めた駒吉が顔を覗《のぞ》かせて、武将姿の総兵衛が胡坐をかいて煙草を吸っているのを見て、びっくりした。

「加納十徳主従はどうしたな」

駒吉の小鼻がびくついた。なんぞを摑《つか》んできたとみえる。

「はい、二人のねぐらは馬喰町《ばくろちょう》の旅籠《はたご》、相模屋《さがみや》にございました。番頭の佐吉さんとは知り合いでございますので裏口に呼びだして訊きますと、二人は十五、六日前から滞在しておるということが分かりました。宿帳には三州吉田藩士加納十徳、同丸茂《まるも》祐太郎と書き記し、公事《くじ》の旅と申しておるそうにございますが、どうも敵討《かたきう》ちの旅ではないかと宿では見当をつけているそうです」

「敵討ちとな、なんぞ確証があってのことか」

「二人は朝から晩まで人の集まるところに出向いておるそうで、相模屋ではそれで見当をつけたようです。番頭の佐吉さんも旅籠賃の支払い具合から、もはや三州吉田藩とは関わりがないのではと見ておりますが、旅籠の番頭の人を見る目は確かだ。

「それに数日前まで旅籠で夕餉《ゆうげ》も食べなかった二人が、このところ朝餉も夕餉も頼み、酒なども頼むこともあるそうにございます」

「だれぞに儲《もう》け仕事を頼まれたか」

「総兵衛様、あの二人、どうやら衆道《しゅどう》の仲ということです」

駒吉が吐きだすように言った。

そう言われればなんとなく納得がいった。

「夜は外出することもないというので、お指図を受けに戻ろうと相模屋の表に出ようとしますと、二人の武士が相模屋の表口に立っておりました……」

駒吉は軒下の暗がりに身を潜めた。

二人はまだ開いていた潜《くぐ》り戸から、

「加納どのと面会したい」

と呼びだした。加納が番頭の佐吉に見送られて、姿を見せた。

「遅くはなるまい」

加納は律儀《りちぎ》に佐吉に言い残した。

三人は足早に浅草御門の方角に向かい、神田川に架かる浅草橋下に止められた屋根船に向かった。

烈風に屋根船は大きく揺れていた。

(川に出るとするならば、万事休すか)

と駒吉は猪牙舟《ちょきぶね》でもいないかと辺りを見まわした。が、あいにくこの荒れ模様だ、舟の姿はない。

加納らは屋根船に乗りこんだ。障子の開けられた間から頭巾《ずきん》の侍がちらりと見えた。迎えの侍の一人に銭でも渡され、船頭が船を離れさせられた。

「しめた」

駒吉は、小雨交じりの風を利して、屋根船に近づいていった。だが、ばたばたと吹きつける風で屋根船の中の話は聞こえない。

(どうしたものか)

思案したすえに駒吉は着ていた袷《あわせ》と襦袢《じゅばん》と足袋《たび》を脱ぎ、褌《ふんどし》一つになると波立つ神田川に体を浸《つ》けて、屋根船に泳いでいった。

「……千載一遇の好機を逃したか」

風の合間から聞こえた。

「まさか最初の夜に大黒屋が姿を見せたうえに配下の者を潜ませていようとは
「……」

加納の言い訳に迎えにいった侍が応じていた。

「さぞ久世《くぜ》様もがっかりなされることでしょうな」

風雨がひどくなり、会話が聞こえなくなった。

「……大黒屋を倒せるか」

しばらくしてようやく聞き取れた言葉だ。

「それがし、命に代えてもあの者を仕留めます」

加納が言い切った。

「御用人様、しばらく時を与えてくだされ」

別の声がした。迎えにいった一人だ。

「明日には騒ぎが起こる。その騒ぎに乗じることを忘れるな」

「はっ」

という加納の声がして、船が揺れた。どうやら加納が船を下りるようだ。

駒吉は身を切る寒さをこらえて杭《くい》にしがみついて潜んでいた。

加納が船着場に姿を見せ、河岸《かし》へと上がっていった。

「あやつで大丈夫かな」

御用人が聞いた。

「あの者の明正意心流、なかなかにございます。まずはご安心を」

旅籠に迎えに行った別の一人が答えた。

「まずは手並みをみようか」

と御用人が答え、

「よいな、そなたらは家族を含めて大目付の動静に気を配るのじゃ」

「はっ」

と畏《かしこ》まった声が会談の終わりを告げた。

「……荒れ模様で猪牙舟も見つかりませぬ。そこで私は二人の者のあとを尾行してみました」

と駒吉が言った。

「二人は浅草の田原町で円明流の看板を掲げる町道場主、山村次五郎《やまむらじごろう》と門弟の一人にございました」

「駒吉、頭巾の主は久世様の関わりのある者じゃな」

「そう聞きましてございます」

久世とはだれか。

考えられる人物は若年寄久世大和守《やまとのかみ》だがと総兵衛は思案した後、

「ようやった」

と褒めた。

駒吉の機転で大黒丸に町方の査察が入ることが裏付けられ、本庄勝寛と一家が監視下に置かれたことも判明した。

総兵衛が駒吉の労を労《ねぎら》うと、

「駒、大黒丸を夜明け前に出す。そなたも船出を手伝え」

と命じ、

「承知しました」

と駒吉が頷《うなず》いた。

三

江戸湾はますます荒れ模様で烈風が吹き荒れていた。ただ雨は小降りになっていた。

大黒屋では、荷運び頭《がしら》の作次郎の決死の指揮の下に富沢町の店《たな》の蔵に積まれていた二十二の千両箱が佃島《つくだじま》沖に停泊する大黒丸に運ばれた。さらには当座の食料や水が積みこまれた。

その作業が終わったのが夜明け前のことだ。

大黒丸から荷船が次々に富沢町に戻ってきた。

「ご苦労であったな」

菅笠《すげがさ》を被《かぶ》り、蓑《みの》を大きな背に着た総兵衛が二丁櫓《ろ》の中から作次郎と配下の者に声をかけた。

油紙で造られた合羽を着込んだ信之助とおきぬの夫婦が猪牙舟に乗船していた。

「夫婦船のお見送りにございますか」

作次郎が二丁櫓の船頭として控えた手代の駒吉をちらりと見ていうと、荷船から猪牙舟に飛んできた。

「私にも見送らせてくださいな」

「頭、お願い申します」

信之助が頭を下げ、駒吉が、

「頭が一緒なれば安心でございます」

小僧の代にはいろいろと先走って失敗《しくじり》を繰り返した駒吉だが、手代に昇進して落ち着きを身につけ始めていた。

二丁櫓に作次郎と駒吉が取りつき、入堀から大川へと漕《こ》ぎだしていった。

総兵衛は、祝言《しゅうげん》を挙げたばかりの夫婦のかたわらに座った。

「ちと慌《あわただ》しい初夜となったものよ」

総兵衛が信之助の顔を見て笑った。

「総兵衛様、雨降って地固まると申します。これほどの嵐《あらし》に見舞われますれば、この先、怖いものなしにございましょうよ」

信之助が平然と答えたものだ。

「総兵衛様、私どもの行き先はどこにございますか」

顔を雨に濡《ぬ》らしたおきぬが聞いた。

「楽しみはあとに残しておくものじゃ」

「そうでもございましょうが」

おきぬには一抹の不安があった。

「おきぬさん、こうなればじたばたしても仕方がありませぬ。兄者が船頭の大黒丸に私どもの命運を託しましょうぞ」

「信之助、女房におきぬさんはあるまい」

「はっ、はい。そう簡単には慣れませぬ」

主従が言い交わしているうちに大川へ二丁櫓が出た。

夜目にも白い浪《なみ》が立っているのが見えた。だが、大力の作次郎と若い駒吉の巧みな櫓さばきに二丁櫓は河口へと矢のように下っていく。

総兵衛は蓑の下の懐《ふところ》に手を突っこむと油紙で包まれた封書を出した。

「信之助、これを次郎兵衛どのに届けてくれ」

「大黒丸は久能山《くのうざん》沖に立ち寄りますので」

とぶ厚い書状を受け取りながら、信之助が訊《き》いた。

次郎兵衛は、鳶沢分家の当主であり、忠太郎、信之助兄弟の父親でもある。

そして、なにより国許《こきょう》の鳶沢村を束ねる長老であった。

「油紙にはそなたらへの手紙の他に美雪に宛《あ》てたものもある」

「はい。畏まりました」

信之助は徹夜で総兵衛が書き上げた手紙の束を押しいただいた。

「江戸にては慌しき祝言であった。鳶沢村でな、そなたらは本祝言を挙げよ」

「なんと仰《おお》せで、また堅苦しき格好をさせられるのでございますか」

「おお、おきぬの花嫁衣装はるりに包ませて大黒丸に届けてあるわ」

「まあ、なんということで」

「鳶沢村の方々にもおきぬの晴れ姿を披露せぬとな、総兵衛がいびり殺されるわ」

総兵衛が高笑いした。

国許の鳶沢村から江戸の富沢町に奉公に上がり、六代目の総兵衛の間近で奥向きの仕事を仕切ってきたおきぬは、鳶沢村の女たちの憧《あこが》れであった。

それだけに総兵衛は、鳶沢村での祝言も考えていた。だが、まさかこのように慌しい旅立ちになろうとは、だれも考えもしなかった。

「花嫁御寮よ、ちと揺れますぞ！」

作次郎の声が風に抗して響いてきた。

二丁櫓は大川河口から江戸湾へと出たのだ。すると二丁櫓が木の葉のように揺れだした。それでも作次郎と駒吉は巧みに船を操り、荒海を切り裂きながら大黒丸へと進んでいった。

佃島の沖合い七丁（約七七〇メートル）ばかりの海に大黒丸が停泊していた。高波に揺れる姿さえ堂々として、他の千石船が危うげなのに対して余裕すら窺《うかが》わせた。

二丁櫓が接近したのを望遠鏡で見ていた主船頭の忠太郎が、

「花嫁のご入来《じゅらい》じゃぞ、縄梯子《なわばしご》を下ろせ！」

と命じた。すると水夫《かこ》たちがきびきびと動いて出迎えに取りかかった。

忠太郎は、船大工の棟梁《とうりょう》統五郎の家に住み暮らして大黒丸の建造を手伝いながら、大黒丸の水夫の選抜にかかっていた。

まず持ち船明神丸から老練な水夫の伍助《ごすけ》ら五人と炊《かしき》の彦次《ひこじ》を譲り受けた。さらに大黒屋から手代の清吉《せいきち》ら四人を、さらに鳶沢村から七人を選んで試走航海に参加させていた。

長崎で修業した新造に正吉、さらには船大工の箕之吉が加わり、総勢二十二人が乗り組んでいた。

主船頭を助《すけ》ける助船頭は清吉と、総兵衛と相談の上で決まった。操船方は幸吉の配下に新造と正吉が入ったのはこれまでどおりだ。若い水夫を束ねる頭が老練な伍助、そして、船が破損したときの責任者は箕之吉だ。造船方の貫三郎は此度の航海には乗り込まなかった。

この五人が幹部格だ。

ただ箕之吉は一族の者ではない。だが、長い建造の期間と長崎への遊学を通して大黒屋がただの商人ではないことを承知したうえで、棟梁の統五郎に乗船を命じられていた。

伍助の指図で水夫たちが左舷《さげん》舷側から縄梯子を何本も下ろして、二人が手鉤《てかぎ》を手に揺れる船腹伝いに海面まで降りていった。

二丁櫓から信之助が舫《もや》い綱を投げ上げ、手鉤がかけられた。

「花嫁の乗船じゃ！」

おきぬが信之助に手を取られて縄梯子に取りつき、そのあとを信之助が庇《かば》うように上がっていった。

菅笠も蓑も脱ぎ捨てた総兵衛の腰に三池典太光世の一剣があった。ということは、総兵衛は鳶沢一族の総帥《そうすい》、総兵衛勝頼として見送りにきたということだ。

初代総兵衛成元が家康から拝領した名剣の茎《なかご》には葵《あおい》の紋が刻印されて俗に、

「葵典太」

と呼ばれる秀作だ。

総兵衛も続いて縄梯子をあがった。

「おきぬ様、祝言、おめでとうございます」

大黒丸に残って祝言に出られなかった一族の男たちが声をかけた。

「ありがとうございます」

甲板に上がったずぶ濡れの花嫁が腰を折って挨拶《あいさつ》した。

船尾の艫櫓《ともやぐら》に上がった総兵衛がかたわらに主船頭と助船頭を従えて、水夫たちを睨《にら》み渡した。

「ちと急な船出じゃが、大黒丸が初の外海航海に出る！」

「おおおっ！」

というどよめきが船上にあがった。

「新しい大船じゃ、長駆の船旅に艱難辛苦《かんなんしんく》はつきものと思え。大黒丸は商と武に生きる鳶沢一族の希望ぞ。成功するか失敗に終わるか、われらの一族の命運がかかっておる。二本柱の帆が上げられた以上、すべて主船頭忠太郎の指図に従え。忠太郎の命は、鳶沢総兵衛勝頼の言葉と同じじゃ、承知か」

「畏まってございます」

一同が和した。

炊の彦次が四斗樽《だる》の木蓋《きぶた》を割って竹柄杓《たけびしゃく》を突っこみ、白磁の大杯に注ぎ分け、それがまず総兵衛に回された。

「いざ出陣じゃ！」

「えいえいおう！」

船上に鯨波《とき》の声が木霊《こだま》して、総兵衛が呑《の》み干し、主船頭の忠太郎に回された。さらに大杯は次々に清吉、伍助らと幹部を渡ってさらに水夫の間を一巡りし、残った酒を総兵衛が呑み納めた。

空の大杯を手に総兵衛が水夫らの顔を見まわし、視線を清吉に止め、最後に忠太郎に移した。

「大黒丸はそなたら二人の思慮と知恵と決断に委《ゆだ》ねる」

「畏まりましてございます」

主船頭、助船頭の二人が承知した。

総兵衛は艫櫓から甲板におりると信之助とおきぬが見送りに立っていた。

「幸せになれ、信之助、おきぬ」

二人が黙って頭を下げた。

総兵衛の巨軀《きょく》がするすると縄梯子を降りて、二丁櫓に跳び移った。

梯子が回収されていき、二丁櫓は大黒丸から離れた。

「碇《いかり》を上げよ！」

「一段帆を揚げよ！」

新造の声がきびきびと響いて、艫《とも》と舳先《へさき》に沈められていた碇が上げられた。さらには主帆柱二本の三段帆のうち、一段目が拡帆された。

雨は止《や》んだが、風は強さを保っていた。

大黒丸はゆるやかに船首を辰巳《たつみ》（南東）の方角に向けた。双鳶《ふたつとび》の船首像が風を掻《か》き分け、高波を蹴散《けち》らしてゆっくりと進み始めた。丸みを帯びた艫櫓が二丁櫓に向けられた。

「総兵衛様、なんとも堂々とした船影にございますな」

駒吉がいい、

「私もいつの日か清吉さんのように艫櫓に立ちとうございます」

と総兵衛に頼んだ。

「駒、清吉はそなたより奉公の年数は浅い、それに元々一族の者でもない。それが助船頭に選ばれて、不満か」

清吉は富沢町の古着屋江川屋彦左衛門《えがわやひこざえもん》の手代だった男だ。

江川屋は惣代《そうだい》の大黒屋総兵衛に叛旗《はんき》を翻《ひるがえ》して、一度は自ら惣代の地位に就いた。むろん柳沢吉保らの差し金があってのことだ。そんな主《あるじ》らに利用されたたのが清吉だった。

総兵衛は江川屋が清吉を悪事に加担させようとして果たせず、始末しかけたところを救い、清吉の人柄と古着の知識と思慮深さを考慮して、大黒屋に引き取ったのだ。そして、柳沢一派との戦いの中で頭角を現わした清吉は、駿府鳶沢村に送られて一族の人間として生きる覚悟と使命を次郎兵衛から新たに叩《たた》き込まれていた。

総兵衛は忠太郎に清吉を助船頭にいかがでございますかと許しを請《こ》われたとき、一も二もなく賛成していた。

地獄を見るほどに苦労した人間に、これほどうってつけの役はあるまいと考えていたからだ。

「不満などございませぬ、総兵衛様」

駒吉の返答はさばさばしていた。

「総兵衛様」

主従の会話に割って入ったのは、作次郎だ。

「大黒丸の勇姿を見せられた駒吉の気持ちは分からなくはございません。私もこのまま二丁櫓で追いかけて、水夫の一人に加えてくだされと忠太郎様にお願いしとうございますよ」

総兵衛は頷《うなず》くと大黒丸を振り見た。

大黒丸は未明の空の下、確かな帆走で江戸の海から遠ざかろうとしていた。

二本の主帆柱が波間に高く低く見えていた。

「そなたらの望み、総兵衛、肝に銘じておこうか」

とだけ答えた。

「ありがとうございます」

作次郎が答え、

「駒吉、富沢町に戻ろう」

二丁櫓を大川へ回頭させることを命じたとき、

「作次郎、ちと立ち寄る」

と総兵衛が言いだしたものだ。

「種五郎《たねごろう》に久しく会っておらぬ。佃島に船をつけてくれぬか」

「へえっ、畏《かしこ》まりました」

と答えた作次郎が、

（さてなにか）

と訝《いぶか》しい顔をした。

種五郎は作次郎の実の弟だ。つまりは鳶沢一族の血筋だ。が、仲介する人があって佃島の白魚漁師の娘つると結婚し、先代の総兵衛に、

「種五郎、そなたはもはや一族の者ではない。これから忠義を尽くすは舅《しゅうと》どのや嫁女どのじゃ。そのことを忘れるでない」

と送りだされていた。

それにしてもふいに種五郎を訪ねると言いだした総兵衛の行動を思いあぐねた。

「種五郎にちと願い事があってな。もう数刻《とき》もすれば、町奉行所の査察船が姿を見せよう、そのときのためにあざといが仕掛けをしておきたい。佃島界隈《かいわい》に噂《うわさ》を流してもらおうかと考えたまでよ」

おおっ、と叫んだ作次郎が言い添えた。

「強風に慣れぬ大黒丸が舫い綱を切られて、外海に流されていった類《たぐ》いの噂で

すかな」

「そんなところだ」

「承知しました。種五郎らもこの風では、漁も休みにございましょう」

二丁櫓《ろ》が直《ただ》ちに佃島の船着場に着けられた。

総兵衛が腰の三池典太光世を抜くと作次郎が押しいただき、蓑《みの》に包みこんだ。

これで鳶沢総兵衛から大黒屋の主の総兵衛に変わったことになる。

「総兵衛様、このこと、大番頭様にお知らせいたしますか」

荒海に見送りに出た二丁櫓がいつまでも戻らぬでは、店でも心配しようと危《き》惧《ぐ》した駒吉が申しでた。

「手代どん、二丁櫓を一人で漕《こ》いで、大川を上るのは大変ですぞ」

総兵衛の言葉付きも変えられた。

「駒吉も大黒屋の手代にございます」

駒吉が頑張った。

作次郎が主従のやりとりをにやにやと笑いながら聞いている。

「駒吉、舟を舫ったら、種五郎の家に来なされ。大番頭どのには言い置いてきました」

「な、なんと最初からそのつもりでしたか」

駒吉が納得して、

「ならば二丁櫓を住吉社の方に回して舫います」

と漁《いさ》り舟の中に猪牙《ちょき》が混じっていたのでは怪しまれると考えた駒吉が答えた。

「よう気がついた」

駒吉が船着場から舟を島の裏手の住吉社に漕いでいった。

種五郎の家は佃島の白魚漁師の網元の一人、船着場の近くにあって風除《よ》けの石垣に囲まれた大きな屋敷だ。

漁師の家は、朝が早い。

濡《ぬ》れそぼった二人が裏口から入っていったとき、台所の竈《かまど》にはすでに火が入り、当主の種五郎が囲炉裏端《いろりばた》で煙草《たばこ》を吹かしていた。

「総兵衛様、兄者！」

裏口から濡れそぼって入ってきた二人に種五郎が煙管《きせる》を取り落とすほど驚き、

「つる、手拭《てぬぐい》を持ってこい」

と女房に命じた。すると台所にいた女衆《おんなし》がきびきびと動いた。

種五郎の一声で女衆が機敏に動くのを見ても、種五郎の主ぶりが知れた。そして、自らは、

「まずは総兵衛様、濡れた着物を脱がれてな、乾いたものに着替えてくださされ」

と着替えを持ってくるように言い足した。

二人が種五郎の着物に着替えて囲炉裏端にひと息ついたとき、今度は駒吉が入ってきた。

女たちが駒吉の世話をする騒ぎの最中に作次郎が種五郎に用事を手早く説明した。

種五郎は一族の出だ、反応は早い。聞き終えた種五郎が二つ返事に、

「委細は飲みこみましてございます」

と総兵衛に向かって胸を叩き、

「それにしても大きな船にございますな。佃島では大黒丸が沖合いに泊まるようになって、帆柱が二本もあるとか、帆が変わっておるとか、話はそればかり

にございますよ」

と感心したものだ。

「ちょいとお待ちくだされ。今すぐに話を広めて参りますからな」

種五郎が飛びだしていき、駒吉の世話を終えたつるが酒と大ぶりの猪口《ちょこ》を三つ運んできた。

駒吉も囲炉裏端に座りこみ、

「これは極楽……」

と凍えた手を火に翳《かざ》していた。

「総兵衛様、朝餉《あさげ》の支度はちょいとお待ちくだされ」

「突然訪れて相すまぬな、つる」

「なんのなんの、兄様とも久しく会っておりませんでしたよ。今日は漁も休み、うちの人と酒でも飲んでゆっくりしていってくだされな」

囲炉裏端では干し蛸《だこ》が炙《あぶ》られ、酒の摘《つま》みになった。

冷え切った体に囲炉裏の火と酒はなによりの馳走《ちそう》だった。蛸の干物《ひもの》がなんとも酒に合う。

「これはよい匂《にお》いでございますな」

駒吉が蛸の足にしゃぶりついてうれしそうに言い、

「総兵衛様、そろそろ教えてくださいな」

と強請《ねだ》った。

「なにを教えろと言うのか」

掌《て》にぴったりと嵌《はま》った大ぶりの猪口を愛《め》でたあと、くいっと酒を呑み干した総兵衛が問い返す。

「ですから大黒丸の行き先にございますよ」

「駒、風が運んでいく船の行き先などだれも知らぬわ」

「またあのようなことを」

総兵衛と駒吉は、駒吉が小僧として富沢町に来たときからなんとなく馬が合った。一番先に総兵衛に怒られたのも駒吉なら、だれよりも総兵衛の供を命じられたのもこの駒吉だ。忍び旅に二人で古着を担《かつ》いで出たことさえあった。

「駒吉、総兵衛様の口を割らせようとしても無駄じゃ無駄じゃ。大黒丸が戻ってくれば、いずれ分かることとさ」

作次郎が代わりに答えた。

「頭《かしら》はそう申されますが、いつ大黒丸は戻ってくるのです」

「さあてな、行き先が分からんでは帰港の時期が分かろうか」

「だから、私がお尋ねしているのです」

冷え切った三人の体は内と外から温められて、なんとも気持ちいい。

三人は他愛《たわい》もない会話を囲炉裏端で繰り返していた。

そんなとき、総兵衛が言いだした。

「作次郎、大黒丸を江戸に戻すわけにはいくまい。どこぞ、船隠しを造りたいものじゃが、入り江などあたってみてくれぬか」

「江戸市中とそう遠くない地にございましょうな」

「大黒丸が運んできた荷を小船に積み替えて往復させることができる距離ということか。ともあれ朱引き地ではお上の目も光っておるわ」

「朱引き地の外で隠れ湊《みなと》を造るとなると下総《しもうさ》か相模《さがみ》ですか、早速あたってみます」

つるが、

「待たせましたな」

と言いながら膳《ぜん》を運んできた。

炊《た》きたてのめしに鰺《あじ》の開きに生卵を落とした豆腐の味噌汁《みそしる》、大根の浅漬けだ。

「これはうまそうな味噌汁じゃな」

総兵衛らが熱々のご飯を食べ終わったとき、種五郎が戻ってきて報告した。

「御船手奉行の向井将監様と町奉行所の御用船が島の沖合いに姿を見せましたぞ」

「出おったか」

と答えた総兵衛に駒吉が、

「腹ごなしに見物して参ります」

と言い、作次郎とともに立ちあがった。総兵衛は頷くと、

「おれは眠うなったわ。迷惑をかけついでに寝かせてもらおうか」

「なれば、総兵衛様、奥に布団《ふとん》を敷き延べますよ。ささっ、こちらに」

とつるが総兵衛を奥座敷に案内していった。

四

佃島は元々鉄砲洲《てっぽうず》の沖合いにあった中洲だ。

文亀《ぶんき》年間（一五〇一～一五〇四）の江戸の旧図には、向島とある。

時代が下って天正年間（一五七三～一五九二）、家康が京に上がったとき、神崎川へ摂津《せっつ》国佃村の漁夫が漁り舟を出したことから、徳川家康と佃村の漁師たちの関わりができた。

居城を構えるために江戸に下った家康は、佃村の漁師三十四人を呼んで、浅草川などの海と川の漁業権を与え、佃島の漁師町が形作られていく。とくに白魚は佃島の漁師たちが将軍家に献上する特権を許され、佃島の漁師たちはそれを名誉としてきた。

それだけに町奉行所の小役人などは、佃島の漁師に一目おいていた。

その佃島の荒れた沖合いに御船手奉行と町奉行所の御用船が木の葉のように揺れながら、大黒丸の行方を聞いて回っていた。

佃島の沖合いは千石船の船泊りだ。だが、荒れ模様の天候に佃島の島陰やら大川の川岸へと避難して、大黒丸が停泊していた沖合いに碇《いかり》を下ろした船は少なかった。それでも出帆を控えた帆船が何隻《せき》か停まっていた。それらの船に問い合わせが行われていたが、どの船も、

「お役人様、ゆんべの嵐《あらし》はきつうございましたよ。大黒丸どころじゃねえや。こっちが流されねえかと必死で船を守ってましてな、他人どころじゃねえや」

とか、

「そういえば、あの大船、だいぶ浪《なみ》にがぶられてましたぜ。図体《ずうたい》が大きいと大変だねえ」

などという返答が戻ってきた。

この返事は種五郎の依頼を受けてのことだ。

「兄者、どうやら御用船が島に上がってくるぜ」

菅笠に蓑の姿の作次郎と駒吉に従ってきた種五郎が言った。

風は幾分弱まったが雨が再び強くなっていた。

今日一日はこんな空模様のようだ。

三人は、島の南東の松林から様子を窺《うかが》っていた。

「今日は、渡しも出ねえや。兄者も一日、島に足止めだぜ」

「二丁櫓で帰るわけにもいくまいな」

「ああ、御用船がいたんじゃ、無理だな」

「大番頭さんがいらいらしなさるな」

「様子を見てよ、おれがなんとか富沢町まで知らせに走ろう」

「そうしてくれるか」

頷《うなず》いた種五郎が、

「島の人間で、大黒屋に背を向ける者はいねえよ、安心してな」

と笑いかけた。

富沢町の古着屋に奉公していた種五郎が婿《むこ》入りして、二十余年の歳月が流れていた。

今では種五郎が商家の奉公人だったと知る人は少なくなっていた。

種五郎は細心の注意を払って商家勤めであった事実を薄めてきた。なにかあって、種五郎が鳶沢一族の出ということを知られ、そのつながりから大黒屋の、いや、鳶沢一族の隠された貌《かお》が表に出ることを恐れたからだ。

むろん佃島の古老たちは、種五郎の兄が大黒屋の荷運び頭であることを承知していた。そのせいで昔から種五郎の家に大黒屋の主《あるじ》が出入りすることも不思議とは考えていなかった。なにより大黒屋の持ち船明神丸の停泊地は、佃島沖と決まっていたから、大黒屋の水夫《かこ》と佃島の漁師たちとは親しい付き合いがあった。

島の若い人は、種五郎の縁よりも持ち船との関わりで佃島と大黒屋が親しいのだと考えていた。

大番頭の笠蔵もそのことを気にして、佃島の守護神社住吉社の祭礼などには、過分な祝い金を包んできた。

種五郎が、安心してなという背後にはそのことがあった。

町奉行所の船が佃島の船着場に入ってきた。

種五郎は船着場に走り、作次郎と駒吉は、路地伝いに家に戻った。

本所奉行所本所方与力《よりき》桂木和弥《かつらぎかずや》は、俗に鯨船と呼ばれる六丁櫓の快速船の舳《へ》先《さき》から接近する佃島の船着場を見ていた。

船着場には漁に出られない漁師たちや渡しの船頭たちが立って御用船の接岸を待っていた。そして、その中に下っ引きの民次《たみじ》の顔も混じっていた。

岡っ引きの加賀湯《かがゆ》の夏六《かろく》が民次だけに分かる合図を送った。

宝永当時、北町、南町奉行所とは別に本所奉行所というのがあった。

江戸市中から遠い川向こうの本所、深川の治安取締りを担当していたのだ。

元々、本所廻りは橋や運河の普請《ふしん》、川浚《かわざら》いなどを監督する役目で、陰では、
どぶ与力
などと呼ばれていた。

桂木は新開地廻りの勤めに常々不満を抱いていた。

(おれほど有能な与力を川向こうに飛ばすなどあろうか)

いつの日か、南町か北町、御城近くに出仕するぞという野心を抱いてからすでに十余年の歳月が過ぎようとしていた。ともすると本所廻りで勤めを終えることになるかという諦《あきら》めの境地に至っていた。

その桂木に望みを蘇《よみがえ》らせた人間が鞘《さや》番屋に姿を見せたのはおよそ半年も前の

ことだ。

絹物を召した相手は、供の者と乗り物を鞘番屋の前に待たせ、番屋の中を見まわした。

鞘のように長い仮牢《かりろう》には、火付け強盗で捕まった無宿者が二人ほど入っていた。

「なんぞ御用にございますかな」

乗り物から見てどこぞの大名家の御用人と推測をつけた桂木が訊《き》いた。番屋では同心や小者《こもの》たちが、帳簿付けをする振りをしながら二人の会話に耳をそばだてていた。

「内密の話がある。どこぞ部屋は空いておらぬか」

「部屋と申されても番屋にござれば」

と答えながらも番太が控える小部屋を空けさせた。土間に二畳ほどの板の間があって、煮炊きするせいで食べ物の匂いが染《し》みついていた。

訪問者は鼻をひくつかせて嫌な顔をしたが御用を思い出したか、

「桂木氏にちと頼みがある」

と言った。

「どなた様にございますな」

桂木はじろりと相手を見た。

壮年の桂木は、町方の表も裏も承知した与力だ。高家《こうけ》の御用人が町方に内密の頼みというとき、金になると相場が決まっていた。

「内密に願う」

相手は今一度念を押した。

「承知いたしました」

「若年寄久世《くぜ》大和守重之《しげゆき》様が用人丹後《たんご》賢吉《けんきち》である」

(若年寄とはまた大物が現われたぜ)

桂木は久世が下総関宿《せきやど》藩五万石であったなと思い出していた。

「久世様の御用人様が本所になんの御用にございますな」

「竹町ノ渡し近くに船大工、統五郎の作事場があるのを承知しておるか」

「巡回の町内にございますればな」

「ならば、巨船を造っておることも承知じゃな」

「富沢町の大黒屋の新造船にございますな」

相手は頷くと、

「桂木どの、寛永十五年に幕府では五百石以上の大船の造船を禁じておる」

「それがしもかねがね不審に思うて富沢町に問い合わせたことがございます」

「大黒屋はなんと申したな」

「商船はこの沙汰《さた》にあらずとけんもほろろの態度でございました」

桂木はいくらか銭をせしめようと富沢町を訪ねたが、大番頭が平然と答えて、その気はなかった。桂木が、ならばもう一つ強面《こわもて》にごねてみようかと座りかけたとき、

「うちでは数寄屋橋《すきやばし》に問い合わせてのことにございます。ご不審があれば、南町奉行の坪内能登守《のとのかみ》様にお問い合わせを願います」

と与力風情《ふぜい》が首を突っこむ話ではないと押し切られた。

「その一件、幕閣にも異論があってな」

と応じた丹後は、

「そなたに頼みとは、大黒丸の見張りじゃ」

というと袱紗《ふくさ》包みを差しだした。

桂木は包みの上から触らずとも包金一つ、二十五両かと推測をつけた。やはり金になる話だ。

「なんぞ大黒屋の弱みを見つけよと申されますので」

と桂木は相手を上目遣いに見た。

「まずはそんなところ……」

と答えた相手は、

「そなた、放心流の遣い手じゃそうな」

と訊いてきた。

桂木のことを調べての訪問だ。ならば、こちらも腹をくって金を出させるまでだ。うまくいけば、若年寄の口利《き》きで南か北、どちらかの奉行所に戻ることも考えられた。

「免許持ちにございます」

と答えながら、それにしてもただの見張りではないなと思い直した。

「大黒屋の主を一介の商人と甘くみるではないぞ。あやつ、なかなかの腕前じゃそうな」

桂木は大黒屋の店先に漂う緊迫を思い出しながら、

（やはり大黒屋はただの鼠《ねずみ》ではなさそうだ）

と改めて考えた。

「丹後様、大黒丸に動きあるとき、どちらにお知らせいたしますな」

「若年寄の屋敷がどこにあるか承知しておるな」

「西の丸そばの大名小路にございますな」

若年寄に就いた者は西の丸下に屋敷替えになった。

「そなたのことは門番に通しておく、それがしを名指しで訪ねて参れ。この務め、そなたのほかに洩《も》らしてはならぬ。また手下《てか》を使うことも許さぬ」

と厳命した。

丹後の訪問以来、本所方与力桂木和弥の御用船は、竹町ノ渡しにしばしば立ち寄っては、大黒丸の工事の進行を見届けてきた。むろん配下の同心たちにはただの見廻りとしか説明していなかった。

突然大黒丸が竹町ノ渡しの作事場から姿を消したのは、二月《ふたつき》も前の大潮の夜明けだ。

その朝、桂木は統五郎の造船場に立ち寄って仰天した。

なんと巨船が忽然《こつぜん》と消えていた。

桂木は久世屋敷に注進に走るかどうかを考えた末、大川筋を下って大黒丸の行方を捜すことにした。

大黒丸の姿を再び見出《みいだ》したのは日没の江戸の海であった。

どうやら夜明け前から試走をしてきた様子の巨船は、佃島の沖合いにゆっくりと停泊した。

そのことを確かめた桂木は久世屋敷に丹後を訪ねて報告した。

「承知しておる」

と丹後は言った。

丹後は桂木のほかにも大黒丸を見張る〝目〟を持っている。

「桂木、あの船を外海に出してはならぬ」

「どうせよと仰《おお》せで」

「近々船の探索に入る。そなたに存分に働いてもらおう。それまでしっかり見張れ」

大黒丸は夜明け前に佃島沖を離れ、日が落ちてから戻ってきた。

時に御船手奉行の向井将監の疾風船《はやて》が追跡していくこともあったが、半刻《はんとき》（一時間）後には、疾風船だけが戻ってきた。

二本帆柱の大黒丸の船足は、幕府の疾風船を置き去りにするほど速かったのだ。

桂木は丹後の命を破って、佃島に下っ引きの一人、民次を送りこんでいた。

民次は、深川の岡っ引き、加賀湯の夏六親分の下っ引きで、普段は魚を商う棒手振り《ぼてふ》をしながら、情報を集めていた。

桂木は夏六におよその事情を打ち明けて、

「夏六、大黒屋の尻尾《しっぽ》を摑《つか》んでこい。そしたらよ、おれが纏《まと》まった金を手に入れてやるぜ」

とけしかけていた。

民次を佃島に送りこむことを考えたのは、夏六だ。

佃島の漁師から直《じか》に買い付けたほうが魚の鮮度がいいという理由をつけさせせ

て、佃島の住吉社の裏手のぼろ家に住まわせた。そして、大黒丸の動静を見張らせていたのだ。

鯨船から舫《もや》い綱が投げられ、

「お役目、ご苦労にございます」

という佃島の漁師たちの声が迎えた。

「沖合いに停泊していた大黒丸が流されたと千石船の船頭どもが申しておる。なんぞ見聞きしたものはおらぬか」

同心の一人が尋ねた。

「へえっ、昨晩の風雨は島から沖合いに吹きつけてましてな、騒ぎ声も聞こえませんでねえ。大黒丸に異変があったかどうか、わしらは存じませぬ」

「いや、網元、おれは風に舫い綱が引き切られるような音を聞いたぜ。大黒丸は、あの大きさだ、外海に流されたかもしれねえ。あの風の中であの船を立てなおすのは容易なこっちゃねえや」

と漁師たちが言い合った。

夏六は船着場から離れた漁師舟の陰に入っていった。するとしばらく間をおいて、民次が顔を見せた。

「親分、大黒丸は流されてなんかいねえや。大黒屋総兵衛に見送られてよ、慌《あわただ》しく船出していったぜ」

「やっぱりな」

「それにさ、大黒屋総兵衛は今もこの島にいらあ」

「なんだと」

「網元の種五郎の家に潜んでいやがるのさ、種五郎と大黒屋のつながりは深いな」

「連れはいやがるか」

「二人ほどな。どうやら御用船が姿を消すのを待っている様子だぜ」

「よしわかった、旦那《だんな》と相談する」

「おれはどうしようか」

「家に戻ってな」

夏六が小便でもした風情で船陰から姿を見せて、ぶらぶらと船着場に戻っていった。その様子を船着場に急いでいた種五郎が認めて、岡っ引きが出てきた船陰を見た。すると黒い影が走って、漁師町の路地奥に走りこんでいった。

「なんてこった、棒手振りの民次の野郎、岡っ引きの手先だったか」

種五郎は船着場からゆっくりとわが家に戻った。

その直後、本所方与力の乗った鯨船は六丁櫓《ろ》を入れて、船着場から離れていき、沖合いで遊弋《ゆうよく》する御船手奉行の御用船になにか言いかけた。すると佃島の沖合いからすべての御用船が姿を消した。

作次郎と駒吉は、人影もない夕暮れの路地から路地を伝って、住吉社横手の林の中に建つぼろ家に忍んでいった。

種五郎からもたらされた情報に格別総兵衛主従が驚いたわけではなかった。

だが、種五郎は、

「総兵衛様、兄さ、すまねえ。うっかりしておった。こいつはおれの責任だ、おれに始末させてくんな」

と願った。

「種五郎、そなたはすでに一族を出た人間ですよ、そなたが大切にせねばならぬのは、つるをはじめ家族です。私たちもついうっかりとそなたに甘えておった、私どもが招いた災いです」

と総兵衛が種五郎の申し出を拒絶した。

「総兵衛様、こいつばかりは弟の代わりに私にやらせてくだされ」

と作次郎が言いだし、駒吉と刻限を見計らって動きだしたのだ。

明かりがぼうっと建て付けの悪い戸口の隙間《すきま》から洩れている、ということは、民次がいるということだ。

「頭、どう始末したもので」

「どうもこうもないさ。下っ引きを始末して、海に沈めるだけさ」

平然と言い、駒吉も、

「承知しました」

と答えていた。

鳶沢一族の影仕事を知られないために非情に徹することを叩《たた》き込まれてきた二人だ。迷いはない。

二人は民次のぼろ家の前で二手に分かれた。家は長い間、住む人もなかったと見えて、荒れ果てていた。

裏手に回ったのは怪力の作次郎だ。

「ごめんくださいな、民次さんはおられますか」

駒吉の訪《おとな》いの声に無言が続いた。が、駒吉が、

「本所方与力桂木様の使いのものにございます」

と重ねていう声に心張棒が外された。が、戸は引き開けられなかった。

「お邪魔しますよ」

駒吉が戸をがたぴしと押し開くと、民次が心張棒を構えて立っていた。

「てめえは大黒屋の手代だな」

心張棒を振りかぶる民次の後方に人の気配がした。慌てて民次が振りむくと大男が立っていた。

「なんでえ、大黒屋の船頭か」

叫ぶ民次の首に後ろから手鉤《てかぎ》が付けられた縄が飛んできて絡《から》まり、くいっと絞めあげられた。

駒吉は綾縄《あやなわ》小僧の異名を持つ男だ。

縄の扱いには大黒屋の荷運び頭の作次郎も一目おいていた。

油を加えて固く縒《よ》られた麻縄が引かれて、民次の体が綾縄小僧の手元に引き寄せられ、くるりと体を廻した駒吉の背中に担《かつ》がれて二度三度と揺さぶられたとき、民次は白目を剝《む》いて死んでいた。

「おれの出番はなしか」

作次郎が苦笑いすると、

「始末なと手伝わねば、手代どのに生涯頭が上がらぬな」

と土間の片隅にあった石臼《いしうす》を軽々と担ぎあげた。

駒吉も負けずに民次のだらりとした体の襟首を摑まえ、肩に担ぎあげた。

二人は開け放たれた戸口から外を確かめると二丁櫓に走った。

舟底に転がされた民次のまだ温《ぬく》もりの残る死体を乗せた二丁櫓は、葦《あし》が枯れ残った中洲と佃島の間を抜けて、江戸湾の沖の方へと漕《こ》ぎだしていった。

第二章　再　編

一

総兵衛はゆったりとした足取りで佃島《つくだじま》漁師町の路地を伝い、島の北側に位置する住吉明神社への参道に出た。

口には自慢の銀煙管《ぎんぎせる》が銜《くわ》えられ、雁首《がんくび》のあたりが時折り明るくなった。

松林がようやく静まりを見せる冬の嵐《あらし》の名残りの風にさわさわと鳴っていた。

種五郎の家で朝餉《あさげ》、昼餉、そして夕餉までご馳走《ちそう》になり、ゆっくりと昼寝までした。

『遊歴雑記』の著者十方庵敬順《じっぽうあんけいじゅん》は、

「此嶋《このしま》の風土更に他国かと思はれ、恰《あたか》も別世界の如《ごと》し」

と表した。

総兵衛にも鉄砲洲《てっぽうず》から海上をわずかに離れただけの佃島の時間がゆったりと流れているようで、しばし命の洗濯をした思いであった。

総兵衛は、夕餉に呑《の》んだ酒の酔いに火照《ほて》った顔を潮風になぶらせながら、常夜灯のぼおっとした明かりを頼りに進んだ。

作次郎と駒吉が佃島に潜入していた下っ引きを始末に出て、半刻《はんとき》が過ぎていた。

そろそろ住吉明神社の石垣の下に二丁櫓が戻ってきてもよい刻限だと、種五郎の家を辞してきたのだ。

半丁先に山門が見えた。

その瞬間、風に紛れるように殺気が疾《はし》った。

総兵衛の左手から白刃が襲いかかってきた。

総兵衛は気配も見せずに襲来した刃を目の端に止めると、同時に後方に飛びさがっていた。

「何奴《なにやつ》！」
と叫びながら銜えていた銀煙管を右手に摑《つか》んだ。が、翳《かざ》す間もない。
頰被《ほおかむ》りをした相手は後方に下がった総兵衛に隙《すき》を与えなかった。
方向を転ずると振りおろした刃を脇《わき》構えに移して車輪に回してきた。
鋭くも油断のならない剣捌《さば》きだ。
総兵衛はそう考えながら再び飛びさがり、銀煙管を突きだした。
相手の剣が八双に変わり、総兵衛の左肩に振りおろされてきた。
なんとか銀煙管で切っ先を払った。
が、払いきれずに切っ先が総兵衛の小袖《こそで》の肩口を斬《き》り裂いた。
総兵衛は、再び後退した。
間断なき連鎖の襲撃に隙を見出《みいだ》しえなかった。
相手は腰を沈めた低い姿勢から次々に繰りだしてきた。
さらに刃は地擦りに落ちて必殺の擦り上げを見せようとしていた。
踏み込みざまに刃風が総兵衛の下半身を襲いきた。
ぴたりと参道に腰が吸いついたような攻撃だ。

総兵衛は後方へ逃げなかった。

擦り上げられる刃風と寸余の間ですれ違うように斜め右手に飛んでいた。

小袖の裾《すそ》が斬られて垂れ下がった。

が、襲撃者との間合いが生まれた。

総兵衛は着地した参道の路傍で振りむくと、両手を広げて右手の銀煙管を舞扇のように構えた。

総兵衛が独創した落花流水剣の構えだ。

鳶沢《とびさわ》一族には祖伝夢想流という戦場往来の時代から伝わる剣技があった。

総兵衛は伝来の剣に加え、創意工夫の秘剣を編みだしていた。

戦いの機運は、蕾《つぼみ》から花へと装《よそお》いを変え、さらに花が天命を知って、はらりと落ちる瞬間にある、と総兵衛は考えた。戦いに入れば、水に落ちた花が流れに従うようにわが身を変幻する剣と剣の狭間《はざま》におくことだ。

それが総兵衛の秘剣の極意だ。

そこには空間も時も存在しない。

太刀の遅速も超越して、ただ相手の呼吸を読み、舞うように動く。

「参られよ」

総兵衛が初めて声をかけた。

すると襲撃者の五体からみるみる殺気が消えうせた。

正眼に構えた剣を引くと頰被りをむしりとった。

額に深い皺《しわ》が刻まれて、眉間《みけん》に黒き翳《かげ》が見えた。

心に不満を抱いた人物かと、総兵衛は煙管を下ろした。

「大黒屋、ただの商人《あきんど》じゃねえな」

「そなた様は」

「どぶ与力の桂木和弥だ」

「ほう、本所方与力どのが辻斬《つじぎ》りの真似《まね》をなさるか」

本所奉行支配下の与力にしては、なかなかの凄腕《すごうで》だ。

「初対面の挨拶《あいさつ》代わりと考えてもらおうか」

桂木は攻撃が本気ではなかったと言っていた。

「ちと乱暴なご挨拶にございますな」

「驚いた色もねえぜ」

「肝を冷やしましたよ」

「大黒屋、あの大船をどこへやった」

「大黒丸にございますか」

「知れたことだ」

「私どもも嵐に船が流されたという知らせにびっくりして、佃島沖に船を出したのでございますよ。ところが影もかたちもございません。船頭らはまだあの船の扱いに慣れませんのでな、ひょっとしたら外海まで流されたのではないかと心配しているところにございます」

「よくまあ、心にもねえことを抜けぬけといえたもんだぜ。おれも本所深川界《かい》隈《わい》の悪《わる》といろいろ付き合ってきたが、おめえほど腹黒くはねえ」

「桂木様、古着屋の主《あるじ》と無法者を一緒くたにされてはかないませぬ。大黒屋総兵衛は、蠅《はえ》一匹殺せぬ人間にございます」

「抜かしたな。こっちは半年も前から大黒丸の動静を見張ってきたんだ。大金をかけた船をそうそうあっさりと流すおめえか。お上が動く前にどこぞに船出させたとおれは見たがねえ」

「それなればよいのでございますがな」

松林の陰から御用聞きの夏六が姿を覗《のぞ》かせた。

深川は仙台堀、万年町で女房に加賀湯という湯屋をやらせ、自分は十手《じって》を振りまわして御用を勤めているが、異名が、

「泥亀《すっぽん》の夏六」

というくらいで、これぞと思った相手には噛《か》みついて放さない。相手が悪いいの話ではない、金になるかどうかで牢《ろう》送りが判断された。金になると見れば、夏六は無実の者も科人《とがにん》に仕立てあげ、殺しをした人間も見逃す男だった。

げじげじ眉毛《まゆげ》の十手持ちは、憎しみと怒りを丸い顔にむき出しにしていた。

その手には柄《え》に籐《とう》を巻いた十手が握られていた。

「大黒屋、民次をどこに連れていった」

「なんの話にございますかな」

総兵衛は銀煙管を煙草入れに戻しながら、笑みを浮かべて夏六の顔を見た。

「この先に住んでいた棒手振《ぼてふ》りの民次のことだ」

「おや、棒手振りが島に住んでおりましたか」

「しらばっくれやがって」

「佃島は家康様のお許しを得て、摂津の佃村から移り住んできた白魚の献上漁師が住む島にございますよ。どぶ鼠《ねずみ》のように他人様《ひとさま》の行状を嗅《か》ぎまわる人間の住むところではございませんでな」

「抜かしたな」

十手を構えた夏六に、

「泥亀、大黒屋の旦那《だんな》は一筋縄ではいかぬわ、出直しだ」

と桂木が言い、剣を鞘《さや》に収めた。

「総兵衛、おれはどぶ臭い本所深川の与力は飽きた。おめえを引っくくって手柄にすれば、川向こうに移れるかもしれねえんだ。おれは本気だぜ、おめえのことを忘れたと思うなよ」

「古着の御用なればいつでも富沢町のお店をお訪ねくだされ。奉公人にその旨《むね》、通しておきますでな」

桂木和弥がふいに総兵衛に背を向けて佃島の船着場に歩きだし、加賀湯の夏六が従った。

総兵衛はその背を見送ったあと、住吉明神社の本殿に足を向けた。摂津佃村から勧請《かんじょう》された明神様に拝礼して一両小判を賽銭《さいせん》箱に投げいれた。種五郎ら佃島の漁師たちにとばっちりがかからぬようにお参りしたのだ。

「総兵衛様」

拝殿の陰から駒吉の声がした。

総兵衛は無言で頷《うなず》き返すと、石垣の下に舫《もや》われた二丁櫓《ろ》に向かった。うずうずしているところを見ると、駒吉は本所方与力との戦いと話を見聞していたようだ。なにか言いかけようとする駒吉を無視して、二丁櫓に急いだ。

「待たせたか」

総兵衛が作次郎に声をかけて、二丁櫓に飛んだ。

駒吉が舫い綱を外して、足で石垣を蹴《け》った。

「始末はつけたか」

二丁櫓が佃島を離れたとき、ようやく総兵衛が訊《き》いた。

「石臼《いしうす》を抱かせて、海底深くに沈めました」

作次郎が答え、

「どぶ与力はなかなかの腕前にございますな」

と駒吉が今見てきた戦いの模様を作次郎に告げた。

「なんとどぶ与力と泥亀が待ち受けていましたか」

と答えた荷運び頭はしばらく櫓を漕《こ》ぐふりで思案し、

「総兵衛様、桂木和弥を唆《そそのか》した人物が気になります」

と言いだした。

「あやつ、胸の底に重い不満を抱いておるわ。そのような者は時として、大胆に走ることがある。作次郎、駒吉、本所奉行所の与力どのと岡っ引きの泥亀から目を離すな」

「畏《かしこ》まりました」

二丁櫓が富沢町の入堀に入ったとき、総兵衛が店を出ておよそ一日が過ぎようとしていた。

船は栄橋下に隠された水路から地下の船着場に着けられた。

総兵衛は一族の隠し本丸から大黒屋の主の住まいに戻った。すると直《す》ぐに大番頭の笠蔵が姿を見せた。

「ご苦労様にございました。種五郎さんの使いが見えましたので、安心はしておりましたが、なにせ冬の嵐にございます。気にかかって仕事も手につきませんでした」

「大番頭どのをちと煩《わずら》わすことが出来《しゅったい》しましてな」

総兵衛は、佃島での出来事を腹心の大番頭に告げた。

「なんとまあ、鎌倉河岸《がし》の刺客といい、本所方与力といい、またぞろ策動し始めた大鼠がおられるようですな」

綱吉の信頼厚い柳沢吉保一派と幾多の暗闘を繰り返してきた鳶沢一族だ。

少々のことでは主も大番頭も驚きもしない。

頷いた総兵衛が危惧《きぐ》を口にした。

「大番頭どの、大黒丸が船出したとなると江戸の陣容が手薄になった」

「相手方は次々と新手を出してこられますでなあ」

「まずは信之助の代役を二番番頭の国次《くにじ》に務めてもらわねばなるまい」

総兵衛が言ったとき、るりとちよがお茶を運んできた。

ちよは一族の血筋ではない。甲府から騙《だま》されて売られてきたちよを総兵衛が偶然にも助けたのだ。これをきっかけにちよは甲府に転封した柳沢吉保に加わった武川《むかわ》衆との戦いに巻きこまれていく。利発なちよは、大黒屋がただの商人集団でないことを承知していた。だが、そのことを口にしたことはない。総兵衛はそんなちよをおきぬの手伝いとして店に住まわせた。

「お帰りなされませ」

るりがいい、ちよはただ頭を下げた。

「るり、おきぬの代役では荷が重かろうが分からぬことがあれば、大番頭どのに訊くのです」

「はい」

十九歳のるりが素直に首肯《しゅこう》した。江戸期、十九ともなれば成人女性、所帯を持っているものも少なくない。だが、隠れ旗本の任務を持つ大黒屋の奥向き女中は、生死を分かつ瞬時の判断が問われる役目だ。十九の娘ができる務めではない。

「番頭の国次と又三郎《またさぶろう》を呼んでくれぬか」

承知したるりとちよが座敷から下がった。

総兵衛と笠蔵は茶を喫した。

「総兵衛様、大黒丸はどこの湊《みなと》に入っておりますかな」

「明日にも久能山《くのうざん》沖に立ち寄る手筈《てはず》だ」

「そうでしたか」

と笠蔵が頷いたとき、二番番頭の国次と三番番頭の又三郎が顔を出した。

「大黒丸が船出して新たな危難が降りかかる気配でな、そなたらにも事情を知らせておこうと思うた」

と二人の番頭に昨日からの出来事を話した。その上で、

「そなたらに命じておくことがある」

と二人の番頭を総兵衛は見た。

国次も又三郎の顔にも緊張があった。が、動揺のかけらも見えなかった。

「一番番頭の信之助が店を抜けた。その代わりを国次、又三郎に務めてもらわねばならぬ」

「はい」

「畏まりました」

と二人の番頭が承知した。

「店のことなれば、大番頭どのがすべて承知です。国次、そなたは信之助の代役として、大番頭どのを助け、その指図に従いなされ」

国次が笠蔵に頭を下げた。

「大黒丸の水夫《かこ》に陣容を割《さ》かれ、一族の数が少なくなっておる。それに実戦を経ていない若い衆が多い」

総兵衛の気がかりであったし、その場にいる者たちの懸念《けねん》でもあった。

「豊太郎《とよたろう》、善三郎《ぜんざぶろう》、助茂《すけしげ》ら若い衆の働きぶりはどうですかな」

豊太郎らは三年も前に鳶沢村から新たな奉公人として送られてきた一族の者だ。

「江戸の地理にも慣れまして、店の仕事はまずまずこなしております」

笠蔵が答えた。

「一族の戦士として実戦の場に出たことがない者が多うございます。ちとそのあたりが心配かと」

国次が総兵衛と同じ危惧を述べた。

頷いた総兵衛が、

「明朝から朝稽古《げいこ》を厳しく致す。又三郎、そなたが長《おさ》になり、若い者たちを鍛えあげよ」

「はっ、畏まりましてございます」

「稽古には必ず私も出る。一族の者たちに申し聞かせよ」

「承知しましてございます」

風神の又三郎と異名をとるのは風のように足が速いことと変幻自在の身ごなしのせいだ。その上、祖伝夢想流を遣わせたら、総兵衛も一目置く腕前の持ち主でもある。

「本庄様のお屋敷の見張りにはだれが立っておるな」

総兵衛が笠蔵に視線を戻した。

「おてつと秀三《ひでぞう》親子に命じてございます」

笠蔵が即答した。

「おてつと秀三親子は本庄邸から外して若年寄久世の屋敷の見張りに交代させよ」

古着の担《かつ》ぎ商いのおてつと秀三親子は、老練な探索方であった。

「承知してございます」

「又三郎、本庄邸の見張りはそなたが指揮をとれ。昼夜を分かたず、晴太《せいた》と芳次《よしじ》らを交代で警護させよ」

晴太と芳次は荷運びたちだ。腕も立てば、足も速い。なにかあれば、四軒町から瞬時に飛んでこられる。

「承知しました」

又三郎が頷いた。

「本所方与力には作次郎と駒吉をつけておる。そのことをおてつ、秀三親子にも伝えよ」

「はい」

と答えた笠蔵が、

「鎌倉河岸の刺客はどう致しますな」

「加納十徳どのか」

しばし考えに落ちた総兵衛は、

「あの者たちは金で頼まれた剣客じゃ、せいぜい総兵衛の命を狙《ねら》うくらいよ。相模《さがみ》屋の番頭佐吉さんにお願いしてな、動きをみてもらえ」

総兵衛は衆道《しゅどう》の剣客二人にどこか親しみを感じていた。だから、相模屋の番頭に、なにか異変があれば大黒屋に知らせてくれるように頼めと言っていた。

「なれば、私が明日にも訪ねて参りましょう」

笠蔵が請合い、当座の手配りが終わった。

「そなたらには言っておこう。かまえて他のものには話すでない」

総兵衛の言葉に一座が再び緊張した。

「大黒丸の行き先じゃ」

笠蔵の金壺眼《かなつぼまなこ》が眼鏡の奥で丸く開かれた。

「久能山沖に停泊した後、一気に琉球《りゅうきゅう》を目指す」

「なんと琉球まで走るのでございますか」

笠蔵が仰天した。

「そのために新造と正吉を長崎に派遣したのじゃ。大黒丸と船頭たちにその力があるかどうか、この航海が試金石となろう。大黒丸が海の藻屑《もくず》と消えるなら、それだけの宿命と諦《あきら》めるしかあるまい」

「分家の忠太郎様と一番番頭の信之助様のご兄弟が乗り組まれておられるのです。大黒丸は、総兵衛様の命じられた務めを果たして、無事に江戸沖に戻って参りましょう」

二番番頭の国次が言った。

国次は明神丸に乗って、西国・琉球への仕入れ旅を何度も経験していた。むろんこれらの船旅はつねに陸地を見て、湊から湊へ島から島へ風待ちをしながらの航海である。

南蛮船と同じように沖合いを一気に千里の波濤《はとう》を越えて目的地へ辿《たど》りつけるか、国次の言葉には祈るような思いが込められていた。

「いまはそう信じて待つしかあるまい」

総兵衛はそう答えると、

「大黒丸が戻ってきたときのために船隠しの入り江が要る。作次郎には心当たりを探せと命じてある。そなたらも心して考えよ」

「ちょっとお待ちください」

と言った国次が答えを迷った。

「国次、どこぞに心あたりがあるか」

「総兵衛様、少し時を貸してくださいませ。大黒丸の喫水とその場所の潮の満《み》ち干《ひ》を調べてみとうございます」

明神丸の船中から陸を見てきた国次が総兵衛に願った。

「よかろう。そこが使えるようであればすぐにも手を打て」

総兵衛の承知の言葉でこの夜の会議が終わった。

二

総兵衛に一族の若い者たちの再教育を託された三番番頭の又三郎は、四番番頭の磯松《いそまつ》、筆頭手代の稲平《いなへい》、手代の駒吉、荷運びの文五郎《ぶんごろう》、晴太を小頭に命じた。そして、五人の小頭の下にそれぞれ芳次や豊太郎らを三人ずつ振り分けて組分けさせた。

磯松たちはすでに実戦の場を幾たびも掻《か》い潜《くぐ》ってきた兵《つわもの》たちだ。

又三郎の考えは五組に互いを競わせて、腕を磨こうという考えであった。

七つ（午前四時頃）、総兵衛が道場に変わった板の間の大広間に下りたときには、すでに又三郎以下の者たちが勢ぞろいして稽古を始めていた。

「おはようございます」

と声を揃《そろ》える一同に、

「気を抜かずに務めよ」

と礼を返した総兵衛は、上段の間に座して、まず南無八幡大菩薩《なむはちまんだいぼさつ》の掛け軸、成元の坐像《ざぞう》を拝した。いつもの習慣だ。

心を鎮《しず》めた総兵衛は、刃渡り四尺（約一二〇センチ）の馬上刀を取りあげた。

稽古には見向きもしない。

総兵衛は、又三郎に稽古を委《ゆだ》ねた以上、又三郎の考えと指揮に任せようと考えていた。

又三郎もまたその場に総帥《そうすい》の総兵衛がいようといまいと一族の者たちを自分の手で鍛えあげようと心に決めて、祖伝夢想流の打ち込み稽古を命じた。

この朝、又三郎は本来木刀で行うべき稽古を袋竹刀《しない》に変えさせていた。思い切りのよい踏み込みと打撃を身につけさせようと袋竹刀を持たせたのだ。

木刀なれば、もし受け損じれば怪我《けが》をする。間違えば骨が折れ、死に繋《つな》がることもある。総兵衛のような達人なら木刀稽古もよいが、まだ未熟な者には危険が多いと考えたのだ。一方、袋竹刀なれば思いっ切り打たれても打ち身かあざで済む。まず踏み込みを身に覚えさせるとの考えからだ。

袋竹刀を構えた五人の小頭が道場の端に立ち、三人の組下が袋竹刀を振りかざして次々に挑みかかるように打ちこんでいく。

小頭も組下の者も息を抜く暇もない。

全神経を集中して攻撃し、払わねば打ちこまれる。

袋竹刀とはいえ、打たれれば痛いし、気を失うこともある。だが、このような打ちかかり稽古は木刀ではできなかった。

少しでも息を抜くと、

「戦場で白い歯など見せられるか！」

「手加減するものは引きだして、おれが木刀で打ちのめすぞ！」

などという又三郎の叱咤《しった》が飛んだ。

総兵衛は一族の者たちが稽古に励むかたわらで馬上刀をゆるやかに遣う落花流水剣の稽古に励んだ。

ゆるやかな動作ながら相手の呼吸や動きを思案しつつ舞われるのだ。

総兵衛は剣の遅速や踏み込みよりも戦いの中で刻々と変化する相手との間を読み、その間境に身をおいて動くことが大事と考えていた。それもこれも幾多の剣術家や刺客たちとの闘争の中で構築された理論だ。

身をかわすことにおいて一寸（約三センチ）と一尺（約三〇センチ）では意味合いが違った。一寸の間境に身をおいた人間は対戦者の心を、筋肉の動きをそれだけ間近で感じ取ることができるのだ。

無念無想の舞が半刻《はんとき》一刻と続き、舞い納めた。

総兵衛の長身は汗でびっしょりだ。

又三郎に指導される一族の者たちも汗みどろで稽古に励んでいた。その中にいつの間にか一人稽古をするるりの姿があった。

るりはるりなりにおきぬの後任を務めようと必死であったのだ。

総兵衛は、馬上刀を鞘《さや》に戻すと一人稽古に励むるりを呼んだ。るりは短い袋竹刀を握っていた。

小太刀の稽古のための袋竹刀だ。

「るり、相手をしようか」

「総兵衛様がるりの相手をしてくださるのでございますか」

又三郎の許しで小憩していた男たちがその様子に目をやった。

総兵衛は定寸の袋竹刀を手にした。

「お願いいたします」

るりの顔が緊張に紅潮した。

定寸の剣と小太刀が勝負した場合、腕前技量が同じなれば、まずは二尺三寸(約七〇センチ)の剣が一尺六、七寸(五〇センチ前後)の小太刀より優勢であろう。

恐怖心が宿る真剣勝負の場で六、七寸(二〇センチ前後)の差はやはり大きい。

だが、技に優れ、覚悟を持った小太刀の主なれば、定寸の剣よりも軽い小太刀を迅速に遣うことができたし、長短の差は踏み込みで乗り越えることができた。

非力な者の武術、あるいは脇差《わきざし》、道中差の遣い方として確立された小太刀の術は、相手の懐《ふところ》に、間合いの中に入りこんでこそ、短い刀を有利に、自在に振るうことができるのだ。

総兵衛の秘剣の落花流水の極意に通じた技といえる。

「参れ」

総兵衛の誘いにるりがするすると前進してきた。そのとき、総兵衛の袋竹刀はだらりと提げられていた。

るりはいきなり総兵衛との間合いに入りこみ得たと思った。

片手正眼の小太刀が総兵衛の肩口に伸びてきた。

思い切った踏み込みと打撃であった。

総兵衛はるりの大胆な襲撃を後退することも袋竹刀で受けることもせずに避けた。るりの小太刀の振り下ろしからするりと身をかわしつつ、踏みこんできたるりのかたわらを擦り抜けたのだ。

それはまるで微風が吹き通った感じで総兵衛の長身がかろやかに舞った。

るりはかわされたと感じたとき、空を切った袋竹刀を横手の回し斬《ぎ》りにしていた。だが、総兵衛は、回転してきた袋竹刀の切っ先を見切りつつさらにかわした。

(なんと……)

るりは身を翻《ひるがえ》して総兵衛に体を寄せた。寄せつつ袋竹刀を手早く引き寄せ、三段目の攻撃を突きに変幻させた。

三たび総兵衛の体が舞い動いた。

総兵衛はるりが振るう剣の軌跡をつねに視野に入れつつ、舞うがごとくに移動していた。

切っ先が虚空《こくう》に流れた。

総兵衛の空手がるりの袋竹刀を握る拳《こぶし》を軽く叩《たた》いた。

るりの手から袋竹刀が落ちて床に転がった。

「なんと」

るりは必死で床に転がった袋竹刀に飛びついて拾いあげ、さらに身を横に転がして総兵衛の間合いの外に逃れようとした。

（逃れ得た）

るりは片膝《かたひざ》をつくと上体を起こし、袋竹刀を構え直した。

その瞬間、すでに総兵衛の巨軀《きょく》がるりの眼前にあって、今まで提げられていた袋竹刀が額の上に止まっていた。

るりは総兵衛の移動をまったく感知していなかった。

るりは信じられない思いで袋竹刀を取り落としていた。

「みよ、総兵衛様の身のこなし……」

総兵衛の背後で思わず驚嘆の呟《つぶや》きを洩《も》らしたものがいた。

「るり、間境を読め、読み切ることこそ小太刀が定寸の剣に敵《かな》うすべてじゃ」

「総兵衛様、るりには総兵衛様との間合いが読めませぬ」

「間合いは常ならず、空気のように水のように流れ変わるものじゃ。それを読むには実戦を想起した稽古《けいこ》を絶えず繰り返すことだぞ」

「相分かりましてございます」

るりが、

「もう一手お願いいたします」

と袋竹刀を構え直した。

「しばし待て」

総兵衛は男衆を振りむいた。

又三郎は道場の端にあって、小僧の恵三《けいぞう》の手を直していた。

「先ほどいらぬ呟きを洩らしたは、豊太郎か」

豊太郎が総兵衛に睨《にら》まれ、思わず床に平伏した。

「他人の稽古に嘴《くちばし》を突っこむなど、己の稽古に没入してなき証拠じゃ！」

総兵衛の大喝が飛んで道場が緊迫に満ちた。

又三郎が総兵衛の前に飛んできた。

それを手で制した総兵衛が、

「豊太郎の小頭は駒吉か」

「さ、さようにございます」

駒吉も平伏した。

「駒吉、稽古をなんと心得る。一人が気を散らせば一族が危機に陥るのが戦いじゃ。そなたは組下の者が散漫にあるのも気がつかぬか」

「はっ、はい。申しわけのないことにございます。以後、気を引き締めますのでお許しくださいませ」

「ならぬ」

と叫んだ総兵衛が、

「又三郎、駒吉に真剣を渡せ」

と命じると自らも三池典太光世を手に摑《つか》んだ。

「われら鳶沢一族は、神君家康様との約定に従い、常に生死の境を生きる者ぞ。生きる死ぬの覚悟がいかなるものか、駒吉、心して掛かって参れ」

又三郎が剣を顔面蒼白《そうはく》の駒吉に渡した。そのかたわらでは豊太郎がぶるぶると震えていた。

「総兵衛様、お願い仕る《つかまつ》」

駒吉が覚悟を決めて、剣を帯にたばさんだ。

総兵衛も差し落とした。

駒吉は、
ふううっ

と息を吐くと剣を抜いて正眼に構えた。

手代ながら実戦の場に立った数は、一族の老練にも負けない駒吉だ。

総兵衛の怒りを正面から受けようと瞬時に判断した。

総兵衛が典太光世を抜き放った。

平安後期の筑後《ちくご》の刀鍛冶《かじ》光世の作は室町以来の天下五剣の一といわれた。

反りが深く、堂々たる刃風は、
大典太
と称された名剣だ。

駒吉は、典太が自分に向かって抜き放たれたとき、

(総兵衛様は本気だ)

と背筋に悪寒《おかん》が走った。

死を覚悟した。

一族の武の象徴というべき典太光世の錆《さび》になるなら、それはそれで意義のある生き方と腹を括《くく》った。

「総兵衛様、参ります」

駒吉は総兵衛も正眼にとったのを確かめ、ゆるゆると八双に移し変えた。

二人の間合いは一間半(約二・七メートル)だ。

駒吉の蒼白だった顔が紅潮して、無音の気合を発すると潔《いさぎよ》い踏み込みで突進し、総兵衛の肩口に刃を落とした。

駒吉は死を覚悟すると同時に主《あるじ》の恩に報いるためには、相手を倒すしかないと心に決めていた。

呵責《かしゃく》なき一撃が総兵衛を襲った。

総兵衛は、突進しながら肩口に落とされる駒吉の切っ先を読みつつ斜め前に、すすすっ
とかわした。

駒吉は反転すると同時に剣を脇構えに変化させて、総兵衛の胴を抜いた。

総兵衛は逃げもせず、かわしもせずに光世で擦り合わせて弾《はじ》くと、一瞬動きを止めた駒吉の額を切りつけた。

駒吉は必死で逃れた。

それでも総兵衛の切っ先から逃れることができず、浅く切られた。

血が額から流れた。

自分のせいで小頭の駒吉が落ちた危難を豊太郎は、重い後悔と深い恐怖に苛《さいな》まれつつ、見ていた。

るりは、総兵衛が身をもって真剣勝負の極意を伝えようとしているのだと感じながらも、駒吉の必死の奮闘を見守っていた。

又三郎は、総兵衛が若い者たちに一族が置かれた宿命を教えこもうとしているのだと固唾《かたず》を呑《の》んで、戦いを凝視していた。

駒吉は、流血にもひるむことはなかった。

剣を中段に構え直すと、総兵衛の動きを読もうと頭を巡らした。

落花流水の秘剣は、相手の攻撃の到達線を読み切り、その外側一寸か、内側に入りこんでかわしながら戦いを進めていく技だ。

総兵衛の戦いを眼前で幾度も見てきた駒吉の答えだった。

ならばさらに数手先を読んで、攻撃を組み立てるのだ。

瞬時に考えた駒吉は、突進しながら総兵衛の眉間《みけん》に必殺の一撃を落とした。

左斜め前に風が動いた。

片足立ちに反転した駒吉の剣は再び中段に戻されると、ゆるゆると舞でも舞うようにすり足で回転する総兵衛の小手に落とされた。

総兵衛がそれを読んだように撥《は》ねあげた。

駒吉の剣は引かれていた。引かれつつも撥ねあげられた剣が総兵衛への袈裟《けさ》に変転して見舞った。

これこそ駒吉が咄嗟《とっさ》に考え出した決めの一手だった。

又三郎も息を飲んだほどの奇襲だ。

総兵衛は片頰に、

にたり

という笑みを浮かべると、駒吉の懐にするりと入りこみ、光世の柄頭《つかがしら》で鳩尾《みぞおち》をしたたかに打撃した。

うっ

という声を洩らした駒吉が棒立ちに立ち竦《すく》み、直後床に崩れ落ちていった。

総兵衛が又三郎に合図を送ると、板の間から下がっていった。

半刻後、総兵衛と笠蔵が奥座敷で対面しながら、朝の茶を喫していた。そこへ又三郎に連れられた駒吉と豊太郎が姿を見せた。

豊太郎は顔を引き攣《つ》らせ、駒吉の額には包帯が巻かれてあった。

二人とも死人のような顔色だ。

豊太郎が廊下にがばっと這《は》い蹲《つくば》った。

「総兵衛様、申し訳ないことにございました。明日から心を入れ替えて稽古に励みますゆえ、お許しください」

駒吉も平伏した。

「豊太郎、そなた一人が気を緩めれば、大黒屋を危機に陥れる。その道理が分からぬわけではあるまい」

「総兵衛様、豊太郎は迂闊《うかつ》にも気を緩めましてございます。明日からは気を引き締めて、又三郎様、駒吉さんの指図に従います」

「こたびは許す。仕事に戻れ」

「はっ、はい」

豊太郎が廊下から店へと逃げるように去っていった。

「駒、傷は痛むか」

「かすり傷にございます」

「うーむ」

と答えた総兵衛が、

「夕刻には他出をいたす、供をせよ」

「はっ、はい。畏《かしこ》まりましてございます」

急に元気になった駒吉が渡り廊下を悠然と渡って店に戻っていった。

「総兵衛様にお手を煩《わずら》わせまして、申し訳のないことでした」

と又三郎が駒吉との真剣での稽古を通して、一同の気の緩みを引き締めた総兵衛に詫《わ》びた。総兵衛は、

「うーむ」

とだけ答えた。そこへるりとちよがお茶を運んできた。

十九と十五の娘が揃《そろ》えば奥座敷が、
ぱあっ
と明るくなった。

「あれっ、駒吉さんと豊太郎さんはもう店に戻られましたか」

るりが聞いた。

「駒吉は、総兵衛の前に長居はしたくないとよ」

と笑った総兵衛は、るりに命じた。

「手紙を届ける使いを頼む」

心得ましたと答えたるりが、

「どちらまででございますか」

と聞いた。

江戸の地理に不慣れなるりはそのことを案じたのだ。

「四軒町の本庄様のお屋敷だ。場所はちよが知っておる」

遠回しにるりに従えと命じられたちよが無言で頷《うなず》き、店に下がろうとした。

「ちよ、待て。そなたに話がある」

ちよの顔が緊張した。

「明日からるりと一緒に稽古せよ」

ちよばかりか、一座の者が驚きに顔を硬くした。

それはそうであろう。主の住まいの下に広がる隠し砦《とりで》は鳶沢一族の者だけがその存在を知らされ、出入りできる聖域だ。

「ちよ、総兵衛が何者か、大黒屋がいかなる商人か、承知しておるな」

ちよが頷き、両手で目と耳と口を塞《ふさ》いだ。

甲州での戦いに加わったちよだ。

大黒屋がただの商人ではないことも、総兵衛が影の仕事を持っていることも承知していた。だが、利発なちよは、そのことを口にしたことはない。またそれだからこそただ一人、一族の者でもないちよが大黒屋に昼夜を問わず住み込みを許されてきた理由であった。

総兵衛は、ちよが一族の秘密を知りつつも、沈黙のままに強《し》いられる緊張を解こうとしていた。それは同時にちよが一族の戦いに加わるということでもあった。

「総兵衛様、お訊《き》きしてようございますか」

「申せ」

「皆様と一緒に生きよと申されますか」

「いやか」

「ちよはなんという幸せ者にございましょうか」

ちよは総兵衛の顔を直視して答えた。

「その言やよし。るりは未《いま》だ江戸にも店にも不慣れゆえ、そなたが教えて遣わせ」

「私も甲府の育ちにございます。十分に慣れたとは申せませんが、るり様のお役に立つよう必死で務めさせていただきます」

頷いた総兵衛が二人の女を下がらせた。

「ちよの処遇、潮時であったかも知れませぬな」

ようやく得心した笠蔵が言った。

「あれほど寡黙《かもく》な娘もおりませぬ」

又三郎も付け加えた。

「そのくせちゃんと物事は見極めておりますし、暇があれば店のこと、江戸のことを独り黙々と勉強しておりますよ」

「われらは、ちよの家族も知っておる。それにちよはすでに一族の戦いを経験もし、鳶沢村への使いも果たした娘だ。きっとこの先もわれらのために役に立ってくれよう」

二人の腹心が大きく頷いた。

「総兵衛様、外出先はどちらでございますな」

笠蔵が先ほどから気がかりになっていたことを聞いた。

「駿河町《するがちょう》の三井越後屋《みついえちごや》様にご挨拶《あいさつ》に伺いたいと思うておる」

「大黒丸の積荷でございますか」

「古着屋では新物はそうそう捌《さば》けまい。値の張る呉服、絹物は三井越後屋様にお願いするしかあるまい」

宝永期、古着商いの市場にも変化の兆《きざ》しがあった。上方筋から仕入れてくる品に季節を外した流行おくれの仕舞物や売れ残りの反物が大量に混じっていることがあった。これらの品は江戸では十分に新物で通る品であった。また反対に三井越後屋など名代の呉服屋から七月と十二月の決算期、富沢町に仕舞物が流れることがあった。

同じ布を扱いながらそれまで呉服屋と古着屋には交流がなかった。

時代の変化を読んだ総兵衛は、

「店前売《たなさき》り」

「現金掛値なし」

の新商法で大当たりをとった駿河町の三井越後屋に三井八郎右衛門高富《はちろうえもんたかとみ》を訪ねて、忌憚《きたん》なく商いの変化を説き、呉服屋と古着屋の提携を持ちかけた。総兵衛と高富は、いや、大黒屋と三井越後屋とはこれを機に手を結んでいた。

大黒丸が江戸では珍しい他国の反物呉服や小物を大量に買い付けてくるとき、三井越後屋の助けを必要とした。またそのことが念頭にあったからこそ、総兵衛は大黒丸の建造に踏み切れたのだ。

「店を預かる私としたことが迂闊なことでございました。旦那《だんな》様がお訪ねになる前に高富様にお時間を取っていただくように私が掛け合って参ります」

「大番頭さんが行きなさるか」

「馬喰町の相模屋に佐吉さんを訪ねて、例の衆道《しゅどう》剣客の動静を見ていてもらうことをお願いする用事もございますのでな、ついでございますよ」

「ならば頼もうか」

総兵衛が答えたとき、朝餉《あさげ》の膳《ぜん》がるりとちよと台所を仕切るよねによって運ばれてきた。

「私めもこちらで朝餉をいただきますので」

又三郎が戸惑いの中にもうれしさを込めて言った。

三

朝餉の後、富沢町の隣町内、高砂町《たかさご》の女髪結いのみつが大黒屋に呼ばれた。

みつは、先々代から大黒屋に出入りしてきた髪結い女だ。

おきぬのつもりで道具箱を抱えてきたみつは、座敷に待つ相手が若いるりと知り、少しばかり驚いた。

「みつさんですね、おきぬ様の代わりにお店に奉公することになりましたるりにございます。よろしくお願い申します」

と丁寧に頭を下げられ、みつは慌《あわ》てた。

剃刀《かみそり》、各種の櫛《くし》、鬢《びん》付け油、元結《もとゆい》、毛受け、手鏡などが納められた台箱を置と急いで正座して挨拶を返した。

「こちらこそよろしくお願い申しあげます」

それにしてもおきぬの代わりとはどういうことか。

大黒屋の奥は、おきぬなしでは動きがとれない家だった。

そこへ水を張った盥《たらい》を、ちよが運んできた。

「みつさん、ちよちゃんの髪も結ってくださいな」

るりの言葉にちよがびっくりして、

「るり様、私は髪など結ってもらったことがありません」

と尻込《しりご》みした。

「一人結うも二人結うもみつさんの手間はそうかかりますまい」

るりの鷹揚《おうよう》な物言いにみつはるりがただの奉公人ではなく、総兵衛の縁戚《えんせき》と察した。長年、出入りしているので富沢町のいわば惣代《そうだい》の家がただの商人ではないことを承知していた。祖母にも母にも、

「大黒屋で見聞きしたことは他に洩《も》らしてはならぬ」

と厳しく戒められてきたみつである。

冬の日差しが穏やかに落ちる座敷でるりの髪が梳《す》き直された。

「おきぬ様の髪は黒くて艶《つや》のある髪でしたが、るり様のおぐしも艶やかでさらさらとして素直な髪にございますよ」

髪を褒めたみつは、台箱から梳き櫛を出しながら訊いた。

「るり様、お出かけですか」

「総兵衛様の使いで旗本、本庄様の屋敷に参ります」

るりは正直に答えた。

「それならば、みつが腕によりをかけて仕上げますよ」

みつは手際《てぎわ》よく仕事を始め、

「おきぬ様は今日は……」

と気になることをさらりと訊いた。

「おきぬ様は一番番頭の信之助叔父と祝言《しゅうげん》なされ、ただ今、報告のために国許《くにもと》に戻っております」

「まあ」

と驚いたみつが、

「長年、おきぬ様には世話になりました。一言、お祝いを申しあげとうございましたよ」

と言い添えた。

「御用も兼ねまして急に江戸を離れることになりました。春には戻って参りますし、お披露目を総兵衛様が考えておられましょう」

「そうでしたか。なればその節にお祝いをさせていただきましょうか」

みつは話しながらも手は休めず、るりの髪を初々《ういうい》しい二つ輪に仕上げた。

「いかがです」

「二つ輪は初めてですよ」

るりがうれしそうに笑った。

鳶沢村から持参した簪《かんざし》の中から、花籠《はなかご》文様の象牙《ぞうげ》櫛と金銀の珊瑚《さんご》簪を挿《さ》すと大店《おおだな》の娘が出来上がった。

総兵衛の書状の入った文箱《ふばこ》を届けにきた笠蔵が目を細めて、

「るり様、可愛《かわい》く出来上がりましたな」

と目を細めた。

みつはさらにちよの頭を手際よく直してくれた。

二人が大黒屋の店先に立ったとき、四つ（午前十時頃）前だった。

「行ってらっしゃいまし」

「お気をつけて」

文箱を胸に抱いたるりと手土産を持たされたちよが大黒屋の店を出ると笠蔵ら奉公人たちが声をそろえ、河岸《かし》にいた荷運びたちがまぶしそうにるりの姿を見た。

るりののびやかな野性味を帯びた少女の美しさが江戸の空気に触れて弾《はじ》けるような町娘へと変化を遂げようとしていた。

女たちには小僧の芳次が笠蔵の命で従っていた。

三人は入堀ぞいに千鳥橋、汐《しお》見《み》橋、緑橋と右手に見ながら土橋まで遡《さかのぼ》っていく。

堀には古着を積んだ荷船や葛飾《かつしか》村あたりから野菜を売りにきた百姓舟が忙しく往来していた。

大黒屋の荷運びの文五郎は、るりらが遠ざかるのを見送っていたが鼻につく異臭に振り返った。

入堀を汚わい舟が上がってきて、大黒屋の船着場に着けようとしていた。

「汚わい舟かい。ちょいと離れて止めてくれまいか」

と文五郎は文句を言った。すると継ぎだらけの袷《あわせ》を着て股引《ももひき》を穿《は》いた上に頬《ほお》被《かむ》りをした汚わい屋がぺこぺこと頭を下げて、文五郎に囁《ささや》いた。

「文五郎どん、四人ばかり人手が欲しいのですがね」

文五郎が慌てて頬被りの下の汚れ顔を覗《のぞ》き、

「なんとまあ……」

と呻《うめ》いた。そこには駒吉の顔があったからだ。

「汚わい舟で道行もなるめえ。おまえさんがこっちに乗り換えな」

と猪牙舟《ちょきぶね》をさし、晴太ら三人を呼んで舟に乗せた。

晴太たちは猪牙舟に乗りこんだ汚わい屋に訝《いぶか》しい顔をしながら、

「文五郎どん、どこへ行くんだい」

と聞いた。

「行き先なら汚わい屋の兄さんに聞いてくれ」

「るり様のあとを加賀湯の夏六親分の手先たちが尾《つ》けていくのが分かりますか」

晴太が聞きなれた声に、

「なんだ、駒吉さんか。あんまり凝ったなりでびっくりしたぜ」

と驚き、るりたち三人の半丁（約五五メートル）ほど後方を尾行する手先たちの姿を認めた。

「あやつら、夏六の指図で店を見張っていたんですよ。るり様が使いに行かれたのを見て、なんぞ企《たくら》んでいる風情《ふぜい》ですね」

「飲みこんだぜ」

そう答えた晴太は文五郎に、

「兄い、岸に寄せてくれ。二手に分かれよう」

というと自分は陸路から手先たちを尾行することにした。

「よしきた、梅、晴太に従いな」

文五郎は鳶沢村から荷運び方に加わったばかりの梅吉《うめきち》を晴太に同行させた。

入堀ぞいにるりら三人、加賀湯の夏六の手先の徳松《とくまつ》と銀三《ぎんぞう》、さらにその後方を晴太と梅吉、そして、水上を文五郎が漕《こ》ぐ猪牙舟が尾行していった。

るりたちはのどかな日差しの下、土橋で左手に折れた。

「るり様、土橋を渡りますと旅籠《はたご》や公事宿《くじ》がならぶ馬喰町《ばくろちょう》にございます」

ちよの言葉に足を止めたるりが橋の向こうを眺めると人の往来も賑《にぎ》やかに見えた。

「るり様、江戸は広いや、鳶沢村とはえらい違いですよ」

手代の駒吉の従兄弟《いとこ》にあたる小僧の芳次が言いだした。芳次は駒吉とは違い、どこかおっとりとしていた。

「そりゃ、将軍様のお住まいの江戸と村とが比べものになるものですか」

再び歩きだした。

文五郎の猪牙舟は、るりたちとは一旦《いったん》分れることになる。さらに入堀を直進して幽霊橋で南西方角に向きを変え、小伝馬町の通りと並行する堀に入る。竜閑橋へ先行するためだ。

賑やかな小伝馬町の通りをるりが行くと、

「よう、二つ輪のお姉様、おれと付き合っちゃくれまいか」

「馬鹿《ばか》抜かせ、辻駕籠《つじかご》が大店《おおだな》のお嬢様と付き合えるものか。わっしは、通塩町《とおりしおちょう》の裏長屋に住まいいたします左官の熊公《くまこう》でございますよ。以後、入魂《じっこん》のお付き合いを」

などという言葉が投げかけられた。

るりは平然と受け流して本石町《ほんこくちょう》へと進む。

晴太の前で手先の徳松が若い銀三になにかを指図した。すると往来の中にだれかを見つけたか、後ろから袖《そで》を摑《つか》まえて兄貴分の徳松のところに連れていった。

徳松が男を脅す風情で、るりが歩み去ろうという方角をさした。

晴太は、馬喰町から小伝馬町界隈《かいわい》で働くちぼの金八《きんぱち》と見分けた。

金八は公事などのために江戸に出てきた者たちの懐《ふところ》を狙《ねら》うちんぴら掏摸《すり》だ。

金八は首を横に振っていたが徳松に脅されて覚悟を決めたか、るりらの後を追っていった。それを確かめた二人の手先たちは小伝馬町の通りから牢《ろう》屋敷の路地へと姿を消した。

晴太には、徳松がちぼの金八に強請した命の察しがついた。

「手先をつけて、どこに行くか見定めるのだ。おそらくな、ちぼの金八が仕事をしてくるのを待つ手筈《てはず》だろうぜ。このことを文五郎どんや駒吉どんに知らせな」

「はい」

と若い梅吉が手先の二人を追って走りだした。

るりたちは小伝馬町から鉄砲町、さらには本石町へと進み、御堀にぶつかって右手に折れた。するとそこには先行した文五郎の猪牙舟が竜閑橋を渡るるりたちを見詰めていた。すでに梅吉の姿も舟にあった。

ちぼの金八がるり一行との間合いを詰めた。さらにそのあとを晴太が尾行していく。

そこまで確かめた文五郎は、

「手代さんや、ちぼは晴太に任せて、うちは手先をいたぶるかい」

と言いかけた。

「大黒屋にちょっかいを出すとどうなるか、深川の岡っ引きに教えておきますか」

と駒吉が応じ、猪牙舟が回頭して牢屋敷裏に戻っていった。

鎌倉河岸は、千代田の御城が造られたとき、その資材を陸揚げした河岸だ。だから、河岸の多い江戸の中でも御城に一番近い河岸である。

堀向こうには譜代の大名屋敷が甍《いらか》を連ね、さらにその奥に本丸が見えた。

町家《まちや》と旗本屋敷、大名屋敷が混在する河岸では賑やかにも朝市が開かれ、野菜などが石畳の上に並べられる。

馬方が荷馬に酒樽《だる》を積んでいく。百姓舟が洗い立ての大根を陸揚げし、大店の台所女中が両手に青菜を抱えていく。

朝から昼前の鎌倉河岸はいつもこんな風だ。

人込みを見た芳次がるりの前に立って、

「ちょいと失礼いたしますよ」

とるりの道を開けさせながら先導した。

ちぼの金八は、江戸の西も東も分からない田舎者相手の仕事師だ。

大店の娘と見た女の抱える文箱をひったくるなど自分の信条に反したが、御用聞きの手先の強請には逆らえない。

「女を泣かせるお兄さんとは違うんだがな」

と思いながら、人込みの中、娘との間合いを詰めた。

娘は前に小僧、後ろに小女《こおんな》を従えていた。

横手から体当たりを食らわせて文箱をひったくり、人込みに紛れて逃げると算段を決めた金八は、顔を伏せて肩で人込みを分けて走りだした。

ふいに足が掛けられ、金八は石畳に叩《たた》きつけられた。

「糞《くそ》っ！　どこのどいつだ！」

叫ぶ金八の目の端に影が走り、助け起こす格好で商売用の右腕を摑まれた。

「なにしやがる」

「お静かに願いますよ、金八さん」

万力のように腕を摑んだ男の手が大事な人差し指と中指をぎゅっと握りこんだ。

二人は人込みの中でしゃがみ込み、睨《にら》み合った。

「おめえは大黒屋の……」

「そういうことだ。おまえさんが狙った相手は、富沢町の惣代《そうだい》の姪《めい》だぜ」

金八はびっくりして思わず、

「あんな娘が大黒屋にいたかえ」

「おきぬ様の代わりだ。金八さん、いくら岡っ引きの命でも大黒屋に悪さをするとどうなるか、分かるね」

ちぼの金八の目が恐怖に見開かれ、慌《あわ》てて頷《うなず》く。

「おりゃ、知らなかったんだ。総兵衛様に内緒にしてくんな」

富沢町を仕切る大黒屋は並みの商人ではないとだれもがおぼろげに承知していた。

不安に塗《まみ》れた顔の金八が、

「晴太兄い、あいつらのことどうしよう」

と手先の徳松たちのことを気にした。

「あっちの方かえ、心配するねえ。おれっちの方からじっくりと言い聞かせておくよ」

「すまなかった、許してくんな」

と頭を何度も下げた金八は人込みに紛れるように消えていった。

そんなことなどなにも知らないるりは、両手に総兵衛の文箱を抱えて、本庄家の門前に立った。

「大黒屋の主《あるじ》、総兵衛の使いで本庄勝寛様に書状をお届けに参りました」

るりをぼおっと見ていた門番が慌てて、玄関先に走っていった。すぐに老用人の川崎孫兵衛が式台に顔を見せた。初めて見るるりに訝しい顔をしたがちょの姿に目をとめて、ようやく安心した孫兵衛は、

「総兵衛どのの書状とな、なれば殿の下に参ろうか」

と玄関先にちよと芳次を残し、るりだけを伴い、屋敷の廊下を奥に通った。

御用部屋で執務する本庄勝寛の前にまかり出たるりは、

「初めてお目にかかります、鳶沢るりにございます」

と挨拶《あいさつ》した。

「おおっ、そなたが総兵衛の姪か、聞いておる。孫兵衛、総兵衛に返信がいるやも知れぬ。るりを奥に通してな、奥や絵津らに相手させせよ」

と命じたものだ。

御用部屋から奥座敷に通ったるりを、奥方の菊《きく》、娘の絵津《えつ》、宇伊《うい》が迎えた。おきぬが来たと思ったからだ。

るりはここでも緊張の面持ちで初対面の挨拶をなし、

「……これからも使いに参ることがあろうと思います。よろしくお見知りおきのほどお願い申しあげます」

と平伏した。

「そなたは、総兵衛どのの姪ごでしたか」

と頷いた菊が、

「大黒屋と本庄の屋敷は親戚《しんせき》同様の付き合いです。るりどの、そう固苦しく考えずに付き合いを致しましょうか」

と応じた。

「るり様、おきぬ様はどうなされました」

宇伊が訊く。

「はい。突然にございますが一番番頭の信之助と所帯を持ち、ただ今、駿府に報告に戻っております」

「なんとおきぬ様が祝言《しゅうげん》を挙げたのですか」

「ちっとも知りませんでしたよ。おきぬ様はなんと水臭いのでしょう、私の祝言にも出ると約束なされたのに」

二人の姉妹が口々に言った。

菊は大黒屋がただの商人ではないことを承知していたから、

「なにか事情があってのこと……」

とそれ以上問い質《ただ》すことはなかった。

ともあれ、絵津とるりは同じ年だ、仲良くなるのも早い。すぐに打ち解けた。

そんな刻限、小伝馬町の牢屋敷の裏手では、深川の十手《じって》持ち、加賀湯の夏六の手先の徳松と銀三がいらいらしながら待っていた。

牢屋敷は、二千六百七十七坪の敷地に、牢屋奉行石出《いしで》帯刀《たてわき》の居宅、大牢、二間牢、揚り屋、百姓牢、さらには拷問《ごうもん》蔵や首斬《くびきり》場まであった。

裏手の入堀に面した一帯は、白壁塀の外に空堀と土手が築いてあって、昼間でも人が近づくところではなかった。

「ちぼめ、遅うございます」

弟分の銀三が徳松に言いかけたとき、体じゅうから汚わいの臭《にお》いをさせた男がひょこひょこと近づいてきた。

「臭せえな、あっちに行きやがれ」

と銀三が手で追って、鼻を摘《つま》んだとき、頬被りの男の手から手鉤《てかぎ》がついた縄が投げられ、それが生き物のようにするすると伸びてきて首に絡《から》まった。

うっ
銀三が白目を剝《む》いた。

「野郎、なにしやがる!」

徳松が縄を引き絞る駒吉に十手を構えて殴りかかったとき、今度は自分の首に腕が回ってきた。

徳松の背後から忍び寄った文五郎がぐいっと手先の首を絞めあげた。

両の足が持ちあがり、何度かばたつかせて徳松がだらりと伸びた。

そのときには縄を引き寄せた駒吉が銀三を絞め落としていた。

気を失った手先二人に頭から麻袋がかぶせられ、文五郎と駒吉が肩に担《かつ》ぎあげて、土手を駆け下り、猪牙舟《ちょきぶね》に積みこんだ。

「手代どの、こやつらをどうしたもので」

文五郎が駒吉に聞いた。

「仙台堀万年町の泥亀《すっぽん》の夏六の子分ですよ。始末するタマでもありますまい。

仙台堀の空き地にでも転がしておきますか」

「よしきた。その始末、おれたちでつけようか。駒吉、おまえさんは早く汚わい舟を大黒屋の船着場からどこぞに運んでいってくんな」

文五郎がそういうと櫓《ろ》に力を入れた。

四

昼過ぎ、るりが意気揚々と本庄家の使いを果たして店に戻ってきた。

「るり様、ご苦労にございましたな」

笠蔵に迎えられたるりは、その足で奥座敷の総兵衛に本庄勝寛からの返書を届けた。

笠蔵も勝寛からの返書が気になり、るりのあとに従った。

「総兵衛様、ただ今、戻りましてございます」

「道中、なにごともなかったか」

「富沢町から四軒町は目と鼻の先、日中になにごとが起こりましょうか」

るりは無邪気にも答えた。

総兵衛は笠蔵を通して、駒吉らの活躍を聞き知っていた。

うーむと頷いた総兵衛が訊《き》いた。

「絵津様、宇伊様と仲良くなれたか」

「はい。お二人ともご大家の姫様とも思えず気さくにもるりとお話をしていただけました。絵津様が加賀にお嫁に行かれるなんて、るりはなんとも残念にございます」

「おきぬのことを聞かれたであろうな」

「信之助様との祝言が執り行われたと申しあげたところ、奥方様もお嬢様方も大変驚いておられました」

笠蔵はその返答に内心叫び声を上げそうなくらい仰天したが、顔には動揺を表さなかった。

「……であろうな」

「総兵衛様、申してはならぬことでしたか」

るりはそのとき、初めて迂闊《うかつ》なことを洩《も》らしたかと不安の表情を宿した。

「るり、本庄家なればよい」

「ほっとしました」

「だがな、るり、今後のためじゃ、よく肝に銘じておけ。鳶沢一族の儀礼は、表に出してはならない内密のことじゃ。信之助とおきぬの祝言も富沢町に披露して初めて公《おおやけ》のものとなる」

るりの顔が蒼白《そうはく》に変わった。

「総兵衛様、お許しください。るりは迂闊でした」

「以後、心して務めよ」

「分かりましてございます」

「下がってよい」

悄然《しょうぜん》と肩を落としたるりが総兵衛の前から下がった。

「江戸に入られたばかりのるり様にはちと荷が重すぎましたかな」

「あのような失態を重ねて一人前になるのよ。最初からおきぬの代わりが務まるものか」

真《まこと》にさようでと答えた笠蔵が、

「本庄様のお屋敷に信之助とおきぬの祝言をお知らせしておきますか」

「勝寛様には手紙にて大黒丸の出帆に合わせ、急ぎ祝言を済ませたと書き送ってあるわ」

「総兵衛様、行き届いておられる」

「行き届くもなにもるりがおきぬの代役となれば、奥方様を始め、二人のお嬢様方がおきぬはどうしたと黙っておられるものか。問い質《ただ》されるのは必定じゃ」

「真にさようで」

「本庄家のことは勝寛様にお任せしておけばいい」

そう答えた総兵衛は文箱《ふばこ》を開けて返書を取り出した。封を切った総兵衛は両手で押しいただき、心を許した友からの書簡を読み下した。

〈総兵衛殿　取り急ぎ認《したた》め候《そうろう》。

他日、わが屋敷の帰りに刺客に襲われたとの知らせ、勝寛大いに驚き居り候。絵津と加賀前田家江戸家老嫡男《ちゃくなん》との祝言の件を柳営に報告したる日に当屋敷に見張りが立ち、そなたが襲われし一事、つながりあるものならんとのそなたの推測、勝寛、判断つかず、当座の成り行きを注視する所存に候。

ともあれ、一連の事実を鑑《かんが》みれば、余とそなたの関わりを恐るる大老格柳沢様の意向いずこかに働き居るは必定。但《ただ》しただ今の所、その確証なし、これまた注意深く今後の推移を注視するが肝要と考え候。

さて、刺客二人、若年寄久世大和守重之様の用人の命にて動かされし事、大目付なる身にては看過すべからざる報に候。久世様は下総関宿藩五万石にて、父君広之様の代なる寛文二年（一六六二）若年寄に初めて昇進、翌年老中に出世なされし人物の継嗣《けいし》にて、重之様また老中職に野心を燃やす人物と柳営の廊下雀《すずめ》ども頻《しき》りに噂《うわさ》し居り候。

重之様と老中本多紀伊守《きいのかみ》正永様入魂《じっこん》の間柄にて、本多様老中ご昇進に際しては、柳沢吉保様のお口添えありとこれまた噂に上り候。

仮りに大老格柳沢吉保様、老中本多正永様、さらには若年寄久世重之様の三方が新たなる密契をなされしなれば、われらにとりて由々しき事態と覚悟を新たにし居り候。

が、それもこれも幕臣がいかに生くべきか考うる時、その生き方もまた自明なりと勝寛承知致し居り候。ともあれ、大目付の職分を全うすること改めて心に誓い申し候。

総兵衛殿、三者の関わり些《いささ》かなりと分明せし時、ただちに互いに知らせ合うべき事、申すに及ばず。

大黒丸急ぎ出帆の一件、明日は城中出仕ゆえその反応わが耳に届くべしと存じ候。委細判明致さば、直ちに連絡致す所存に候。

さてさて、信之助とおきぬ二人が所帯を持ちたる話、わが屋敷の女どもを驚《きょう》愕《がく》に陥《おとし》いれ候が、余は似合いの夫婦にて今後とも総兵衛殿のよき片腕ならんと祝《しゅう》着《ちゃく》至極の気持ちに候。

最後になりしがわが屋敷の隠れ警備の一件、勝寛恐縮の外なく、改めて礼申し述べ候　勝寛〉

総兵衛は二度ほど繰り返して読み、笠蔵に渡した。

ちよが茶を運んできて、黙って下がっていった。

総兵衛は勝寛からの手紙の内容を考えつつ、

（さてどう動いたものか）

と思案した。

「なんと道三河岸《どうさんがし》は、新たに本多様、久世様とお組みになられましたか」

「吉保様はこれまで度々鳶沢一族には苦汁を嘗《な》めさせられておるからな」

「総兵衛様、大黒丸は江戸を離れてございます。となれば、当面の心配はどこと考えればようございますな」

「四軒町じゃな」

うーむと笠蔵が唸《うな》った。

「本庄家が大名三百諸侯の第一の大藩加賀百二万石と結びつくことを柳沢吉保様は恐れておいでではないか」

「となると絵津様がお嫁に行かれるまで注意深い警戒が必要にございますな」

「勝寛様もそのことを考えられたゆえにわれらの隠れ警護に礼を述べてこられ

たのであろう」

「国次、又三郎と話して四軒町の警備を厳しく致します」

「大番頭さん、屋敷町で外からだけでは行き届かぬ。二人ばかり中間《ちゅうげん》で入れよ」

「早速川崎孫兵衛様につなぎをつけて、うちの手を入れます」

そう答えた笠蔵に総兵衛が、

「三井越後屋様は本日の面会適《かな》わなかったか」

と訊いた。

「おおっ、迂闊にも忘れるところにございました。高富様は総兵衛様との面会なればいつでも都合をつけると申されて、今夕六つ（午後六時頃）を指定なされました」

「よし、よき知らせかな」

「駿河町に行く前に馬喰町の相模屋を訪ねまして番頭の佐吉さんに、内緒で加納十徳、丸茂祐太郎の動静を見ていてくれるようお願い申しましたところ、二つ返事で大黒屋様のことなればと引き受けていただきました」

「それはよかった」

「総兵衛様を襲った夜以来、二人は昼間の他出も避けて、なにごとか考えている様子とか。動きあればすぐに店に使いを走らせると請合ってくれました」

と自らの使いを報告した笠蔵が、

「それにしてもよう駒吉が手柄を立ててくれました」

「おれが螺子《ねじ》を巻いたゆえ、書状を奪い取られることを防ぐ考えが生まれたのよ」

総兵衛が笑った。

笠蔵も総兵衛の叱責《しっせき》が駒吉に向けられたものではないことを承知していた。一族の中で駒吉ほど総兵衛に親しく馴染《なじ》んだ部下もいない。一族全体の気の緩みや緊張を取り戻そうとするとき、これまでも駒吉が犠牲になって叱《しか》られた。その役目を駒吉もうすうすと気がついていたが、やはり一族の者の前で総兵衛に叱られ、額を切られるほどの傷を受けるとしょんぼりした。

「大番頭さん、駒吉に駿河町への供をせよと伝えてくだされ」

「はっ、はい」

笠蔵の返事も元気になって、

「ならば、早速……」

と言い足すと立ちあがっていた。


駿河町の三井越後屋の当主、三井八郎右衛門高富と大黒屋総兵衛の会談は二人だけの差しで行われた。

江戸の新物の呉服と古着商の巨頭が久しぶりに向き合っていた。

総兵衛は羽織袴《はかま》に身を包んでいた。

「高富様、欠礼ばかりで総兵衛、恐縮にございます」

「総兵衛様、それはお互い様にございますよ。ここは商人同士、儀礼は抜きにしましょうか」

と応じた高富が、

「さてさて大黒屋様のおやりになることは、世間の意表をついて大胆にございますでな、並みの商人には察しがつきませぬが、今日は高富が当ててみましょうかな」

「高富様がお当てになる」

総兵衛が苦笑いした。

「大黒屋様では、これまでだれも見たこともないような巨船を造ってこられた。その大黒丸が江戸湾で試走を繰り返す光景は、なんとも豪快じゃそうな。江戸じゅうの噂になっておりますよ」

総兵衛は黙って笑みを浮かべていた。

「大黒屋さんが遊びで幕府の神経を逆なでする船を造られるわけもない。商いに使われるからこそ、大黒屋さんは身代をかけられた」

「大黒丸は商船にございます」

頷《うなず》いた高富が、

「どこぞの国から珍奇新規なものを仕入れてこられますかな。今日の御用は大黒丸の荷と見ましたがな」

「高富様、おっしゃられる通りにございます。前もって相談すべき事柄なれど、高富様もおっしゃられたように幕閣の中には気になさる方もおられる。造船の折りから三井越後屋様にお話しすれば、こちらに迷惑がかかるやもしれぬと相手方の出方を見ておりました」

「目処《めど》がつきましたかな」

「柳営にはいろいろな意見の方がおられます。その狭間《はざま》を縫って大黒丸を走らせるしかあるまいと腹を括《くく》りました。それには取引先に迷惑がかからぬことがなにより大事にございます」

「大黒丸の荷は長崎物ですか」

高富は異国の品かと訊いていた。

鎖国政策をとる徳川幕府の唯一《ゆいいつ》海外に開かれた窓口が肥前長崎であることはいうまでもない。そして、交易を許された相手国が、阿蘭陀《オランダ》と唐《から》の二国であった。

宝永三年(一七〇六)、およそ唐貿易は貿易銀総高一万二千四百貫余、唐船は元禄期《げんろくき》から年間八十隻《せき》に達していた。だが、幕府は定高仕法を貿易に設けて、買入高を制限、貿易をしないままに積み出し地に返すという積戻船が十三隻にも達していた。

長崎まで運ばれてきながらも公の取引を許されなかった十三隻の荷は、長崎奉行の許した以外の買い手に密《ひそ》かに渡されて日本国内に流入していた、これは公然の秘密であった。

いつの時代も高貴なもの、珍しきものを望む購買欲には変わりない。

幕府が許した海外交易の額の中では、その需要はまかないきれない。一方、金になる物品を密輸しようとする阿蘭陀商人、唐商人がいて、その周辺には日本の商人と西国大名たちが儲《もう》けの多い阿蘭陀貿易、唐交易に群がっていた。

総兵衛は頷いた。

「但し大黒屋は長崎物には手を染めませぬ」

「と申されますと」

「大黒丸を直接異国の地に派遣いたして直《じか》に買い付ける所存にございます」

「これはまた大胆なことを申されますな」

高富は言葉ほど驚いた様子はない。

商人にとって自由な貿易と商いをしたいというのは共通の夢である。

総兵衛が海外に雄飛しようという勇気は高富にも理解ができた。また大黒丸が運んでくる荷に大いなる関心もあった。江戸で売り出せばたちどころに売り尽くせることもわかっていた。

但しだれでも幕府の目は怖い。

高富にとっても当主として三井越後屋を守る務めがあった。その辺を大黒屋総兵衛はどう考えているのか。

「江戸に流れる阿蘭陀物、唐物は長崎奉行と長崎会所が許しを与えた品ばかりにはございません。朱印を得た交易船には制限以上の品が積まれていることはよく承知されたことにございます。高富様、長崎に入る異国の船の水夫《かこ》や炊《かしき》までが相撲取りのような体格をしているそうにございますな。それが一日経《た》つとほっそりした体に変わる。衣装の下に異国の品を隠し持って入港してくるからでございますそうな。だが、密輸の品は、水夫の体で運ばれる程度のものではない。許しを得ない交易船の他にも異国船が長崎沖に来ることも、それを西国の大名諸侯が競って買い上げていることも周知のことにございます。さて、これらの品は、京、大坂を通じて江戸に運びこまれてくる。この時点では、もはや朱印を得た交易船の品か、朱印外の品かの見分けもつきませぬ。いったん入った品を区別するなど不可能なことにございます。ときに勘定奉行では、市場や店に流れた異国の品を御取り締まりなされますが、それもほんの一部にございます」

……高富は黙って頷く。

総兵衛が話すことなど高富は百も承知のことだ。

「高富様、大黒丸が運んできた荷は、直接江戸には運び入れぬ所存にございます」

「と申されますと」

「琉球《りゅうきゅう》に交易の拠点を設けるつもりにございます」

「琉球は確か薩摩《さつま》様の支配下にございましたな」

「はい。慶長十四年（一六〇九）に幕府の許しを得て、薩摩様が琉球を討伐なされて以来、薩摩様を通じて徳川幕府の支配地にございます。ですが、高富様、薩摩様は唐貿易の拠点として、琉球を利用なされて交易を続けてこられた。琉球は、徳川幕府、薩摩藩、さらには琉球国王の子孫たちの三つによって複雑に統治されております。大黒屋では、不定期ですが持ち船の明神丸を寄港させて琉球の商人たちと交流を続けてきました。私どもは、異国で買い入れた品を一《いっ》旦《たん》琉球に陸揚げし、さらに上方を中継して、江戸に運び込む考えにございます」

総兵衛は、琉球と上方の二つの中継地を通過させることによって、長崎物か、西国大名が密輸した荷か、判別つかないようにしようと目論《もくろ》んでいた。それは三井越後屋など買取り先に迷惑が及ばぬ策でもあった。

「琉球と上方に陸揚げさせるとはあくまで書付上のことにございますな」

実際に荷を動かせば、それだけ仕入れ値に経費が加算され、江戸に届いたとき、原価が高くなる理屈だ。

総兵衛はただ笑みで答えた。

高富にはそれで理解できた。

「琉球の出店の主は琉球人ですかな」

「名義人は琉球人になろうかと思います。ですが、差配はさよう大黒屋が直に行います。すでに一番番頭信之助を大黒丸に乗りこませましたゆえ、近々琉球の地に大黒屋の出先店が開かれる運びとなりましょう」

「なんと一番番頭さんを送りこまれた」

総兵衛は、未《いま》だ大黒屋内の幹部にも告げていないことを三井高富に話した。

大黒丸の貿易は、三井越後屋抜きでは考えられなかったからだ。

高富は一番番頭を琉球に送りこむ総兵衛の決断にその思いを見た。

ともあれ信之助とおきぬの夫婦は、中継基地の琉球店の支配人として大黒丸に乗せられていたのだ。

「もし三井越後屋が琉球の物品を買うとしたら、上方店から仕入れることになりますか」

「帳簿上はそうなります。しかし、それらの品は大黒屋の船がこの江戸まで運びこみます」

「薩摩領内の琉球で取引される品が大黒屋の船で上方に送られ、私どもがそれを仕入れる。荷受けは江戸表でよろしいということですな」

総兵衛が頷く。

高富がしばらく沈思した。

総兵衛は黙って待った。

「総兵衛どの、われらは商人にございます。互いに損をする商いであってはならぬ。琉球からなにが送られてくるか、それを知った上で三井越後屋の腹を決めさせてもらってようございますか」

「むろん、それにて結構にございます」

二人の主が顔に笑みを浮かべて頷き合った。


総兵衛が駿河町の三井越後屋の潜《くぐ》り戸を出たのは、四つの刻限（午後十時頃）を大きく回っていた。供は駒吉一人だ。

駒吉は提灯《ちょうちん》を手に背中に反物の包みのようなものを背負っていた。

「駒吉、待たせたな」

「腹が空《す》いたか」

「越後屋様で店の方々と一緒にご馳走《ちそう》になりましてございます」

総兵衛も高富と二人、酒を呑《の》みながら諸々の商いのことなどを話してきたのだ。

駿河町から東に瀬戸物町を抜け、堀留の堀を二本越えていけば、富沢町はすぐそこだ。

総兵衛は微醺《びくん》を帯びて歩みがゆったりとしていた。

「総兵衛様、お話はうまくいかれたようにございますな」

「そう、高富様には総兵衛の気持ちは承知していただいた」

「ようございましたな」

二人は瀬戸物町から堀留に架けられた中之橋を渡ろうとした。すると橋の上に三つの影が立っていた。

駒吉が提灯の明かりを突きだし、すぐに背の包みを解《ほど》いた。

加納十徳かと思ったが風体が違った。

江戸の町に巣くうあぶれ浪人のようだ。餓狼《がろう》のように血を流すことで生きている手合いだ。

「今晩は」

総兵衛は平然と中之橋を渡ろうとした。

三つの影が立ち塞《ふさ》がった。

駒吉は提灯を地面に投げ捨てた。ぼおっと提灯が燃え上がった。

「富沢町の古着屋の主の大黒屋総兵衛と手代にございます」

浪人たちが無言のうちに抜刀すると構えた。

長身の剣客を頂点にした楔《くさび》陣形だ。

「総兵衛様」

駒吉が布包みから三池《みいけ》典太《でんた》光世《みつよ》を取りだして総兵衛に渡し、自分は懐《ふところ》の縄を摑《つか》みだした。

「将軍様のお膝元《ひざもと》に不逞《ふてい》の浪人が跋扈《ばっこ》するなどいただけませぬな」

総兵衛は羽織を脱ぎ捨て、葵《あおい》典太を腰に差し落とした。

頭分が突きの構えをとった。

駒吉は橋の欄干の一方に縄をくるりと回して、手鉤が分銅のようについた先端を右手に、もう一方の縄の端を左手にくるくると巻いて摑んだ。

縄は欄干に回って、その両端が駒吉の左右の手に持たれている格好だ。

風に提灯の残り火が揺れた。

その瞬間、長身の剣客の突きが総兵衛の喉《のど》に殺到してきた。

同時に左右の二人が動いた。

駒吉の手鉤のついた縄が右手の襲撃者の首に飛び、それが絡《から》まった瞬間、駒吉は、なんと欄干を飛び越えて堀留の水面へと飛びおりていた。

欄干に回された綱がするすると一気に引っ張られて、浪人は橋の欄干に叩《たた》きつけられて悶絶《もんぜつ》した。

突進してきた長身剣客の突きを寸余の間合いで外した総兵衛の葵典太が抜き放たれ、頭分の援護に走り寄ってきた三人目の刺客の胸から首筋を撫《な》で斬《き》った。

ぴゅっ
消えゆく提灯の明かりに血飛沫《しぶき》が浮かんだ。

突きをかわされた長身の剣客が上段に構えを変えて、総兵衛の背に襲いかかった。

総兵衛の大きな背がゆるやかに舞でも舞うように振りむき、上段から振りおろされる剣の下に身をするすると入りこませ、肩で相手の体を突いた。

よろよろとよろめく相手の肩に葵典太が深々と斬り落とされた。

どさり
長身の剣客が中之橋に崩れたとき、濡《ぬ》れ鼠《ねずみ》の駒吉が堀から這《は》いあがってきて、総兵衛に言ったものだ。

「どこのどぶ鼠にございますな」

「さあてな」

提灯が燃え尽きて、闇《やみ》に戻った。

主従の会話を遠く堀留町の暗がりで聞いた頭巾《ずきん》の武士が、

「口ほどにもない奴《やつ》らが」

という言葉を舌打ちとともに残して消えた。

第三章 代父

一

駿府《すんぷ》久《く》能山《のうざん》沖合いに大船が停泊していた。

江戸から一息に走破してきた大黒丸だ。

海上の大黒丸船上から北の方角に海から三角にそそり立つ黒々とした山影が見えた。

徳川幕府の礎《いしずえ》を造った神君家康の遺《い》骸《がい》が最初に眠りに就いた地、久能山だ。

その久能山の北側に位置する鳶沢《とびさわ》村では、鳶沢一族の長老、鳶沢次郎兵衛を中心に五人の男女が厳粛な面持ちで顔を揃《そろ》えていた。

一座に集うのは次郎兵衛の二人の倅《せがれ》、忠太郎と信之助、鳶沢家の花嫁のおきぬ、そして、深沢美雪の五人だ。

次郎兵衛の女房のはつが自ら銚子《ちょうし》と杯を運んできて、信之助とおきぬの三々九度が再び簡素にも厳《おごそ》かに執り行われた。

「末永く共白髪まで添い遂げよ」

次郎兵衛が言い、一同が、

「おめでとうございます」

と和した。

「不束《ふつつか》者ではございますがよろしくお導きくださいませ」

おきぬが舅《しゅうと》姑《しゅうとめ》に挨拶《あいさつ》をなした。

「こちらこそよろしくな」

鳶沢村での簡素な祝言《しゅうげん》がこれで終わった。

おきぬは名実ともに信之助の嫁になった。

「総兵衛様のお指図を読もうか」

総兵衛から預かってきた油紙が解かれ、何通もの手紙の束が現われた。まず次郎兵衛が自分に宛《あ》てられた手紙を読む。その姿を残りの全員が注視していた。

次郎兵衛の鼻息と嘆息が交互に繰り返された。

「なんとまあ、総兵衛様もどえらいことを考えられたものよ」

「親父《おやじ》どの、大黒丸の行き先が分かりましたか」

大黒丸の主船頭の忠太郎が訊《き》いた。

「忠太郎、そなたの船の行き先は、琉球《りゅうきゅう》王国の首里というところじゃそうな」

「琉球でしたか」

忠太郎ら江戸から来た者たちには驚きはない。だが、次郎兵衛と美雪は唖然《あぜん》としていた。

「信之助、おきぬ、そなたらの務めの方が忠太郎よりも何倍も大変じゃぞ」

「なんでございますな」

信之助が興味津々《しんしん》に訊く。

「首里に大黒屋の出店が開かれる。その設営の初代の長をそなたら夫婦が務めることになった」

信之助は平然とその話を聞いた。

かたわらで総兵衛の考えを聞いてきた信之助だ。いつの日か、海外へ雄飛のときがこようと思っていたからだ。

「琉球とはどんなところにございましょうな」

「国次の話では年中夏の陽気というがな」

おきぬの問いに信之助が答えた。

次郎兵衛が忠太郎、信之助とおきぬ夫婦に宛てられた総兵衛の手紙を渡した。

久能山沖を出た後の指令である。

次郎兵衛の手にはもう一通手紙が残されていたが、

「美雪、これはそなたに宛てられた手紙じゃぞ」

と養女に差しだした。

美雪が頬を染めて押しいただいた。

しばらく沈黙の時が流れた。

まず最初に顔を上げたのは忠太郎だ。

「大黒丸はやはり一気に黒瀬川（黒潮）を遡《さかのぼ》って、琉球の首里の湊《みなと》に向かうことになりました」

次郎兵衛が頷《うなず》いた。

「親父どのの手紙に書いてあったように私とおきぬは当分首里にて新しい大黒屋の出店造りと品集めに汗を流すことになりました」

信之助の顔は新しい挑戦に紅潮していた。

おきぬの顔には不安が漂っていたが信之助の気構えを知って、

「微力ながら信之助様を手助けして、総兵衛様のお気持ちに応《こた》えとうございます」

「おきぬ、よう言うてくれましたな」

次郎兵衛が慌《あわただ》しい祝言の後、船に乗せられて遠い琉球の地に赴くことになったおきぬを激励するように言った。

「親父どの、おきぬ、大黒屋は琉球とは初めての関わりではない、これまでも明神丸が度々立ち寄り、取引先もある。国次や磯松が苦労してきたことを考えれば、なんということもあるまい」

信之助が言い切った。

その言葉に次郎兵衛が頷くと、

「総兵衛様の命でもある。鳶沢村から二人ばかり連れていけ」

「だれに致しますかな」

「先ほどから考えておったが、又兵衛《またべえ》と栄次《えいじ》の二人ではどうか」

「よき人選かと思います」

信之助が礼を述べた。

又兵衛はこれまで鳶沢村を拠点に探索仕事に何度も従事した老練のものだ。一方、栄次は、駒吉の弟で十七歳になったばかりだ。駒吉が幼くして江戸に奉公に出たあおりで十七歳の今まで鳶沢村で悶々《もんもん》とした日々を過ごしてきた若者だ。

次郎兵衛が養女の美雪を見て、

「総兵衛様はなんと書いてこられたか」

鳶沢一族の長老、次郎兵衛の心配は総兵衛と美雪の婚礼だ。六代目総兵衛の代で直系を途絶えさせたとあっては、分家の役目が果たせない。そのために一族の外の人間の美雪を養女に入れて、総兵衛との婚姻の障害をなくそうと試みた次郎兵衛である。

「私は、京に上がることになりました」

「なにっ！　江戸へのお呼び出しではないのか」

次郎兵衛の声にがっかりした様子があった。

美雪への総兵衛の命は京の呉服店の老舗《しにせ》、じゅらく屋の番頭佐助《さすけ》を訪ねることであった。

「美雪も務めか」

義兄である忠太郎が義妹に言った。

「じゅらく屋様にお手紙を届ける役目にございます」

「そんなことなれば、飛脚便でもうちの者でもよかろう」

次郎兵衛が不満げな顔をした。

「親父どの、美雪はただの使いではありませぬよ。総兵衛様の代理で、大黒丸が琉球から運んでくる品の上方の請け店について、じゅらく屋さんと相談する大事な役目です」

信之助が言い切った。

「おお、そういうことか」

王城の地、京は因習と慣わしに満ち、土地の者が固く結束してきた地だ。まずよそ者が行ってすぐに店が開けるわけもない。

大黒屋総兵衛には京の呉服屋じゅらく屋の番頭、佐助という信頼のおける知り合いがいた。

そこで総兵衛の代理として美雪が京に上がることになったのだ。

「それはご苦労なことじゃな。女の一人旅はなにかと厄介じゃや、だれぞ供をつけよう」

と次郎兵衛は思案した。

「親父様、美雪は京の御用がうまく済みました暁には、越前の敦賀《つるが》に参ることになりました」

「なにっ、総兵衛様は敦賀にも出店を作られる気か」

「さて、総兵衛様の心のうちは美雪には読めませぬ」

「おそらく美雪様は本庄絵津様の婚礼に出席されることになりましょう」

おきぬが心残りのことを思い出して言った。

「なにやら急に鳶沢村が寂しくなるな」

次郎兵衛は一人ふたりと鳶沢村から出ていくことに一抹の寂しさを抑え切れなかった。

「親父どの、われらは夜明け前に船出を致さねばなりませぬ」

忠太郎が言いだした。

「一晩なと信之助とおきぬにのんびりさせてやりたいが無理であろうな」

と姑のはつも愚痴を洩《も》らした。

「はつ、われらの使命はただ生きることではないぞ」

次郎兵衛が自分の気持ちを奮い立たせるように言った。

「それは分かっておりますけどな、総兵衛様もちと考えてくだされればよいものを」

はつも祝言の晩から船に乗せられたおきぬが不憫《ふびん》でならなかったのだ。

「姑様、琉球に着けばのんびりした日も過ごせましょう」

おきぬがいい、はつが、ならばいいがなと納得できない顔で応じたものだ。

ともあれ、総兵衛の命《めい》こそが一族の最優先事項だ。

夜明け前、次郎兵衛の下に又兵衛と栄次が呼び出され、大黒丸に乗船することが命じられた。

「畏《かしこ》まりました」

又兵衛は受けた。

「栄次、なんぞ不満か」

「いえ、一族のために働くのは長年の夢にございました。ですが、兄さは江戸、おらも琉球では、残されたおっ母さんと妹や弟が心配にございます」

「栄次、われらは一族ぞ、そなたの家族は次郎兵衛らが面倒見るわ。そのようなことを心配いたさずともよい、しっかりと奉公せえ」

「はい。次郎兵衛様、よろしくお願いいたします」

二人が慌しく旅支度のために家に戻った。

次郎兵衛を先頭に一族の者たちが神君家康を祭った神廟《しんびょう》の久能山に参り、船旅の安全を祈願した。

夜明け前、次郎兵衛や一族の者たちに見送られた大黒丸は久能山沖を離れて、黒潮の流れに逆らうように南下していった。

総兵衛とずぶ濡《ぬ》れの駒吉が富沢町の店に戻ると、総兵衛を担《かつ》ぎ商いをしながら、探索方を務める秀三が待っていた。

「待たせたか」

総兵衛はそのことを気にすると、

「いや、総兵衛様とひと足違いにございます」

紅潮した秀三の顔を見た総兵衛が、

「中之橋の一件を見たか」

「はい」

と秀三が答えていた。

「久世様御用人丹後賢吉様の下に加納十徳らを始め、不逞《ふてい》の剣客、剣術家たちが集められております。それを実際に取り仕切っておるのが、下総《しもうさ》関宿藩の剣術指南、水城《みずき》と申す林崎夢想流の居合いの達人でございます」

「水城とやらは中之橋の戦いを見ておったか」

「はい。堀留の暗がりから総兵衛様と駒吉の手並みをじっくりと」

「迂闊《うかつ》にも気がつかなかったわ」

「総兵衛様、中之橋と水城の潜んだ暗がりはだいぶ遠うございますよ」

総兵衛は高富との会談に気が高ぶって、刺客の仕事ぶりを見詰める目に気がつかなかった自分を戒めた。

「まず分かったことから申します。水城の下に加納十徳、丸茂祐太郎の二人、さらには、総兵衛様を襲いました浪人剣客の中村《なかむら》某ら十数人が雇われております。水城は、今宵、自分の目で総兵衛様の腕前を確かめようと中村ら三人を送ったと思えます」

「三人は最初から使い捨てられた駒《こま》か」

「はい」

「可哀《かわい》そうなことをしたな」

総兵衛は死に至らしめるのではなかったと後悔した。

「最後になりましたが、加納十徳、丸茂祐太郎主従は、再び江戸の人込みを歩いております」

「敵討ちと相模屋《さがみや》では申しておったがな」

「二人が訊いて歩いておるのは、丸茂祐太郎の女房きさと若党の佐々木《ささき》保《たもつ》という者にございます」

「女房と若党な」

「三州吉田藩に手を伸ばしてみますか」

「気になる二人ではある」

「ならば明日にも中屋敷を探ってみます」

頷く総兵衛に、

「おてつさんは、久世様の屋敷に飯炊《めした》きで入り込みました」

総兵衛が目を剝《む》いた。

秀三は実の母親をこう名で呼ぶ習慣があった。

「手際《てぎわ》がよいな」

「三河町新道の桂庵《けいあん》の一二三屋《ひふみや》が久世様の屋敷に人を入れておると聞いたものですから、番頭に頼んで飯炊きに送りこんでもらったのです」

秀三は平然と答えた。

「半日、よう手張りした、ご苦労であったな。おてつにつなぎをつけるときには、無理をせずに気長に網を張れと総兵衛が言っておったと伝えてくれ」

「はい」

秀三が満足そうな顔で総兵衛の前を退室していった。

大黒丸は順風を受けて、遠州灘《なだ》の沖合いを南下していた。

新造と正吉が長崎で学んできた星を天測しながらの航海に主船頭の忠太郎たちも慣れてきた。

船のあちこちに常夜灯を点《とも》した大黒丸は安定した走りであった。

船尾に設けられた船室の一室では、信之助とおきぬの二人が眠りに就こうとしていた。

「信之助様、まさか琉球に行こうとは考えもしませんでしたよ」

「大黒丸の建造を総兵衛様が決断なされたときから、大黒屋の船が異国に船出をすることは考えておりましたよ。しかし、兄さんが主船頭で私らが琉球の新店の差配を任されるとは、驚きました」

「薩摩《さつま》より遠い琉球とはどのような国にございましょうか」

「国次の話では、光が白いほどに明るく差して、海の水もどこまでも真っ青じゃそうな。一年じゅう花が咲き競う、それはそれは美しい島ということですよ」

そういった信之助はおきぬを見ると、

「おきぬ、総兵衛様はわれらを琉球だけに留《とど》めておく考えではない」

「と申されますと」

「おそらくチンタオやらルソンやらアンナンまで手を広げよと命じられるはずです」

「琉球の出店はその足がかりですか」

「そのはずです」

「なんとまあ、不思議な言葉を喋《しゃべ》る異国の人が住む国を信之助様が訪ねられるのですか」

「おきぬ、そなたも一緒ですよ」

「私も、ですか」

「総兵衛様はおきぬと二人で新しい道を拓《ひら》けと申されておられる」

信之助はそう直感していた。

「ルソン、アンナン……」

おきぬが不安そうに呟《つぶや》いた。

「おきぬ、私は、そなたが一緒なればなんの心配もない」

「信之助様」

二人は、ゆるやかに揺れる大黒丸の寝床の中で互いの体をひしと抱き締めた。

信之助には今まさに二つの夢が叶《かな》おうとしていた。

一つは海外に雄飛する夢だ。そして、もう一つは、おきぬと所帯を持つことだ。

信之助は鳶沢村から江戸に上がるという夏の日、久能山北斜面下の滝壺《たきつぼ》でおきぬと会った。滝の流れにきらきらとした光が当たって反射し、おきぬの白い顔をまぶしく浮かびあがらせていた。

「信之助様、いよいよ江戸上がりですね」

信之助は思い切っておきぬにいった。

「おきぬ、そなたも江戸の店に来ぬか」

「奉公が務まりましょうか」

「そなたなら務まる。村でだれよりも賢いのはそなただからな」

「まあ、信之助様ったら」

「冗談ではないぞ」

二人はきらきらとした目で見合った。

二年後、おきぬが富沢町に奉公に出てきたとき、信之助の胸は喜びにはちきれそうになった。だが、信之助が胸のうちを口にすることはなかった。

（いつの日か、おきぬがおれの胸の内を察してくれよう）

淡い期待を信之助は抱いて必死で奉公した。

信之助は才気と思慮深さを買われて、大黒屋の出世の階段を上り詰めていった。

総兵衛は、信之助に隠れ旗本鳶沢一族を率いるに足る技量と統率力が備わっていることを察して、早くから江戸の鳶沢一族の中枢《ちゅうすう》に据えた。総兵衛は自分が不慮の死に倒れることあらば後継者として信之助を考えていた。

だが、いつの日か、は信之助に訪れなかった。

信之助は、おきぬが総兵衛に思慕の念を抱いていることを敏感にも察したのだ。そのときから信之助はおきぬへの思いを封印した。

そんな二人の心情を察していたものがいた。

総兵衛だ。総兵衛はおきぬの気持ちを知りつつも知らぬ振りを通して、信之助の純愛を遂げさせるお膳立《ぜんだ》てを作った。それが二人を伴っての甲州への御用旅であったのだ。

信之助はおきぬの顔を間近で見詰めると、

「そなたに言っておきたいことがある」

と言いだした。

「なんでございますか」

「おきぬ、おれはそなたを知ったときからこの日を夢見てきた」

おきぬはその素直な告白に戸惑った。

「信之助様、おきぬはおきぬは……」

「よい。申すでない」

そう言った信之助は、おきぬの体をひしと抱いた。

「もはや、そなたはおれのものだ。だれにも渡さぬ」

「おきぬを生涯、信之助様が守ってくれますか」

「おおっ、共白髪まで添い遂げようぞ」

信之助はそういうとおきぬの襟元を広げた。たおやかな乳房が信之助を見た。

「おきぬ……」

信之助はおきぬの乳房にそっと手を触れた。

二

宝永三年も師走《しわす》に入り、残すところ一月《ひとつき》だけになった。

江戸も穏やかな気候が続き、植木屋の庭先から残菊の香りが漂っていた。

どことなく年の瀬の忙しさが伝わってきて、古着問屋の大黒屋は多忙の中にあった。が、隠れ旗本鳶沢一族の周辺からはぱたりと騒ぎが消えていた。

大番頭の笠蔵は、実質的な一番、二番番頭の役をこなすことになった国次、又三郎を手元において大黒屋の商いの要諦《ようてい》をじっくりと教えこんでいた。

大所帯を取り仕切る番頭には、大局を見る目と細部を注視する目がいった。

このことは、一奉公人の立場ではなかなか見えないものだ。

そのことを二人に暇を見つけては話し、

「よいな、国次、又三郎、そなたらがしっかりとせねば、大黒丸の苦労も水の泡と消える。たとえば、大黒丸の建造費用にいくらかかったとそなたらは思うてなさる」

と問うた。

「およそ七、八千両かと思われます」

「国次、そなたは曖昧《あいまい》な値で売り買いなさるか」

笠蔵の問いに国次は窮した。

「そなたらも承知の通りに初代の大黒丸は柳沢一派の妨害によって焼き討ちにあいました。今の大黒丸は二隻《せき》目です。新造と正吉の長崎遊学の費用やら航海の道具、海図などの買取り費用を合わせると一万一千八百五十二両と二分三朱かかっております。明細や領収書を見たければ、ここに大黒丸建造日誌がございます。総兵衛様には許しを得てありますので二人でとくと調べなされ」

改めて大黒丸の建造費を告げられ、分厚い帳簿を差し示されると国次も又三郎も驚かざるをえない。

古着商いは利が薄い。一万両を稼ぐのがいかに至難の業《わざ》かということを二人とも承知していた。

「大黒丸には、買付金と琉球の首里に開く出店の掛かりに二万二千両が積みこんでございます。よいか、大黒丸の船出には三万三千八百五十二両もの金が掛けられておるのです。しくじりなど絶対に許されませぬ。ましてわれらが忠太郎どのや信之助に任せて漫然としていることは許されませぬ。二人して総兵衛様がなにをお考えになって大黒丸を建造なされたか、その気持ちを推量して自分の働きを考えるのです」

「大番頭様、過日、総兵衛様が三井越後屋様とお話し合いに行かれましたのは、大黒丸の荷の事でございましょうな」

又三郎が訊《き》いた。

笠蔵が頷《うなず》く。

「三井越後屋様は数年前から大黒屋と提携してきた大店《おおだな》、当然、協力を仰がねばなりません。高富様は、総兵衛様の申し出に一応の了解は示された。だが、扱う品が異国の品、琉球物となると幕府の勘定方も神経を尖《とが》らせましょう。高富様も大黒丸が運んできた品を見たうえで、最後の判断はしたいとお答えは保留なされたそうな。いくら珍奇な布、高価な工芸品と申しても、右から左に捌《さば》ける道理はありませぬ。どのような事態が起ころうともそなたらが動じることがあってはなりません。また、次善の策の準備を立てておかねばなりませんぞ」

「畏《かしこ》まってございます」

と二人の番頭が笠蔵に頭を下げた。

そんな様子を手代の駒吉が見て、

「近頃は大番頭さんの注意は、二番番頭さんと三番番頭さんに集まっておるな。その分、こちらはのんびりできる」

などと小僧の助次《すけじ》に洩《も》らしているのを笠蔵は見逃さなかった。

金壺眼《かなつぼまなこ》が眼鏡越しに睨《にら》み、

「手代さん、私の目がそちらに向いてないとでもお思いか。私の目を盗んで手を抜くなど十年は早いですぞ！」

と雷を落とした。

「はっ、いえ、ただ今、荷の分別に手をつけようと助次どんと手筈《てはず》を話し合っていたところにございます」

駒吉と助次が慌《あわ》てて仕事に戻った。

師走の穏やかな一日、本庄絵津と宇伊姉妹は、母親の菊に伴われて東叡山寛《とうえいざんかん》永寺《えいじ》にお参りした。

寛永寺は、江戸城の鬼門を守らせるために開かれた、徳川家とはゆかりの深い寺だ。

山主は、一世が天海、二世が公海《こうかい》、三世が守澄《しゅちょう》と続いて、徳川幕府の安泰を守ってきた。

一世の天海は、会津高田の生まれにして十一歳で出家、家康に迎えられて、創生期の幕府の中枢に関わった。それは宗教のみならず政治の相談も受けたということだ。

家康の死の際、大権現《ごんげん》の神号勅許を得るに尽力し、葬儀を司《つかさど》ったのも天海である。

菊は加賀の国に嫁入りする絵津を伴い、寛永寺にお参りして、

「徳川幕府と将軍家の安泰……」

と、

「絵津の幸せ」

を徳川家の霊に祈願したのだ。

用人川崎孫兵衛が供頭《ともがしら》を務める三丁の乗り物は、上野のお山を下った。が、屋敷のある四軒町には向かわず、水戸中納言《ちゅうなごん》家の中屋敷の北側を抜けて、駒込《こまごめ》追分《おいわけ》に出た。

供をするのは川崎孫兵衛のほか、若党、中間《ちゅうげん》、陸尺《ろくしゃく》ら総勢十二人だ。

駒込追分は日光街道と中山道の分岐点である。

一行は日光街道へと道を取り、駒込道中を経て、飛鳥山《あすか》から王子権現と王子稲荷《いなり》の別当の金輪寺《きんりんじ》へと進んでいった。

音無川のせせらぎがのどかに響く飛鳥山一帯は、江戸の佇《たたず》まいとは一変するほど牧歌的な田園風景が広がっていた。

飛鳥山は八代将軍吉宗の命で桜の若木が植えられ、上野、品川の御殿山とともに桜の名所となる。だが、絵津らが目にする当時はひなびた田園で、季節になると江戸の人々が日帰りの行楽に訪ねる地であった。

本庄家の菩提寺《ぼだいじ》は江戸を離れた飛鳥山の金輪寺であった。

金輪寺の草創は、遠く平安時代に遡《さかのぼ》る。江戸期に入り、慶長十四年（一六〇九）に秀忠の命で宥養《ゆうよう》が住職に就いた。さらに寛永十一年（一六三四）に将軍家の御座所が金輪寺に設けられた。

そのとき、本庄家の先祖が御座所設営のお役をうけたまわり、金輪寺との縁が出来たのだ。以来本庄家の菩提寺になった。

一行は先祖の墓所にお参りして、絵津の嫁入りを報告した。さらに董頌和尚《とうじゅおしょう》に読経《どきょう》を上げてもらい、庫裏《くり》に移って茶を頂いた。

「絵津様が加賀の国にお嫁入りとは、よう思い切りなされたものよ」

「和尚様、絵津と見合いをなしたお相手は、江戸屋敷に勤番にございました。まさかこのように早い機会にお国詰めになられるとは私どもは考えもしなかったのですよ。なんとも寂しいことにございます」

菊が正直に答え、

「母上、そういつまでもおっしゃられては絵津も後ろ髪を引かれて、加賀に参れません」

と絵津が気丈にも応じていた。

「和尚様、ご先祖様にお参りして絵津はほっと安堵《あんど》いたしました。これで安心して江戸を発《た》つことができます」

「その覚悟がおありなら、加賀の金沢でも暮らしていけましょう」

董頌和尚に見送られた一行は金輪寺を出立した。

一行が次に乗り物を止めたのは、音無川のほとりに建つ料理茶屋扇屋であった。

すでに刻限は、八つ（午後二時頃）近くになっていた。

「お待ちしておりました」

という扇屋の番頭やら女中たちに迎えられ、菊ら三人と川崎孫兵衛が二階座敷に、他の者たちは付き人用の部屋に上げられた。

菊たちは朝餉《あさげ》を済ませた後、食べ物は口にしていなかった。

扇屋の名物の釜焼《かまやき》玉子を食べようと我慢してきたのだ。

孫兵衛は絵津の家族との思い出を一つでも多く作ろうと勝寛の許しを得て、帰りに扇屋に立ち寄ることにした。予約の使いを前もって入れてあった。

扇屋は慶安元年（一六四八）、三代将軍家光の時代に掛茶屋として創業、玉子をふんだんに使って焼かれる玉子焼きは、飛鳥山王子稲荷の名物として江戸にも知られていた。

「奥方様、絵津様、宇伊様、さぞお腹《なか》がお空《す》きになったことでしょう。ですが、扇屋の釜焼玉子をご覧になればびっくりして空腹もお忘れになりますぞ」

孫兵衛が請合ったところに名物料理が運ばれてきた。

「母上、大きな玉子焼きですこと」

「まあまあ、これは」

女たちは玉子料理に驚いて言葉を失った。

「孫兵衛、よき店に連れてきてもらいました」

菊が笑みを浮かべて、忠義の用人に礼を述べ、

「ささっ、頂きましょうぞ」

と目にも彩《いろど》り豊かな料理の数々に舌鼓を打った。

絵津には親子水入らずで食事をする数少ない機会だと分かっていた。一つひとつの味を噛《か》み締めるように食した。

主《あるじ》の勝寛に名物を土産にしてもらって一行が扇屋を立ったのは、七つ（午後四時頃）過ぎの刻限だ。

冬の日はすでに音無川の渓谷を薄暗くしていた。

息杖《いきづえ》を手にした中間がもう一方の手で提げる提灯《ちょうちん》の明かりを頼りに乗り物は、西ヶ原村から江戸市中へと戻っていこうとした。

遠くの野良《のら》に百姓衆がちらほらと仕事をしているくらいで往来の人もいない。

神木の一本杉が道を通る人々を見下ろす神明社が近づいてきた。

提灯の明かりがふいに止まった。

行く手を塞《ふさ》ぐように黒い影が立っていた。

「道をお開け願えますか」

提灯を持つ中間が頼んだ。

が、無言の相手はゆっくりと一行に近づいてきた。

頭巾《ずきん》の侍に率いられた一団は、浪人ややくざ者の群れであった。

様々な格好から武者修行の旅にくたびれて無頼の徒に落ちた剣客や無法を商いにしてきたやくざ者であることを示していた。

どの男の面体風体からも死と血の臭《にお》いが漂ってきた。

頭巾の男だけが満ち足りた様子で餓狼《がろう》たちの雇い主ということを示していた。

「どうしたな」

菊の乗り物のかたわらに供奉《ぐぶ》していた川崎孫兵衛が走ってきた。

「御用人様、道を塞いでおられる方がございまして」

落ちついた声音の中間から聞いた孫兵衛が、

「物申す。われらはさる旗本家のご内儀の一行、墓参りの帰りにござる。なんぞ勘違いをなされてはおりませぬか」

と言い渡した。

「本庄絵津の命、貰《もら》い請けた」

頭巾の武士が言うと道の端に寄った。するとするすると無頼の徒たちが前に出てきた。

「御用人様、お駕籠《かご》のおそばに」

中間が指図すると息杖を構えて、独り敢然と立ち塞がった。孫兵衛が菊のそばに走り戻り、刀の柄《つか》に手をかけた。すると若党、中間が三丁の乗り物を守るようにかたわらを固めた。

「孫兵衛、なんぞ出来《しゅったい》しましたか」

菊が訊いた。

「奥方様、うろんな輩《やから》が道を塞いだだけにございます。しばらくお待ちを」

孫兵衛の落ちついた声に菊も胸に差した懐剣の紐《ひも》を解いた。

絵津も宇伊も侍の娘である、騒ぐこともなく期せずして母の動きを真似《まね》た。

「水城様、薄汚い浪人どもや無頼の者たちを金で動かすなど、主殿の沽券《こけん》に関わりますぞ」

なんと中間が言いだした。

下総関宿藩の剣術指南の水城茂母里《もぼり》は名指しされて驚いた。

「おのれ、そなたはただの中間ではないな」

「さてな、おれがだれなんぞはどうでもいいことさ」

と鳶沢一族の探索方の秀三が答えたものだ。

飯炊《めした》きとして久世屋敷に忍びこんだおてつから連絡を受けて、絵津の暗殺の企てが進行していることを知った総兵衛は、本庄家の警備を厳しくした。

そんな折り、川崎孫兵衛から絵津らが飛鳥山に墓参りに行くと知らされた総兵衛は、刺客団が絵津を襲うとしたら、このときしかあるまいと一行の供の中に秀三ら四人を紛れこませたのだ。むろん本庄家の供は気骨のある者たちを選んでつけていた。

「邪魔立てする者は斬《き》り伏せて、乗り物の女を仕留めよ!」

水城茂母里の命が改めて下った。

不逞の輩《やから》が一斉に剣や長脇差《ながどす》を抜いた。

先頭に立ったのは小太りの剣客だ。

地擦りに構えた剣を擦り上げるように秀三に襲いかかった。

秀三が片手に下げていた提灯をその鼻先に投げだすと、左手に持っていた息杖を横手に回転させた。秀三は怪力を誇る作次郎に次いで豪腕の主だ。

棒の先端が唸《うな》りを生じて、提灯を払った小太りの剣客の鬢《びん》を殴りつけ、路傍に吹き飛ばした。

これが戦いの合図となった。

秀三は両手に持ち替えた息杖を縦横に振りまわして、縦に突進してくる一団を一人として通さなかった。

「回れ、回りこんで女を刺し殺せ！」

水城の命が飛んだ。そして、自ら暗殺に加わるつもりか、柄に手をかけて配下の動きを見た。

襲撃者たちは、乗り物の左右から襲いかかろうと二手に分かれた。

それを供の若党や中間たちが剣や木刀を構えて防ごうとしていた。

「相手は中間小者じゃ、一気に押し潰《つぶ》せ！」

水城が叫ぶと秀三と渡り合う浪人に、

「どけ、おれがやる！」

というと、
すすっ
と前に出た。

そのとき、驚きの悲鳴が上がった。

三丁の乗り物を取り囲んだ襲撃団の背後から、風神の又三郎や大力の作次郎に率いられた鳶沢一族が襲いかかったのだ。

振りむく暇もなく背を割られ、腰を殴りつけられて、たちまち混乱に落ちた。

その様子を見た水城は、自らは後退しつつ、

「引け、引き上げじゃ！」

と叫んでいた。

転《こけ》つまろびつ襲撃者の一群は、神明社の神木一本杉から消えた。そして、又三郎ら隠れ警護の鳶沢一族も闇《やみ》に溶けこんで、中間の秀三が、

「旗本本庄菊様ご一行、お立ち！」

と叫ぶと新たな提灯を手に何事もなかったように江戸へと向かった。

数日後の夕暮れ、池之端にある料理茶屋に本庄豊後守勝寛《ほんじょうぶんごのかみかつひろ》は、加賀藩の江戸家老前田光悦《まえだこうえつ》を招いた。

光悦は絵津の舅《しゅうと》になる人物だ。

金沢藩の前田家は百二万石の大国、一万石以上の家臣が十二家もあった。その最高が七手頭と城代の一家を加えた年寄八家《はっか》であった。ちなみに七手頭の本多家は五万石の禄高《ろくだか》、数多《あまた》の大名家よりも禄高が上である。利家以来の家臣、本座譜代衆前田光悦の家系は人持組七十家の筆頭、八家に次ぐ家系であった。

光悦は江戸の商い事情に詳しく、理にも長《た》けた人物であった。そこで五代藩主綱紀《つなのり》が江戸家老に登用した人物だ。

この日、二人の席に町人が同席していた。

まだ酒も膳《ぜん》も出ていなかった。

「光悦どの、今宵はこなたに紹介したき人物を連れて参った」

勝寛が前置きして、

「富沢町を束ねる大黒屋総兵衛にござる」

前田光悦が大きく首肯《しゅこう》すると、

「そなたが江戸のみならず古着商いを差配する大黒屋総兵衛か。噂《うわさ》はかねがね聞いておったが、まさか本庄どのと入魂《じっこん》とはのう、知らなかった」

「前田様、お初にお目にかかります。家康様のお許しを受けて以来、富沢町でささやかな商いをしてまいりました。本庄様には身分も弁《わきま》えずお付き合いを許していただいておりまする」

「そなたの噂は途方もないものばかりでな、先ごろも江戸城の鼻先で大船を造って幕府を慌《あわ》てさせたのであったな。あの船はどこへ消えたな」

「さて、今頃は南の海を走っておりましょうかな」

総兵衛が悠然と笑った。

「確かに並みの商人ではござらぬな、勝寛どの」

「本日、こなたに紹介申しあげたは、理由がござる。金沢での祝言《しゅうげん》にそれがしの出席はまず叶《かな》いますまい」

「幕府の要職、大目付とあっては仕方なきこと」

「そこで総兵衛がそれがしの代理として、絵津の父の代わりを務める旨《むね》、こなたに許しを得るためにござる」

「大黒屋総兵衛が絵津どのの代父の件、承知した」

と即答した光悦は咄嗟《とっさ》に二人の仲が友情を超えたもので結びついていること

を察知していた。

「前田様、今一つ手前からの話をお聞きとどけ願いとうございますが」

総兵衛が単刀直入に言いだし、

「遠慮のう申されよ」

と光悦が頷《うなず》いた。

「勝寛様ご息女の金沢行きをよからぬと思うておられる人物が幕閣におられます。そのことを前もって、絵津様の舅どのになられる光悦様にご承知おきいただきたいのでございます」

「どういうことかな」

「正しく申せば、大名家監察の大目付の本庄家と加賀百万石の江戸家老様の前田家が結びつくことを快く思うておられぬ人物がおられます。過日も墓参の帰途の本庄様奥方と絵津様のご一行を襲った者たちがございました」

総兵衛が飛鳥山の帰路の事件を語った。

「なんとそのようなことが」

「前田様、勝寛様は光太郎様と絵津様が婚姻なされたあと、前田家に嫌がらせが続くことを恐れておられます」

光悦が沈思した。

長い沈黙の後、口を開いた。

その顔には笑みさえあった。

「どうやら嫌がらせの相手がおぼろに推測つき申した。われら前田家の一族は、成り上がりの大老格どのなど恐れてはおりませぬ。嫁に来たものを守り抜く手立ても気概もござる。勝寛どの、大黒屋、安心なされ」

前田光悦が言い切った。

「そのお言葉を聞いて勝寛、ほっと安堵《あんど》しました」

と花嫁の父が正直な気持ちを洩《も》らした。

「大黒屋総兵衛、世に喧伝《けんでん》される噂はときとして正鵠《せいこく》を得ておることがある。大目付の勝寛どのとそなたら二人、馬が合うというは、どうやら朋友《ほうゆう》の付き合いなどという簡単なものではなさそうじゃな」

「前田様、噂はおよそ実体のないものにございます」

「今宵はそう聞いておこうか」

光悦はなにかを察したらしくそういうと、

「勝寛どの、今晩はどのような料理を馳走《ちそう》していただけますかな」

とその話題を逸《そ》らした。

三

師走《しわす》がゆるゆると過ぎていった。

そんな日、早飛脚が深沢美雪から総兵衛に届いた。

〈総兵衛様　京の三条通りのじゅらく屋様を訪ね、主の栄左衛門《えいざえもん》様、番頭佐助様と面会致しました段、報告申し上げます。

総兵衛様の書状をじっくりと読み返された栄左衛門様の口からは大黒屋が異国の品を琉球経由で上方に上げるなれば大黒丸ごと買い上げにても構わず。されど総兵衛様の意向は上方を中継することにてお上の詮議《せんぎ》を免れる措置と心得《こころう》ゆえ、じゅらく屋としてはせめて荷積みの半分を上方下ろしにして頂くなれば、大黒丸の品、上方ものとして江戸に流通することに異存なしと申されました。

さらに大黒丸上方寄港に際して、大坂町奉行所の目が光る摂津湊《みなと》沖、泉州堺沖は芳《かんば》しからず。淡路島福良《ふくら》湊なれば、水深深く隠し湊あり。淡路は徳島藩城代稲田氏の支配する地として、上方の商いの中継地なり。船一隻《せき》なにがしかの停泊料を納めれば、なんの差し支えもないとの事。

また福良湊で大黒丸から他船に積み替え、大坂に荷を運ぶことはいと易《やさ》しき事也《なり》と番頭佐助様も明言なされました。

されど栄左衛門様も佐助様も大黒丸の船長船幅喫水を知らず。じゅらく屋様の手代どのを道案内に立てて、大黒丸が停泊可能なりや否《いな》や、淡路の福良湊に確かめに参る予定にございます。また淡路から手紙を差し上げる所存に御座いますれば、今暫《しばら》く猶予《ゆうよ》をお願い申し上げます。美雪〉

総兵衛は笠蔵を呼ぶと美雪の手紙を示した。

眼鏡の奥の金壺眼《かなつぼまなこ》を光らせて手紙を読んだ笠蔵が、

「おうおう美雪様もなかなかのご活躍にございますな。これなれば、大黒屋の内儀に納まられてもなんの心配もございますまい」

と話を広げた。

苦笑した総兵衛が、

「じゅらく屋の応答、どう考えますな」

「半分の上方下ろしはちときつうございます。総兵衛様のお考えは、上方中継は名義上のことでございましょう。されど大坂、京の商人がこの話を見逃すはずもない。となれば、大黒丸が積んできた唐物の荷の二、三割見当を淡路下ろしとするのでいかがでございますな」

「そんなところが手のうちどころかな」

「美雪様に話を詰めていただきますか」

「いや、これには思案がある。まずは福良湊の船隠しを美雪が確かめるのを待とうか」

そんな会話が行われた日の夕刻、珍しき人物が総兵衛を訪ねてきた。

江川屋の女主《あるじ》の崇子《たかこ》だ。

崇子が京の公卿《くげ》、中納言坊城公積《ちゅうなごんぼうじょうきんつみ》の次女から富沢町の古着屋の江川屋の女主の座についたにはいろいろなわけがあった。

むろん崇子の変転には総兵衛らがかかわっている。

崇子は幾多の涙と苦難を乗り越えて、今や堂々とした古着屋の女主の貫禄である。

「総兵衛様、お久しぶりにございます」

「おおっ、こちらこそ無沙汰《ぶさた》をしております」

笠蔵も店から姿を見せて、るりがお茶を運んできた。

「崇子様、おきぬさんの代わりのるりにございます。以後、よろしくお付き合いくだされよ」

と笠蔵が如才なくるりを紹介した。

るりが崇子に頭を深々と下げた。

「おきぬ様はどうなされました」

崇子が当然の不審を口にした。

富沢町にもまだ披露してない話と総兵衛が断って、信之助とおきぬの婚姻と大黒丸で船出した経緯を告げた。

「なんとまあおあせわしない祝言やおへんか」

と思わず京言葉で応じた崇子が、

「総兵衛様、大黒丸は南蛮を往来する船にございますか」

と聞いたものだ。

「まずは初航海に琉球に参りました。信之助とおきぬは首里にて大黒屋の出店を開く仕事に就きましたのじゃ」

「さようにございましたか。あのお二人なれば、慣れぬ土地でもきっと確かな仕事をなされましょう」

と答えた崇子が、

「京のじゅらく屋の佐助様から手紙をいただきました。大黒屋様と新しき商いをすることになるやも知れぬという話にございましたが、どうやら大黒丸に関わる話ですね」

「そなた様なれば隠しごともできませぬな」

総兵衛はじゅらく屋に依頼したことなどを掻《か》い摘《つま》んで話した。

その話を頷いてきいていた崇子が、

「総兵衛様に改めてお願いがございます」

と言いだした。

「そなた様のお子はこの総兵衛が名付け親でありました。なんの遠慮もいりませぬ、申してみなされ」

崇子と亡《な》くなった江川屋彦左衛門《ひこざえもん》との間に生まれた子は佐総《すけふさ》という。母子を裏切った父親の彦左衛門に代わり、総兵衛が名付け親になり、じゅらく屋の佐助と総兵衛の名を一字ずつとって付けられたのだ。

「奇《く》しき縁にて江戸で古着屋の女主になりました。お店もどうやら私ども親子と奉公人が食べていけるほどには立てなおしてございます。それもこれも総兵衛様のお助けあればこそ……」

総兵衛にも笠蔵にも崇子の願いが予測つかなかった。

「番頭佐蔵《すけぞう》の倅の勤太郎《きんたろう》が店を仕切るようになりまして、もはやそこそこには安泰かと思います。総兵衛様、笠蔵様、この際、私は勤太郎に江川屋を譲ってしまおうかと考えております」

「崇子様、佐総様とお二人、京にお帰りになるつもりですか」

笠蔵が訊いた。

「いえ、もはや崇子は京に帰る気はございませぬ」

「崇子様、相談とはなにか申してみなされ」

「はい。佐助様から手紙をいただき、大黒丸の役目をおぼろげに知りましたとき、私は、今一度、総兵衛様に無理を願おうと決心しました」

と心境を語った崇子が訊いた。

「大黒丸の荷は江戸にてどのように捌《さば》かれるおつもりですか」

「崇子様、なにやらそなた様に腹案があってのことのようですな。なれば正直に話しましょうか。南蛮の布地は三井越後屋さんと提携して捌くつもりでおります。高富様ともおよその話がついております」

「南蛮からの渡来物は、布地に限ったことではありますまい。高価な工芸品やら、小間物雑貨がございましょう。およそ、これらの品を購《あがな》う人は、江戸にても限られております。三井越後屋様のように店前《たなさき》売り、現金掛値なしだけではすまない品々にございます。崇子はその品々を扱う商いがしとうございます」

「おおっ、崇子様は公卿坊城公積様の娘ご、江戸の知り合いも高家が多うございます。総兵衛様、この申し出、面白うございますな」

老練な番頭の笠蔵が即座に賛意を示した。

「崇子様、そなた様は大黒屋から南蛮の荷を仕入れて、店を開きたいと申されるか」

「総兵衛様、崇子は南蛮の品々を扱う商いがしてみたいと思うだけにございます。わが店を持てば、仕入れの金子など諸々《もろもろ》に頭を悩ませましょう。それより大黒屋の一人の奉公人としてこの段通《だんつう》はあのお方に使うてもらおう、この唐桟《とうざん》はあの屋敷のお嬢様にと考えることが楽しゅうございます」

「そなた様は大黒屋総兵衛の奉公人になってもよいといわれるのか」

「はい。佐総と二人、暮らす分にはさほどの金子はかかりませぬ。崇子は、商いの妙に楽しみを見出《みいだ》しとうございます」

総兵衛が頷いた。

「総兵衛様、確かに京育ちの崇子様に古着屋商いはちと似合いませんでしたな。また、値が張る南蛮の品々を屋敷に売り込む商いは、われら古着屋の番頭には不向きにございます。崇子様の出なれば、大名家も旗本高家も歓迎なされましょう」

大名旗本の家格は、突き詰めれば禄高《ろくだか》と官位の二つによって決まる。

その官位を授けるのは朝廷の特権である。

崇子の家も公卿の貧乏たれの代表ながら、父の公積は百十三代今上天皇の近臣にして、官位は御三家水戸と同じ中納言であった。さらに崇子の叔父は、先の朝廷御勅使柳原前《さきの》大納言だ。

そうそうたる名門である。

「崇子様、そなた様の申されること承知しました」

「ありがとうございます」

「総兵衛、そこまで考えてはおらなんだ。江川屋の譲渡、新しき店のことなど笠蔵に相談しながら進めてくだされ」

崇子がほっとした顔で頭を下げた。

崇子が大黒屋の店先から笠蔵らに見送られて出ようとしたとき、横柄《おうへい》な態度で押し入ってきた者たちがいた。

本所奉行所本所方与力の桂木和弥と泥亀《すっぽん》の夏六の二人だ。だが、笠蔵はそれがどぶ与力とは知らなかった。

二人は夏六の手先に風呂敷《ふろしき》包みを背負わせていた。

「崇子様、お気をつけて」

と見送った笠蔵は、店仕舞いの刻限に訪れた町方役人に、

「お役目、ご苦労にございます」

と腰を折り、手代に上がりかまちに座布団《ざぶとん》を出させた。

「大黒屋は古着商いであったな」

与力が分かりきったことを訊《き》いた。

「はい。代々古着商いの鑑札をお上から受けております」

「古着には質屋、唐物屋などと同様に盗品、紛失物が混じるによって、町奉行所でも格別な配慮をなされておる。しかるにそなたの店では、かような品も扱うのか」

手先に背負わせていた風呂敷包みを夏六が解いて、笠蔵の前にどさりと投げた。

反物だ。

笠蔵にはすぐにそれが三井越後屋など呉服店から流れてきた仕舞物であるこ

とは見て取れた。

仕舞物とは時節外れの品や売れ残りの品を指す。

江戸ができたときには、新物を扱う呉服屋は呉服屋、古着は古着屋と厳然とした区分けがされていた。

だが、時代が下るにつれて、江戸の購買層も多彩に広がり、意匠によっては新物も売れ残りがでるようになる。そこで呉服屋、太物屋では売れ残った品を七月と十二月の決算期を控えて富沢町へ売り払う習わしができた。

まだ仕立てもされていないが古物である。

また反対に大黒屋が上方で仕入れた仕舞物の中には、江戸で新物として売れる反物も混じっていた。

そんなとき、富沢町から呉服屋に品が還流して新物として商われる。

こんな商いの実態は自然の流れの中でできたこと、町奉行所でも黙認していた。

「大黒屋から仕入れていく担《かつ》ぎ商いは五万とおりましてな、だれが扱っておった品にございましょうか」

「番頭さん、そんなことはどうでもいいんだよ。この泥亀の夏六がしょっぴいた担ぎ商いが大黒屋から仕入れましたと白状しているんだ。これほど確かなことはあるまい」

げじげじ眉毛《まゆげ》の夏六が凄《すご》んだ。

「それはそれはご苦労にございましたな」

と受け流した笠蔵が、

「旦那《だんな》様は本所方与力の桂木和弥様にございましたか」

と与力を見た。

「番頭、どぶ与力の話なんぞまともに取り合わねえというのかえ」

「滅相もございません」

そう答えながら思案した笠蔵は、

「この品、しばらく預からせていただきます。うちで扱ったものかどうか厳しく調べてお返事申しあげます」

と頭を下げた。

「馬鹿《ばか》いっちゃあいけねえぜ、証拠の品を、はい、そうですかと不正を働いた相手に渡せるものか。番頭さん、おめえさんは、ちょいと本所奉行所の与力様を舐《な》めていねえか」

夏六には手先の徳松と銀三が虚仮《こけ》にされた一件があったから、大いに凄んだ。

二人の手先は、大黒屋の弱みを探そうとるりが本庄家に使いに出されたのを尾行した。そして、ちぼの金八を使ってるりの手から文箱《ふばこ》を奪おうとしたが、駒吉らに見破られて、二人は牢《ろう》屋敷裏で捕まり、気を失わせられた。その上、船に乗せられて大川を横切り、夏六親分が一家を構える仙台堀の荷船に捨てておかれたのだ。

その腹いせもあって担ぎ商いを摑《つか》まえ、仕舞物を種にひと揺すりしようと富沢町までやってきたのだ。

「親分さんの申されることも至極もっともにございますな」

と思案をする様子で、格子《こうし》帳場の自分の座に戻った笠蔵は、さらさらと巻紙になにかを書いて夏六の前に戻ってきた。

「これは預かり証文にございます」

「なんだと、てめえは桂木の旦那とおれっちを小馬鹿にしくさったな!」

夏六が大声を上げたが、笠蔵は平然としていた。

桂木は奉公人を見まわした。

店仕舞をする奉公人のだれ一人として、桂木たちの来訪に怯《おび》えている者はいない。小僧までもがそこに桂木たちがいないかのように振る舞っていた。

「夏六、大黒屋じゃあ、承知の上で新物を扱っているんだよ。こんなことでは驚く玉じゃねえや。出直しだ」

と言い捨てるとぷいと店を出た。すると奉公人たちが一斉に、

「ご苦労様にございました」

と丁寧な挨拶《あいさつ》をした。

「糞《くそ》っ！ このままで済むと思うなよ」

夏六も手先に持ちこませた荷をそのままに大黒屋を飛びだしていった。

笠蔵がその反物を手に、

「さてどうしたものか」

と考えた。そのかたわらに作次郎や駒吉らが集まってきた。

「大番頭様、どぶ与力は本所奉行所の中でも浮き上がっております。同心すら

連れずに泥亀を連れて歩いているところを見ると、部下の同心にも見放されているということです。この際だ、泥亀の野郎をどぶ与力からひっぺがしておきましょうか」

作次郎が言いだした。

笠蔵がしばし思案したあと、

「小物は小物ですがな、なにをやらかすか知れたものじゃない。少しばかり懲《こ》らしめておきますか」

まず駒吉を泥亀らの尾行に出した笠蔵は、奥に総兵衛の許しを得にいった。

作次郎、晴太、稲平ら三人が大黒屋を出ていったのは、その直後だ。

一刻《とき》(二時間)後、泥亀の夏六は手先の一人に提灯《ちょうちん》を点《とも》させて、鞘《さや》番屋を出た。

仙台堀ぞいに万年町まではすぐそこの距離だ。

が、師走《しわす》の堀端、往来する人影はなかった。

夏六はむしゃくしゃしていた。

富沢町の惣代《そうだい》格とはいえ、店を訪ねて強請《ゆす》れば、お目こぼし料の一両や二両すぐに出すと踏んでいた。だが、番頭の野郎、平然として渋茶の一杯も出さなかった。

帰りの船では桂木の旦那が押し黙って、考えこんでいる。

桂木がようやく口を利《き》いたのは、本所の鞘番屋に戻った後だ。

「夏六、大黒屋はひと筋縄ではいかねえや。おれたちばかりの力では、足りないようだ」

「どうしたもので」

「おれは明日、若年寄久世様の御用人を訪ねてくる。丹後様と相談の上、策の練り直しだ。顔を潰《つぶ》されてこのまま引っこめるものか」

「わっしはどうしましょうか」

「大黒屋に関わりのある担ぎ商いを捜せ。なんでも大黒屋について調べ直すんだ」

「承知しました」

桂木と夏六は鞘番屋で徳利の冷や酒を呑《の》みながら、大黒屋潰しをあれこれと練った。

そんなこんなで鞘番屋を出たのが、四つ（午後十時頃）の刻限を過ぎていた。

「三五郎《さんごろう》、明かりをぶらぶら揺らすんじゃねえ。歩きづらくてしようがねえや」

夏六が文句を言ったとき、提灯が止まった。

「だれが止まれといった。明かりを揺らすなといっただけだよ」

「親分……」

三五郎の声が震えていた。

酔眼を前方に向けた夏六は、四つの黒い影に囲まれているのに気がついた。

「だれでえ、てめえたちは！」

夏六が虚勢を張って叫んだ。

だれも答えない。

「おれは万年町の御用聞き、夏六だぜ。相手を間違えるとしょっぴくぞ！」

夏六の脅しに四つの影の一つの手元から分銅代わりの手鉤《てかぎ》がついた縄がするすると伸びてきた。

夏六は帯から籐《とう》で捲《ま》かれた柄の十手を抜くと、手鉤を叩《たた》き落とそうとした。

するとロープが引かれ、手鉤が捻《ひね》りを入れられて横手に回り、首にきりきりと巻きついた。

「野郎！」

と言いかけた夏六の声は発せられることはなかった。

駒吉がぐいっと縄を手元に引くと、小太りの夏六の体が吹っ飛んで、倒れる前に意識を失っていた。

三五郎もそのときには、晴太の棒を頭に受けて気絶していた。

「頭、たわいもないね」

縄を緩めた駒吉の声がして、夏六と三五郎は荷船に担ぎこまれた。

「晴太、小梅の寮に運びこんでちょいと脅しつけるぜ」

荷運び頭の作次郎の声に、

「合点承知だ」

という晴太が櫓《ろ》に力を入れた。

翌朝、加賀湯の前に裸の夏六と三五郎の体が転がされて、

「ああわああわ……」

と二人してわけの分からない言葉を呟《つぶや》きつづけているのを薪《まき》集めに出ようとした釜焚《かまた》きが見つけて大騒ぎになった。

四

その日の昼下がり、大黒屋総兵衛と二番番頭の国次は、相州金沢から南に下った景勝の地で足を止めた。

二人はその朝、江戸を七つ（午前四時頃）立ちして、ひたすら東海道を上り、横浜村から脇《わき》街道を南下してきたのだ。

健脚の二人にしてなせる技といえる。

「総兵衛様、右手の突きだした岬が大天神、南に寄った岩場が小天神にございます。ここいら一帯を土地の者は、雀《すずめ》が浦《うら》と呼んでおります」

国次が額の汗を手拭《てぬぐい》で拭いながら、説明した。

二人は雀が浦を望む海べりの道に立っていた。

海には一艘《そう》の屋根船が遊弋《ゆうよく》して、起伏に富む岩山やひねこびた松が生えた海岸の光景を愛《め》でているようだ。

師走の一時を悠々と過ごすのは茶人か俳人か。

「総兵衛様、目指す深浦は一里半（約五キロ）ほどにございます」

「この地からなら江戸は指呼《しこ》の間《かん》じゃな」

「江戸の海を北東に十里ほど突っ切れば、佃島《つくだじま》沖に到着できまする」

「順風なれば、一刻（二時間）から一刻半か」

大黒丸の船隠しの入り江を検分してほしいと国次が総兵衛に言ってきたのは、昨日のことだ。

このところ久世一味はおとなしくしていた。

それに年があければ早々に金沢行きが待っていた。

大番頭の笠蔵と相談の上、すぐに行動に移すことにした。

国次との一夜泊まりの二人旅だ。すでに国次は下見をしていたのだ、道に迷うこともない。

「参りましょう」

小休止の後、二人は雀が浦を離れて、再び海ぞいに南下した。

総兵衛は藍染《あいぞめ》の着流しの腰に煙草《たばこ》入れを提げただけの軽装である。

国次は背中に風呂敷《ふろしき》包みを背負い、包みの上には布で捲《ま》かれた筒が結わえつけられていた。

「国次、背中がもぞもぞとはせぬか」

「総兵衛様、やはり」

総兵衛が初めて尾行者を感じたのは六郷川の渡しを降りたあたりだ。が、いったん消えていた影を総兵衛は再び海べりの道で感じ始め、国次に確かめたのだ。

「総兵衛様、誘《おび》きだしますか」

「まあ待て、用があらば先方から出てこよう」

総兵衛はそう言い放つと歩きだした。

師走の日の傾きと競争するように浦郷《うらごう》のその地に辿《たど》りついたのは、八つ半(午後三時頃)の刻限だ。

長年、大黒屋の持ち船の明神丸に乗り、上方での古着の買い付けを担当してきた国次が大黒丸の停泊する船隠しの入り江に推挙したのは、浦郷村の深浦湾だった。

相模灘《さがみなだ》から江戸の内海に入るために浦賀水道を越えた船は、左手に剣崎《つるぎさき》、観音崎を目印にしつつ、横須賀《よこすか》村に辿りつく。その一角、大地ノ鼻を回ったところに国次が選んだ深浦湾があった。

「総兵衛様、湾の幅はおよそ三丁（約三三〇メートル）、奥行きは半里（約二キロ）にございます。水深は引き潮のときも大黒丸の喫水の倍はございます」

二人は深浦湾のどんづまりにある浦郷の浜から湾の様子を見ていた。

ひなびた湾でひなびた漁村だ。

漁師の家が数軒、浜の松林に点在しているのが見えた。

「国次、静かな入り江だが、船隠しとよぶにはちと厳しいな」

総兵衛の言葉に頷《うなず》いた国次が、

「日暮れまでには半刻ほどございましょう」

と総兵衛を一軒の漁師の家に案内した。

「浦郷の漁師、浜次《はまじ》さんの家にございますよ」

藁葺《わらぶ》きの家の前で網の手入れをしていた漁師が国次を見ると立ちあがって、ぺこりと頭を下げた。

「先日はお世話になりましたな」

と挨拶した国次が、

「江戸は富沢町の古着屋を束ねる、私の主《あるじ》の大黒屋総兵衛様にございます」

と総兵衛を漁師に紹介した。

日に焼けた漁師の顔には深い皺《しわ》が走っていた。

「総兵衛にございます、うちの番頭が世話をかけたようでございますな」

総兵衛も如才なく挨拶をした。

「浜次さん、総兵衛様を船泊りの入り江に案内したいのじゃがよろしいか」

浜次は無口なのか、ただ頷いて家を出た。

湾奥の浦郷村から湾口に向けての左右は岩場伝いに松などが鬱蒼《うっそう》と茂った林が続いて、水辺の際《きわ》まで迫っていた。

浜次を先頭に三人は、人ひとりがようやく歩けるほどに踏まれた山道を登っていった。深浦湾に押し寄せる静かな波音が林の向こうから聞こえてきて、山道が湾と並行して走っていることを示していた。

ふいに道は岩場に阻《はば》まれた。その大岩をするすると浜次が登っていく。

総兵衛も国次も後に続いた。

総兵衛は岩場の上に立って、

「おおっ」

と驚きの声を上げた。

切り立った岩場の下の海は瓢箪《ひょうたん》のかたちをしており、その周囲は岩場と古代林に囲まれて、そこがかっこうの船隠しの入り江であることを示していた。さらに深浦湾との出入り口は細くすぼまっている。

「船泊りは浦郷の漁師たちが嵐《あらし》の日に船を繋《つな》ぎとめる入り江にございますそうな。深浦湾との出入り口は、せいぜい大黒丸が抜けられる幅にございます」

国次はすでに探査していた。

総兵衛は、瓢箪の入り江に大黒丸のほかに二隻《せき》の千石船が停泊できると確かめ、

「浜次さん、船泊りの出入り口の水深はどれほどですかな」

と聞いた。

「十尋《とひろ》」

とぶっきらぼうに浜次がいった。

一尋はおよそ六尺、ということは六十尺（約一八メートル）だ。大黒丸が出入りし、停泊するにも十分な水深だ。

「国次、この船泊りを大黒屋が使わせてもらってよいのか」

国次が頷くと、浜次に聞いた。

「浜次さん、浦郷の男衆と相談なされましたかな」

浜次が頷き、

「年貸し百両に決まった」

と言った。

国次が総兵衛の顔を窺《うかが》った。

「浜次さん、大黒屋が借り受けました」

総兵衛が即座に言い、浜次がにたりと笑った。

「浜次さん、今晩にもそなた方と証文を交わしておきたい。村の衆を集めてくれますかな」

浜次が頷いた。

「国次、よいところに船隠しを見つけたものよ」

総兵衛は、浜次の家に戻り、井戸端で手足を洗っているとき、番頭を褒めた。

二人はこの夜、浜次の家に厄介になることになっていた。

「こうなるのであれば、酒樽《さかだる》なと小僧に担《かつ》がせてくるのであったな」

「総兵衛様、酒はすでに江戸から送らせてございます」

さすがに上方の商人との取引に長《た》けた国次だ、遺漏はなかった。

「国次、私が出張《でば》る要もなかったな」

「大黒丸は大黒屋の、いえ鳶沢一族の生命線にございます。総兵衛様が直《じか》に浜次さんたちと膝《ひざ》を突き合わせて話し合われることが、先々のために大事なことと思います」

国次はそこまで考えて深浦湾の船隠しを選んでいた。

「大黒屋の旦那《だんな》、番頭さん」

女の声が主従を呼んだ。

浜次の家に上がると仏間と座敷の二間が繋げられ、いずれも日に焼けた男たちが十一人顔を揃《そろ》えていた。無口な浜次がそれでも、

「江戸の古着問屋大黒屋の主の総兵衛様と番頭の国次さんだ」

と紹介した。

「富沢町の惣代《そうだい》なれば、おれも名ぐれえ知っておる」

と一座の中でも一番長老株が言いだした。

その老人の百兵衛《ひゃくべえ》だけが古びた紋付きの羽織を着ていた。

「それに担ぎ商いがうちの浜にも来るでな」

一座の話が静まったところで国次が、

「うちでは西国との交易に千石船に倍する船を造りましてな、ただ今は、試走の航海に出ております」

総兵衛が用意してきた大黒丸の設計図を広げて見せた。

「なんとこりゃ、二本帆柱ではねえか」

「その帆柱が百二十余尺もあるだ、それにみねえ、帆柱に檣楼《しょうろう》が二段にあるだ

よ」

「なんとまあ、でけえ船を大黒屋さんは造られたものよ」

船大工統五郎が描き上げた絵図を眺めて漁師たちが感嘆した。

「これほど大きな船になりますと入り江のない江戸では、停泊地もございません。私どもは航海から戻った大黒丸をこちらの船泊りに入れて、他の荷船に荷を積み替えて江戸に運ぶことを考えましてございます」

国次の説明に漁師たちはただ頷いた。

総兵衛が代わった。

「ご先祖から大事に守り抜かれてきた船泊りをお貸しいただけるとのこと、大黒屋総兵衛、この通りにございます」

総兵衛と国次が十一人の漁師たちに頭を下げた。

「大黒屋様、入り江を船泊りにする貸し賃じゃが、浦郷に百両を払って下さるというのは確かですかな」

羽織の長老が念を押した。

浦郷の漁師全員の稼ぎをはるかに上回る金額だ。

「はい」

と請けた総兵衛が国次を見た。

「ここに一年目の借受料百両に契約料五十両を用意してございます。いかがにございますか」

総兵衛の提案に浜次らが一斉に頷いた。

「ならば、大黒屋と浦郷村全員が証文を取り交わしましょうかな」

国次が用意してきた証文を浜次に渡した。すると浜次は羽織の百兵衛に渡した。どうやら読み書きができるのは長老の百兵衛一人のようだ。

百兵衛が証文を読み上げた。それを十人の男が熱心に聞いて一々頷いた。

「異存がございましたらな、どうぞ遠慮なくおっしゃってくだされ」

一斉に首が横に振られ、一人の漁師が言いだした。

「これでよ、明日から漁なんぞに出なくてよいぞ」

和やかな顔のまま、

「それはちと困ります」

と総兵衛がいうと漁師を見た。

「私ども商人が他に儲《もう》け仕事があるからといって、本業の古着商いをおろそかにしたとしたら、たちまち家運は傾いてしまいます。漁師が漁を忘れて昼間から酒を呑《の》み暮らし、女にいれあげたとしたら、十両や二十両の金などすぐに消えてしまいます。そのあげくがお仲間に迷惑をかけることになる。となれば、浦郷じゅうが危殆《きたい》に瀕《ひん》します」

「参吉《さんきち》、大黒屋様のおっしゃるとおりだ。われらは長年海で生きてきた漁師だぞ、その恵みを忘れてはなんねえ。酒も時折り呑むのでおいしい。それをぶらぶらと日中から呑む了見なればたちまち天罰があたるだ」

長老の言葉に参吉が、

「おらの了見が悪かっただ。大黒屋様、百兵衛さん、許してくれ」

と頭を下げて、

「よし、なればおらから名前を書くべえか」

と百兵衛が署名した。

浜次たちは絵文字のような屋号や船の名を書き入れた。最後に総兵衛が名を記して、契約は終わった。

浜次が手を打つと女衆《おんなし》が膳《ぜん》と酒を運んできた。

「おおっ、今晩は呑んでいいだな」

参吉がうれしそうに言う。

「大黒屋様が江戸から送ってこられた酒ですよ」

浜次の女房がいい、

「こりゃ、噂《うわさ》に聞く下り酒だ。なんともいい香りだぞ」

と参吉がまず口をつけて、

「百兵衛さん、浜次どん、灘《なだ》の生一本だぞ。今晩ばかりは黙って好きなだけ呑ましてくんな」

と破顔したものだ。

翌朝、総兵衛と国次は浜次の家を早朝に辞した。

夜明け前の船隠しを確かめておきたかったからだ。

船隠しの海面から靄《もや》が立ち上り、入り江を幻想的なものにしていた。

「国次、よいところに目をつけたな」

総兵衛は改めて国次を褒めた。

「大黒丸が船隠しに泊まる姿が目に浮かぶようでございます」

「いかにもな」

と応じた総兵衛が、

「これで安心して金沢に行ける」

と呟《つぶや》いた。

「さて江戸に戻ろうか」

用事を済ませて心が軽くなった主従は、往路と同じ江戸湾に沿った海べりの道を辿《たど》った。

二人は昨日、足を止めた雀が浦に差しかかった。すると切り立った崖《がけ》の下を抜ける海沿いの道に菅笠《すげがさ》の武士が一人立っていた。

本所方与力の桂木和弥だ。

「これはまた異なところで会いましたな」

昨日から時折り意識した尾行の目は桂木だったかと、総兵衛が納得しながら声をかけた。

国次が総兵衛の後ろに回り、背の荷を下ろした。

桂木は大黒屋の仕舞物の反物を持ちこんだ翌日、若年寄の久世の屋敷に御用人丹後賢吉を訪ねて、これまでの経緯を報告するとともに、

「あやつ、尋常な手合いじゃありませんぞ」

と今後の行動を尋ねた。

「そなた、総兵衛を佃島で襲ったか」

「御用人様、これでもそれがし放心流の免許持ちにござってな。あやつの腕を試したまでにござるよ」

「倒せるか」

「大黒屋総兵衛を本所方与力に始末しろとおっしゃるので」

「百両だそう」

「御用人、今ひとつ頼みがございます」

「申してみよ」

「それがし、本所深川周りのどぶ与力には飽き飽きし申した。若年寄の久世様のお力で北町奉行所に変わりとうございます」

「総兵衛を始末した暁には、殿に相談申しあげる」

桂木が意気揚々と深川の鞘《さや》番屋に戻った翌朝、加賀湯の夏六の手先が飛んできた。

「親分がおかしな具合になりましたんで」

「なんだと！」

桂木が加賀湯に走ってみると高熱を発した夏六と手先の三五郎が、

「もう十分だ、水に頭を浸《つ》けるのは勘弁してくんな」

「叩《たた》かないでくれ、おりゃ、ただの手先だ」

とか、うわ言を繰り返していた。

聞けば本所の鞘番屋で別れたあと、二人は一晩家に戻ってこなかったとか。

そして、翌朝、加賀湯の前に転がされていたという。

「大黒屋の野郎め」

大黒屋に仕舞物を持ちこんだ夜の事件だ。

大黒屋の一味が泥亀《すっぽん》の夏六と三五郎を襲ったとしか、考えられなかった。

（大黒屋を甘く見すぎたかもしれない。こうなりゃ、総兵衛を倒すまでだ）

夏六の残った手先を使って大黒屋を昼夜にわたって見張らせ、総兵衛と番頭の一人が遠出するのを知ったのだ。

「大黒屋、なんぞ画策していやがるな。あの入り江は、大黒丸の隠し湊《みなと》か」

総兵衛は大黒丸の船隠しを本所方与力に知られたことを悟った。

「本所方与力が相州まで出張られましたか」

国次が総兵衛に三池典太光世を差しだした。

総兵衛は、それを帯に差し落とした。

国次は、戦いの場から消えて、桂木に連れがいるかどうか雀が浦を探し始めた。

「やっぱりただの商人ではなかったな。噂に隠れ旗本の一族が江戸に潜んでいるときいていたが、おめえだったか」

「隠れ旗本とはなんのことでございますな」

「大目付の本庄豊後と親しい交わりをしているなんぞがその証拠よ。大目付は大名の監察だ。なんぞあれば、おまえの一族が始末するってわけか」

「これはまた異なことを考えられましたもので」

「本庄の娘が加賀藩の江戸家老の倅《せがれ》と祝言《しゅうげん》を挙げるんだってな、城中でおめえらが加賀と繋《つな》がるのをよくは思うてない御仁もおられるんだぜ。大黒屋、あの娘が江戸を出て行くことは叶《かな》わないぜ」

柳沢吉保は大目付の本庄勝寛が加賀前田一族と縁を持つことを恐れて、無垢《むく》の絵津を暗殺する気だ。

「どぶ与力が首を突っ込みになられる話ではありませんな」

「おまえを殺せば、おれは北町奉行所に代われる。総兵衛、佃島の時とは腹の括《くく》り方が違うぜ、覚悟しな」

「桂木和弥、了見がちと小さいのう」

桂木は剣を抜くと、迷わず突きの構えをとった。

総兵衛は葵典太《あおいでんた》を正眼に構えた。

「古着屋、流儀はなんだ」

「祖伝夢想流落花流水剣」

「ご大層な名だぜ、古着屋らしいや」

「そなたの剣法はなにかな」

「金子弥次左衛門夢幻《むげん》様が創始なされた放心流よ」

金子夢幻は針《はり》ガ谷《や》夕雲《せきうん》と並び称された名人だ。

二人の間合いは二間（約三・六メートル）だ。

「そなたは心を許した朋輩《ほうばい》もおらぬと見えるな」

「世の中、押し渡るには上役も手下も煩《わずら》わしい」

そういった桂木は、
すいっ
と剣先を伸ばして引っこめ、その構えのままに突っこんできた。

地面に腰が吸いついた走りで迷いなき突進だ。

切っ先が伸びて、総兵衛の喉《のど》に迫った。

総兵衛は動かない。

さらに二段構えに総兵衛の喉首を斬《き》り裂こうとしたとき、総兵衛の正眼の剣がようやく動いた。

舞雪の中に舞う扇のように動いた典太が、突きの切っ先をからめとるように弾《はじ》いた。

二人の位置がくるりと変わった。

桂木の剣は、変転して総兵衛の右首を狙《ねら》って落とされた。

その瞬間、総兵衛の体が、
そより
と春風のように桂木の内懐《うちぶところ》に入りこみ、

「桂木和弥、死ね！」

という宣告を発すると、本所方与力の脇腹《わきばら》から胸を深々と斬りあげていた。

（なぜ狭い間境でおれの剣よりも速く剣が振るわれたか）

桂木和弥は落花流水の秘剣の動きが理解できないまま、雀が浦の海べりの道に崩れ落ちた。

宝永三年師走《しわす》、大目付本庄勝寛の息女絵津の婚姻が読売に載った。そして、加賀金沢までの嫁入り道中は雪の季節のこと、海路江戸から西回りで行くことが報じられた。

第四章 追　跡

一

宝永四年（一七〇七）の新年が明けた。だが、大目付本庄豊後守勝寛《ほんじょうぶんごのかみかつひろ》には、加賀行きのために江戸を留守にする許しは与えられなかった。

大目付という要職、予測された結果ではあった。

本庄家では家族四人が年の瀬、加賀金沢に嫁入りする絵津と出来るだけ一緒に時を過ごした。

封建時代にあって勝寛はめずらしくも娘思いを表に出す父であった。

正月元旦《がんたん》から大名家の総登城が始まる。

大目付の勝寛ももはや絵津のために時間を割くことはできない。

正月三日の夕暮れ前、主《あるじ》の勝寛が城下がりをして半刻《はんとき》後、四軒町の本庄邸に煌々《こうこう》とした明かりが点《とも》された。

きれいに掃き清められた玄関先に乗り物が入れられ、式台の前に本庄家の家来たちや奉公人たちが顔を揃《そろ》え、そして、門前には出入りの商人や町内の人々が集まった。

そんな中、おきぬが京で誂《あつら》えた白無垢《しろむく》の花嫁衣装も初々《ういうい》しい絵津が玄関に姿を見せた。玄関先にどよめきの声が起こった。

「なんと神々《こうごう》しい花嫁か」

「絵津様、お美しゅうございます」

そんな思いがどよめきに込められていた。絵津を長年世話してきた老女は、涙にくれて顔も上げられなかった。

絵津は見送りに出た父と母、そして、妹に静かに目礼すると笑みを浮かべて式台を降りた。すると思わず奉公人の中から、

「絵津姫様、お幸せに」

という声が洩《も》れた。

絵津はその声を耳にすると家臣や奉公人たちの前に進み、

「お世話になりました。これからも父、母、妹をよろしくお願い申します」

と挨拶《あいさつ》した。

めでたい門出だ、笑みを浮かべていた奉公人も思わず瞼《まぶた》が潤《うる》み、面《おもて》を伏せたものもいた。

絵津は門前まで進むと見送りの町内の人々に一礼した。ここでも、

「おめでとうございます、絵津様」

「絵津姫様、金沢でお幸せにお暮らしくだせえよ」

などといつまでも祝いの言葉が飛んだ。

花嫁行列の道中差配を仰《おお》せつかった川崎孫兵衛が、

「絵津様、お乗り物に」

と声をかけ、絵津は再び父母と妹の元に戻ると、

「父上、母上、お世話になりました。いついつまでもお健《すこ》やかに。宇伊、父上、母上をお頼みしましたよ」

という声を残して乗り物に身を入れた。すると門前に控えていた出入りの鳶《とび》たちの木遣《きや》り歌が響き、絵津の嫁入り行列は、旗本屋敷がつらなる片側町を出て、鎌倉河岸《かまくらがし》へとゆっくり進んでいった。

片側町にも鎌倉河岸にも絵津を送る町内の人々が大勢見送りに出ていた。

それだけ本庄家が四軒町で町人たちにも慕われる旗本であったということだ。

そして四軒町界隈《かいわい》は江戸が誕生したときからの武家屋敷と町家《まちや》が混在して、深い交わりをしてきた町内であることを示していた。

花嫁行列は静々と進み、鎌倉河岸で止まった。そこで船に乗り物ごと乗せられた。

船頭以下、花嫁行列を迎え入れたのは、大黒屋の真新しい半纏《はんてん》を着た国次ら奉公人たちだ。

「ささっ、こちらにお座りくださいませ」

川崎孫兵衛ら付き添いのものたちも、絵津と同じ船に乗ったり、二艘《そう》目、三艘目の船に分乗したりした。

「あの船で加賀の金沢までいくのかえ」

「馬鹿《ばか》いうんじゃねえや、佃島《つくだじま》沖で千石船に乗り換えるんだよ」

見送りの町内の若い衆たちが言い合った。

「なにしろ加賀は遠いや。それに中山道も北陸道も雪が積もっているというんでよ、上方まで海路で行かれるんだよ」

と物知り顔の鎌倉河岸の兄いが言う中、花嫁を乗せた船がゆっくりと鎌倉河岸を離れ、また一頻《ひとしき》り見送り人から絵津への祝いの言葉が飛んだ。

鎌倉河岸の花嫁行列を監視する屋根船があった。

若年寄久世重之の用人丹後賢吉である。そのかたわらには下総《しもうさ》関宿藩の剣術指南水城茂母里と円明流の道場主の山村次五郎が従っていた。

小者たちが次々に丹後の下に戻ってきて、

「御用人、本庄家の長女絵津に間違いございません」

「雪の北陸道を避けて海路というのは確かのようにございます」

と報告した。

江戸から加賀国までは百二十里（約四八〇キロ）、加賀の大名行列は、三つの道を選んで通った。

まず第一は中山道から碓氷《うすい》峠を越えて北国下街道に入り上越に抜けて、さらに日本海ぞいに金沢に下る。

この距離を行列は、十二泊で走破する。

費用が嵩《かさ》む参勤行列としては、道中の宿泊が一泊でも少ないほうがよい。通常はこの距離の短い道が選ばれた。

第二は、信濃《しなの》追分の先も中山道を進み、北国上街道に入って福井を経由して金沢にいたる道だ。これは百六十四里（約六六〇キロ）あった。

第三の道は、東海道を西に進み、大垣宿から美濃《みの》路に入り、関ヶ原宿からは北国上街道を辿《たど》る百五十一里（約六〇〇キロ）だ。

絵津の嫁入り道中は、いずれの道でもない。

第一の道も第二の道も冬の最中、雪が深く乗り物での通行が不能だ。この季節、第三の東海道が一番確実だが、

「御用人様、娘の足を考えて大黒屋が尾張まで船を用意したようでございます」

と探索の小者が丹後に報告した。

「となればやはりわれらも船での追跡ということになるか」

丹後は、昨年末から絵津の加賀入りは海路と読売が知らせたときから、品川沖に下総関宿藩の名で弁才船《べざいせん》を借り受け、出立の準備を終えさせていた。

「風待ち湊《みなと》かどこかよきところで襲うしか、手はございますまいな」

水城が丹後にいい、

「次の寄港地は下田湊か」

「はい。遠州灘《えんしゅうなだ》を乗り切るには、どの船も下田湊に立ち寄り、風具合を見て出帆いたします」

と山村が答えていた。

「水城、山村、江戸府内で襲うのはちとまずい。豆州内にて絵津を亡《な》きものにいたす」

「なれば娘の一行が大黒屋の船に乗船したのを確かめた後、下田港に先行いたします」

鎌倉河岸から見送りの姿が消えようとしていた。

水城が、

「船頭、花嫁行列の船を追尾せよ」

と命じて、舫《もや》い綱が解かれた。

二日後の昼前、豆州下田湊に入る船を見張るために須崎《すざき》湊の沖合いで待ち受けていた下総関宿藩の傭船安房丸《ようせんあわまる》の水夫《かこ》が絵津の乗った大黒屋の持ち船、明神丸を発見した。

「船が来たぞ！」

水夫の叫び声に丹後らが艫櫓《ともやぐら》に出た。すると明神丸の舳先《へさき》に若い娘と供の者たちが接近する陸地を眺めていた。

「あの娘、船酔いはせぬとみえるな」

船酔いに悩まされる丹後がうんざりした様子で言った。

明神丸が下田湊に入るためには、恵比須《えびす》島沖を右手に大きく回りこむことになる。だが、丹後らが見ている鼻先で、明神丸はそのまま南下をしていく様子を見せていた。

「下田湊に入らぬぞ」

丹後の慌《あわ》てた声に主船頭が、

「まだ陽も高うございますよ。大方、石廊崎《いろうざき》の手前の弓ヶ浜あたりに停泊する算段ではございませぬかな」

というと追跡の準備にかかった。

明神丸を追尾する安房丸は海上半里の間合いを保って、陸影を確かめつつ、南西に下っていった。

下田を通過して船は大きく揺れだした。

丹後は真っ青な顔でなんとか耐えていた。

明神丸は弓ヶ浜に入る盥岬《たらいみさき》を通過しても方向を転じる様子を示さなかった。

「御用人様、大黒屋は上方との往来になれていやがる、あやつらは石廊崎を回って、一息に遠州灘を押し切るつもりだ」

「な、なんと遠州灘に出ると申したか」

「へえっ、どうしたもので」

「お、追え！」

と叫んだ丹後はよろよろと船室に下っていった。

江戸と京を結ぶ主街道は、二つあった。

言うまでもなく東海道と中山道だ。

江戸の日本橋を出た中山道は、武蔵《むさし》、上野《こうずけ》、信濃、美濃《みの》、近江《おうみ》、山城の六国を通り、京の三条大橋まで六十九次およそ百三十六里（約五四四キロ）の道のりだ。

今、路傍に雪が残った中山道の木曾路《きそじ》贄川《にえかわ》の口留番所に差しかかった女乗り物があった。

乗り物の両側には老臣と老女に女中衆、それに小袖《こそで》の着流しの大男が従っていた。

贄川番所は北方の固めといわれたところだが、いまや女の出入りに厳しい口留番所だ。

番所も緊張が走った。

女改め役の女が乗り物から姿を見せる女性を手ぐすね引いて待っていた。

「どちら様も乗り物を降りられよ、女改めにござる」

番所役人が乗り物から降りるように命じた。

引戸が開かれて立ち現われた娘に中山道の役人たちも目を見張った。

娘の全身から若さと美しさが漂っていた。それは娘が顔に見せた緊張ととも

に番所の役人たちに強い印象を与えた。

「役人どのに申しあげる」

老臣の川崎孫兵衛が大目付の手形を差しだした。

「大目付本庄豊後守勝寛様のご息女、絵津様、加賀藩江戸家老前田光悦様ご嫡《ちゃく》

男《なん》光太郎様との縁組のため、当番所を通過いたす。とくと調べられよ」

大目付は道中御奉行を兼帯する役職だ。つまりは口留番所の上司といえる。

「はっ、ははあ」

番所役人は孫兵衛の差しだした大目付が発行した女手形をちらりと見て、

「どうかお通りくだされ」

と通過を許した。

「他に老女衆もよろしいか」

孫兵衛が念を押した。

番所役人が、結構にございますといって、

「気をつけていかれませえ」

と言葉を添えた。

絵津は会釈《えしゃく》をすると乗り物に再び入り、陸尺《ろくしゃく》たちが担《かつ》ぎあげた。

口留番所の門番たちに見送られて、行列は静々と奈良井《ならい》宿へと進む。

「絵津様、木曾路に差しかかりましたぞ、次なる宿にて昼餉《ひるげ》をとりますでな。しばらくの辛抱をお願いします」

「孫兵衛、私は大丈夫です。爺《じい》こそ風邪など引きませぬようにな」

「勿体《もったい》無きお言葉にございます」

奈良井宿は江戸から三十四番目の宿場だ。

贄川、奈良井、藪原《やぶはら》、宮《みや》ノ越《こし》、福島、上松《あげまつ》、須原《すはら》、野尻《のじり》、三留野《みどの》、妻籠《つまご》、馬籠《まごめ》の木曾路十一宿の中でも一番の賑《にぎ》わいを見せる宿場だ。

ここには本陣、脇《わき》本陣各一つと旅籠《はたご》が五軒あった。

一行は奈良井宿の町中へと入っていった。

二間四尺（約四・八メートル）の広々とした通りの両側に旅籠や茶屋が軒をならべている。

駕籠が本陣の前に止まった。

「絵津様、お疲れではありませぬか」

大目付の姫君の乗り物に従うには少しばかり変わった出《い》で立ちの大男が本庄絵津に声をかけた。

むろん六尺を超える着流しの大男は大黒屋総兵衛だ。

みれば供の面々は、三番番頭の風神の又三郎、大力の作次郎、綾縄《あやなわ》小僧の駒吉など鳶沢《とびさわ》一族ら十二人だ。

「総兵衛どの、さすがに木曾路は冷えますな」

鈍色《にびいろ》の空から今にも白いものでも落ちてきそうな天候に孫兵衛が首を竦《すく》めた。

「本庄絵津様、お待ち申しておりましたぞ。座敷には囲炉裏も切ってございます、ささっ、お体を温めくだされ」

紋付羽織袴《はかま》の陣屋の主《あるじ》、木曾屋《きそや》半兵衛《はんべえ》が絵津たちを出迎えた。

絵津とともに前田家に従うことになった老女清亀《きよかめ》や女中たちに囲まれて、絵津がまず本陣に通った。

本陣では又三郎に指揮された鳶沢一族が配置についた。

それを見た孫兵衛が、

「久世家の御用人は未《いま》だ偽《にせ》の絵津様の船を追っておるかのう」

と総兵衛に訊《き》いた。

「江戸を発《た》ってすでに八日が過ぎております。まずは絵津様が身代わりと気づいてよいころにございましょうな」

あの夕暮れ、絵津一行は、佃島沖に停泊する大黒屋の明神丸に乗りこんだ。

だが、丹後らの傭船《ようせん》安房丸が下田湊に先行した直後、明神丸からするりと摩《す》り替わって絵津と孫兵衛が下船し、秘《ひそ》かに五挺櫓《ごちょうろ》の押送り船に乗り替えて江戸に戻っていた。

絵津を見張るために久世の御用人の小者たちが一行に張りついたように、おてつや秀三ら一族の探索方が丹後賢吉らの動きを追っていたからこそできた大技だ。

馬を用意して絵津らを待っていた総兵衛を頭とする一行は、その夜のうちに甲州街道を一気に小仏峠越えをして甲斐《かい》国に入っていた。

石和《いさわ》宿で先行して待機していた老女清亀らと再会した絵津たちは、ようやく乗り物をそろえての花嫁行列を組み直した。

とはいえ一行は、甲州街道と中山道が交差する下諏訪《しもすわ》宿まで花嫁行列らしからぬ急ぎ旅をしてきた。これもすべて絵津を亡き者にしようという久世一統の襲撃を躱《かわ》すためだ。

「となるとこの先が危ないか」

「用心に越したことはありませぬ」

「今宵は福島宿までいけるとよいがな」

孫兵衛はそのことを案じた。

奈良井宿から藪原まで一里十三丁、鳥居峠の難所があった。さらに藪原から福島まで三里二十五丁あった。

「五里(約二〇キロ)は無理かもしれませぬな。まずは難所の鳥居峠越えに専念いたしますか」

と応じた総兵衛は、

「絵津様はどんな難儀にも文句一つ申されないのでわれらは助かります」

「絵津様がお生まれになったときからお仕えしてきた孫兵衛じゃが、今度ばかりは絵津様に教えられてばかり、驚きいった次第じゃな」

孫兵衛が言うと本陣の門を潜《くぐ》っていった。

総兵衛のかたわらに又三郎が現われた。

「駒吉と文五郎の二人を鳥居峠に先行させて、様子を見させよ」

「すでに前哨《ぜんしょう》隊を出してございます」

「うーむ」

と頷《うなず》いた総兵衛に又三郎が、

「後ろにも見張りを残しますか」

と訊いてきた。

「追っ手がくるとしたら、木曾路から草津の間か」

「はい」

「よし、だれぞ差し向けよ」

「手代見習いの善三郎《ぜんざぶろう》ではちと頼りのうございますか」

「善三郎か、このようなときに経験を積ませるのも大事なことじゃ、呼べ」

十五歳の善三郎が呼ばれてきた。

「善三郎、用事を申しつけるがそなた一人でやり遂げられるか」

ちらりと不安の表情を浮かべた善三郎は、

「お申しつけくだされ。なんでもやり遂げてみせます」

と鳶沢一族の頭領に言い切った。

「よし、そなたはこれより今きた中山道を塩尻宿まで戻れ。久世一統の追っ手が来るやも知れぬ。もし見つけたらぴたりと張りつき、一統の行動を見定めた後、先行するわれらに知らせるのじゃ。できるか」

「できます」

「塩尻宿にて二晩待っても一統が姿を見せぬときは、われらを追え」

「承知しました」

善三郎は中間《ちゅうげん》姿から伊勢参りの格好に変えさせられ、又三郎から路銀などを貰《もら》い、勇躍今来た道を引き返していった。

昼餉《ひるげ》を終えた絵津の一行は、白いものがちらちらとしてきた奈良井宿をあとに鳥居峠に向かう。

この峠は奈良井宿外れの神社から登りが三十丁（約三・三キロ）余り、頂は日本海と太平洋の分水嶺《ぶんすいれい》で高さは海抜約三千六百尺（一一九七メートル）あった。石畳の街道が細くだらだらと続いていた。

陸尺は大黒屋の荷運び人足たちだ、頭の作次郎の指揮で慎重に石畳を上った。

峠道の頂に文五郎が待ち受けていた。

「なにごともないか」

先導役の又三郎に問われた文五郎が、

「藪原宿までは変わりはございません。駒吉が福島までを確かめに走っております」

と答えた。

それを聞いた総兵衛が、

「絵津様、峠はちと寒うございますが、西に御嶽山《おんたけさん》、南に木曽の駒《こま》ヶ岳《たけ》が見えます。冷たい空気を吸っていかれませぬか」

と誘いかけた。

「総兵衛様、外に出てよいのですね」

絵津は駕籠《かご》で行くよりも外の風景や人の暮らしを見ながら歩くのを望んでいたのだ。

そのことを総兵衛も承知していた。だが、久世一統の襲撃を避けようとする花嫁道中、これまで先を急ぐあまりに絵津の望みはかなえられなかった。

乗り物から降りた絵津が冷たい空気を胸一杯に吸うと、

「いい気持ちです」

と総兵衛に笑いかけ、

「爺が駕籠に乗ってくださいな。私は峠から次の宿まで父上と歩きます」

と言いだしたものだ。

「姫、殿は江戸に……。そうか、そうでしたな、総兵衛どのは絵津様の代父でしたな」

総兵衛が苦笑いして、峠に建つ鳥居を差した。

「絵津様、あれは御嶽権現《おんたけごんげん》を拝む鳥居にございます。御嶽様に旅の祈願をいたしました後、総兵衛と藪原宿まで歩いて参りますか」

「父上、ほんとですか、約束にございますよ」

絵津は鳥居の前に走っていくと両親の無事と旅の安全を御嶽権現に祈った。

「総兵衛どの、それがし、絵津様を加賀にお残ししてくるかと思うと……」

孫兵衛が言葉を詰まらせ、鳥居峠の寒さの中で目を潤《うる》ませた。

二

大黒屋の持ち船の明神丸が東海道舞坂宿の弁天島の沖合いに停泊したのは、佃島沖を出て五日目の夕暮れ前のことだ。

さらに四半刻《しはんとき》（三十分）遅れて下総関宿藩の御用人丹後賢吉ら一統を乗せた安房丸も遠州灘《えんしゅうなだ》と浜名湖を分かつ今切口を越えて、碇《いかり》を落とした。

さらに半刻後、舞坂の回船問屋の永井屋に明神丸の水夫たちが伝馬を乗りつけて、食べ物やら水を買いこみにきた。

兄貴分が店に入ると見習い水夫の二人が船番に残された。

「竹《たけ》、おれたちの行き先はどこだ」

「知るけえ。荷が女衆だ、上方かね」

「それにしても安房丸は、金魚のうんこのようについてくるだ」

「女衆をかどわかすためとかどうとかちゅう話だが、ほんものの姫様は、今頃は木曾路だぞ」

「ほんとほんと。竹、それにしてもよ、木曾路なんてどうして知っている」

「佃島でるりって娘に摩り替わったときよ、だれぞが甲州街道から木曾路を抜けると囁《ささや》いていたのを聞いたのさ」

「安房丸は偽の姫様を狙《ねら》ってご苦労なことだな」

回船問屋から水夫の呼ぶ声がして、見習いの水夫たちは慌《あわ》てて飛んでいった。

すると近くの漁師舟の中から黒い影が忍びでて、艀《はしけ》に飛び乗ると安房丸に急行していった。

丹後賢吉が放っていた探索方の知らせに丹後ら幹部は愕然《がくぜん》とした。

「なにっ！　明神丸の娘は、本庄絵津ではないというのか」

「はい。るりという別の娘ということにございます」

「御用人、下田湊を通過して急ぎ旅の様子を見せたあと、一転してだらだらとした航海でございます。われらを引きつける狙いなれば、明神丸の航海も納得がいく」

剣術指南の水城茂母里が言いだした。

「おのれ、大黒屋め。小馬鹿《こばか》にしくさって」

丹後がきりきりと歯を嚙《か》んだ。

「御用人、どうしたもので」

丹後は大絵図を広げてしばし考えた。

夕暮れが迫っているのを丹後が確かめ、

「山村次五郎、そなたら十三人はただちに下船いたし、舞坂の伝馬問屋で馬を都合せよ」

と命じた。

「天竜川ぞいに下諏訪宿へ急行するのじゃあ。大黒屋は女連れの旅だ。どこをどう通ろうとまだ木曾路には入っておるまい。われらは船にて一気に尾張まで突っ走る。そこから木曾路を中津川へと遡《さかのぼ》って参る」

「木曾路で挟み撃ちにございますか」

「今なら間に合う。山村、若年寄久世大和守《やまとのかみ》様の御用旅である。伝馬問屋に馬を都合させて、なにがなんでも夜を徹して走れ」

丹後が厳命した。

円明流の道場主に率いられた門弟やら雇い入れられた剣客たち十三人の刺客は、ただちに安房丸を捨てた。さらに引き潮を待って今切口を抜けた安房丸は、尾張を目指して遠州灘から伊良湖《いらご》岬に向かって帆走を開始した。

久世大和守重之の用人丹後賢吉に指揮された二つの追跡組が必死で本物の本庄絵津の行列を追い始めた二日後、総兵衛一行は藪原宿に泊まった。

次の宿場の宮ノ越宿まで先行した駒吉が藪原の伝馬宿に戻る馬方に走り書きを託してきた。

手紙によれば宮ノ越宿は異常なし、明朝も先行すると伝えてきた。

総兵衛が腹心の又三郎に駒吉の走り書きを見せると、

「なんぞ不審を感じてのことでしょうか」

と首を捻《ひね》った。

「久世一統に行き合ったのなら行き合ったと書いてこよう。駒吉の勘が働いてのことかも知れぬな」

と総兵衛が答えたものだ。

翌朝七つ（午前四時頃）、藪原宿をあとにした。

木曾路の遅い春を思わせる天気だ。

朝から草履を履いて紐《ひも》でしっかりと足首に固定した絵津は、総兵衛と肩をならべて歩くことにした。

「絵津様、今日は天気もよろしゅうございますれば、須原宿まで山道九里十三丁（約三七キロ）の急ぎ旅になります。お疲れになったら、お駕籠にお乗りください」

総兵衛は絵津にそう約束させた。だが、絵津は、

「おてんばの絵津の足は、なかなかのものです。爺《じい》や清亀には負けませぬ」

「なればぼちぼち参りますか」

本陣の主《あるじ》らに見送られて徒歩《かち》の花嫁の一行は、木曾路を京に向かっていった。

「絵津様、この宿場の北側にある小木曾村は、尾張藩御鷹匠《おたかじょう》番所がございましてな、小木曾の鷹は、江戸にも知られた名鷹《めいよう》にございますよ」

とか、

「木曾義仲様が平家打倒を叫んで挙兵した地が、この宮ノ越にございます」

などという総兵衛の話を聞きながら絵津は、往来する人々や野良《のら》で働く百姓たちを記憶の底に留めるように観察していく。

江戸育ちの絵津だ、金沢に嫁に行けば、このように自由な旅もできないと覚悟して、今見聞きすることを楽しもうとしていた。

「総兵衛様、奈良井宿で食した五平餅《ごへいもち》はなんとも美味でございました」

「絵津様、まだまだこの先にも美味《おい》しいものが絵津様を待っておりますよ」

福島関所で手形改めをうけたが、大目付の息女の書付がものをいってかたちばかりの改めで通過した。

上松宿で遅い昼餉を食した一行は、木曾川の激流が作りあげた寝覚《ねざめ》の床《とこ》の景勝を見物して、日暮れ前に須原宿に到着した。

探索を言い付かった手代見習いの善三郎は、木曾路を抜けた洗馬《せば》宿の伝馬問屋で馬を走らせてきた武士の一団と出会った。

十三頭の馬に乗り、遠くから走ってきたらしい武士の顔には殺気と疲労が漂っていた。また馬たちも荒い息をついて全身から汗を流していた。

夕暮れの刻限だ。

そのとき、善三郎は問屋の前で足を休める格好で座りこんでいた。

伝馬問屋に一人の武士が息を弾ませて入り、

「十三頭の替え馬を急ぎ願おうか」

と命じた。

「お武家様、急に十三頭と申されても無理です、用意できかねます」

問屋の番頭が断った。すると男は、

「われらは若年寄久世大和守重之様の御用旅の者だ、集めよ」

と横柄《おうへい》に告げた。

（畜生、現われやがったぜ）

善三郎は緊張にきゅっと身が引き締められた。

あやつらが馬に乗り換えて木曾路を突っ走ったら、総兵衛様にお知らせするのが遅れてしまう。どうしたものか。

問屋場の軒先で伊勢参りの格好でいた善三郎は、番頭との掛け合いに聞き耳を立てた。

「お侍様、伝馬問屋は御老中支配下道中御奉行の監督の下に動いております。若年寄様の名を出されて御無体《ごむたい》を言われても困ります」

問屋の番頭は、若年寄久世の名を出した侍たちの風体が若年寄の家臣とは違うことを察していた。

「それに夜旅は危のうございますし、お乗りになってこられた馬を一晩休ませて明朝、早立ちなされたほうがなんぼかようございますよ」

男が一行を率いる刺客の首領山村次五郎に伺いに出てきた。

「山村どの、聞いての通りにございます。どういたしますか」

「仕方あるまい。今宵はこの宿に泊まって早立ちいたそうか」

「すでに大黒屋の一行が木曾路に入ったことは分かっておりますからな」

総兵衛たちが木曾路に入ったことまで摑《つか》んでいた。

「もはや袋の鼠《ねずみ》だ。尾張から参る丹後様らの組と木曾路で挟み撃ちするのは確かなことだ」

問屋に交渉に入った男が山村の言葉にほっと安堵《あんど》の息を洩《も》らした。再び問屋に戻った男が、

「番頭、馬の世話を頼みたいのじゃがな」

と言った。

「ならば、問屋場の裏手の厩《うまや》に引いていってくださいな」

十三人のうち、五人の者が山村らの馬の手綱《たづな》を受け取ると伝馬問屋の裏へと引いていった。

善三郎はそのあとを尾行していった。

「なにはともあれ、今宵は畳の上で休めそうじゃな」

「寝ることもさりながら、一杯飲みたいものじゃ」

「船もしんどいが馬の背もなかなかきついな」

「一日一両の手間賃に名乗りを上げたが、船だ馬だとえらく走らせるぞ」

「大黒屋とは古着屋ではないのか。そんな商人の尻《しり》を追ってどうなるというのだ」

「いやさ、古着屋と思うて甘くみるとえらい目に遭うそうな。ともかく得体の

知れぬ男というからな」

金で雇われた用心棒剣客たちは、十三頭の馬を伝馬問屋の奉公人たちに渡すと、

「明朝までにしっかりと世話をせよ」

と命じて問屋の表に戻っていった。

一度に十三頭の馬の世話をすることになった問屋場の奉公人たちは文句を言いながらも汗を掻《か》いた馬たちを厩の裏手の小川に連れていった。

善三郎は厩に人がいなくなったのを確かめ、厩に休んでいた一頭の馬に近づいた。

「よしよし、おとなしくするんだぜ」

鳶沢一族の男たちは、七歳の春から馬の扱いと乗馬を覚えさせられる。

善三郎にとっても馬は格別の動物ではない。

そのことを敏感に馬も察したとみえ、栗毛《くりげ》の馬はおとなしく引きだされた。

善三郎は伝馬問屋の男たちが小川にでも連れていく風情《ふぜい》で栗毛を問屋場の外に連れだすとゆっくりと洗馬宿の外れまで歩いていった。

「頼むぞ、夜旅になるでな」

と馬に言い聞かすと善三郎は月明かりを頼りに木曾路へと走りだした。

駒吉は馬籠《まごめ》宿の先の十曲峠《じっきょく》を美濃のほうから上ってくる武士の一団を見ていた。一団は二十数名で槍《やり》を持参しているものもいた。一群の中央には、駕籠《かご》と二頭の荷馬が引かれている。

「どうやら来なさったぜ」

駒吉は大老格の柳沢吉保に取り入ろうとする若年寄久世大和守重之の用人丹後賢吉が率いる絵津姫暗殺団と見た。

十曲峠は、信濃と美濃の国境である。

戦国時代には天下の覇者たらんという夢を抱いた軍馬が峠を往来した。木曾の山並みをはさんで甲州には武田信玄が、尾張には織田信長が対峙《たいじ》していたからだ。

夕日に染まる美濃平野を一望しながら、駒吉は峠の頂の地形を眺めた。杉の古木数本が峠の頂であることを示して植えられ、その下では湧《わ》き水が旅人の足を止めさせていた。

だが、もはや刻限、行きかう旅人はなかった。

駒吉は懐《ふところ》から得意の縄を取り出すと、手鉤《てかぎ》が分銅代わりにつけられた先端をくるくると回して虚空《こくう》に投げた。手鉤は一丈数尺（三メートル余）の高さにある太い枝に見事に絡《から》んだ。

駒吉は、縄を引っ張ってひっかかり具合を確かめると、するすると杉の古木の枝に登っていって鬱蒼《うっそう》とした枝葉の中に身を同化させた。

それから四半刻（三十分）後、馬の嘶《いなな》きが峠に響いて一団が姿を見せた。

「御用人、峠の頂でございますれば、ちと休んでいかれませぬか。本日の泊りの馬籠まではもはや下り道、せいぜい半里もございますまい」

恰幅《かっぷく》のいい剣術家水城茂母里が駕籠に声をかけて、戸が開けられ、綿入れを着込んだ丹後賢吉が顔を出した。

「さすがに木曽路は江戸と違い、寒いのう」

陸尺《ろくしゃく》が差しだした草履を履いた丹後は峠の様子を眺め回した。

美濃平野には濁った残照があったが行く手の木曽路にはすでに光は消えてい

る。


「春はまだ名のみにございますな」

駒吉は峠のあちらこちらに散って休む者たちの中に衆道《しゅどう》の仲という加納十徳と丸茂祐太郎の二人を確かめた。

二人は仲間から外れた場所に二人だけで休んでいた。

感慨深げに日の落ちた峠を見ていた丹後が、

「大黒屋総兵衛め、船から抜けだすなどという奇策に頼り、自ら木曾路に雪隠《せっちん》詰《づ》めになりおったな」

「御用人、探索方の報告を考えますに馬籠峠あたりが大黒屋と本庄絵津の墓場になりますか」

「まずはそんなところ」

「今晩は、馬籠宿に泊まって明日の昼前までには馬籠峠に陣を敷き終えましょうかな」

「ならば茂母里、早う馬籠宿に降りようぞ、寒くて敵《かな》わぬわ」

丹後の言葉に提灯《ちょうちん》を点《とも》した一団は峠道を下り始めた。そして、その後を駒吉が追っていった。

駒吉は、丹後ら一行が馬籠の脇《わき》本陣に泊ったのを確かめると夜の木曾路を馬籠峠に向かって走りだした。

だらだらとした上り下りの石畳を駒吉の長身が走る。

すでに駒吉の背丈は五尺八寸（約一七六センチ）を超えて筋肉が全身を覆《おお》い、夜道を走る姿には野生の獣を思わせる躍動が感じられた。

駒吉は息を弾ませることなく馬籠峠に辿《たど》りついた。

ここでようやく足を止めた駒吉は、わずかな星明かりを頼りに地形を調べて回った。

（若年寄だかなんだか知らないが、絵津様を自分たちの勝手で殺されてたまるか）

駒吉は立ち木、峠の起伏、両側の山から迫る竹藪《たけやぶ》の斜面、谷川などを調べ終わると、妻籠宿へ向かって再び走りだした。

駒吉が十曲峠からおよそ八里（約三二キロ）を駆け通して須原宿場の本陣に辿りついたのは、夜明け前の刻限だ。

汗みどろの駒吉は、総兵衛の寝所に忍びこんだ。

総兵衛は、絵津が休む寝所の近くに床を延べていたが、駒吉の気配に三池典太を引き寄せた。

「駒吉にございます」

「うーむ」

と小さな声で応じた総兵衛は、静かに本陣の台所に向かった。すると駒吉も従った。台所ではすでに又三郎らが起床して道中の支度を始めていた。

総兵衛がどっかと囲炉裏端に座り、煙草《たばこ》入れから煙管《きせる》を抜いた。

「総兵衛様、久世家用人丹後賢吉一行二十六人は、昨夜遅く馬籠宿に到着しましてございます。荷馬二頭引いておりますゆえ、弓矢など飛び道具を持参していると思えます」

「絵津様が船を下りたことが気付かれたか」

「はい」

と返事した駒吉は峠での丹後と水城の短い会話から、

「もうひと手は天竜川を遡《さかのぼ》って諏訪に入った一団があると見受けました」

「われらを挟み撃ちにする気か」

「その場所を馬籠峠に定めたようにございます」

又三郎が道中絵図を広げた。

「須原宿から野尻、三留野、妻籠と下って馬籠峠か」

総兵衛はしばらく煙草を吹かしながら思案に落ちた。

「われらの後方から来る刺客が何人かは知らぬ。じゃが、挟み撃ちは避けねばなるまいな」

「どうしたもので」

「風神、そなたは、手勢を率いて後方から来る者たちを迎え撃て。まさかこちらから反撃があるとは思うまい。不意をついて殲滅《せんめつ》するのだ」

「絵津様はこのまま本陣に止《とど》まりますか」

「いや、予定通りに出立いたす」

そして、

「駒吉、一統の中に加納十徳と稚児《ちご》はいたか」

と鎌倉河岸で襲撃を受けた刺客について訊《き》いた。

「おりましたよ。でも、一味からは浮き上がっているように見えました」

「であろうな」

と応《こた》えた総兵衛が絵地図に視線を戻し、煙管が須原宿外れの定勝寺《じょうしょうじ》を指した。

定勝寺は、永享《えいきょう》二年（一四三〇）に木曾氏の十一代源親豊の創建と伝えられる木曾路きっての臨済宗《りんざいしゅう》の名刹《めいさつ》である。

「定勝寺に潜まれますか」

「そなたらが戻るまで息を殺していようか」

総兵衛自身は絵津に従うと又三郎にいった。

「まさかのときのために駒吉を残しておきます」

駒吉は夜を徹して走ってきていた。そんな駒吉を少しでも休ませておきたいと又三郎は考えたのだ。

「よかろう」

すぐに出立の準備が整えられ、須原の本陣を本庄絵津の花嫁行列は、出ていった。が、行列は、宿場外れで道を変え、定勝寺の山門を潜《くぐ》って境内に消えた。

そして、その直後、又三郎を頭とする鳶沢一族の十人が密《ひそ》かに定勝寺を出ると、まだ薄暗い木曾路を風のように引き返していった。

上松、福島宿を抜け、福島関所を裏道伝いに避けた一行は、宮ノ越宿に向かっていった。するとそこに馬を引いた善三郎がやってきて、

「又三郎様」

と呼びかけた。

「おう、善三郎か」

馬を引いた手代見習いを街道から裏手の林に連れだした又三郎は、

「なにがあった」

と聞いた。

善三郎は洗馬宿で目撃したことを報告すると、

「夜道を馬で走ってきたのですが、宮ノ越宿を過ぎたあたりから、馬がなんとも動きません。仕方無しに引いてきたところにございます」

刻限は、五つ半（午前九時頃）の時分だ。

「頭、鳥居峠まで一息に走りましょうぞ」

又三郎は年上の作次郎に言った。

「敵方は馬で十三騎ですか。どちらが鳥居峠に先に着くか、競争ですな」

そう応じた大力の作次郎の手には大斧《おおおの》があった。

頷《うなず》いた又三郎が、

「善三郎、走れるか」

「はい、なんとしても皆さんに従って参ります」

「ならば、馬を伝馬問屋の裏手においてこい」

善三郎が馬を引いて駆けだした。

三

木曾路の難所、鳥居峠に先に到着したのは、風神の又三郎に率いられた十人の面々だ。

昼前の刻限、峠には今日も雪が降っていて、積もりそうな気配だった。そのせいか、峠を往来する旅の人間の姿はなかった。

「天の助けですな、番頭さん」

作次郎が言うと、雪に消え始めた石畳を覆うように枝を差しかけた檜《ひのき》の古木の群れを指し示した。

古木の間には高さ数丈の岩場があって、峠を通る人たちの安全を祈願して彫られた磨崖仏《まがいぶつ》があった。

作次郎は、峠道が膨らんだ岩場の下を襲撃の場にしようと提案していた。

「頭にはなんぞ考えがあるようですね」

又三郎が笑いかけると、

「尾張様には無断ですが、ちと御用林を切りだしましょうかな」

と手の大斧を上げた。

支配下の文五郎たちも縄や鉈《なた》を腰に提げており、頭に従い、山に入った。

「文五郎、おまえらは竹を切りだせ」

作次郎が命じたのは竹槍《たけやり》を作るための竹の切り出しだ。

一刻《とき》（二時間）後、準備が終わった。

鳶沢一族は、竹槍を手に林の中に身を潜めて、手足を動かしつづけていた。

林の中には雪も風も吹きこまず、吹きさらしの岩場よりもずっと楽だ。

奈良井宿の方角から人の気配がした。

斥候に出ていた晴太が林の中の暗がりを走り抜けて戻ってきたのだ。

「番頭さん、頭、来ましたぜ」

「のんびりしてやがるな」

「馬が三頭ばかり蹄《ひづめ》を傷《いた》めたらしい。一頭に二人乗りして峠に上がってくるぜ」

「二人乗りは何頭だ」

「三頭だぜ、頭」

「番頭さん、天はうちに味方して下さったぜ」

大斧を握った作次郎らが奇襲の用意を終えた岩場に上がっていった。

作次郎の目に降りしきる雪と木の葉隠れの向こうの峠道を一列になって登ってくる騎馬の群れが見えてきた。

「来た来た、来やがったぜ」

晴太が武者震いするように言った。

登り坂が頂近くになっていったん平坦《へいたん》になった。すると、

「だいぶ遅れておる。ちと急ぐぞ！」

という浅草田原町に円明流の道場を構える山村次五郎の声が峠に響いた。

門弟、それに金で雇われた流浪《るろう》の剣術家十三人の刺客団が十頭の馬に相乗りして、岩場に早足で接近してくる。

船に乗せられ、馬で強行軍を強いられても従ってくるのは、偏《ひとえ》に若年寄久世家の用人が約束してくれた報奨金があるからだ。

頭分の山村には下総関宿藩の仕官が約束されてもいた。

それにしても木曾路の寒さは、馬上の人間にはこたえた。

だれもが洗馬宿で買い求めた蓑《みの》を着て、菅笠《すげがさ》を被《かぶ》っていた。が、手足が凍りついたようで手綱もしっかりと握れないほどだ。

左手の谷から風が吹き上げてきた。

一行は馬上で身を縮めた。

「さあ、きやがれ」

岩場にしゃがんでいた作次郎が呟《つぶや》く。

待ち伏せを悟ったか、馬が哀《かな》しげに嘶《いなな》いて、岩場下に差しかかった。

作次郎ら四人が、岩場に積んでいた杉の丸太を街道に蹴《け》り落としたのは、その瞬間だ。がらがらという物凄《ものすご》い音とともに雪空から丸太が落ちてきて、馬に乗った十三人の刺客たちの頭上を襲った。

「あっ！」

「なんだ、これは」

叫ぶ者、絶句して立ち竦《すく》む騎馬集団の上に丸太が崩れ落ちて、次々に落馬していった。

「ああっ、助けてくれ！」

勢い余って谷底へと転がり落ちる門弟もいた。

「待ち伏せじゃ！」

「馬を捨てよ！」

山村次五郎と腹心の師範代高倉俊太郎《たかくらしゅんたろう》が叫んで、飛び跳ねる馬から下りようとした。が、落木に驚いた馬はそう簡単に鎮《しず》まらなかった。

「それ、突け、突き上げよ！」

風神の又三郎の声が響いて街道の林の陰に隠れていた一族の者たちが姿を見

せ、竹槍を一斉に揃《そろ》えて突きだし、襲いかかった。

「おのれ、不覚をとったか」

ぐるぐると回る馬から下りようとした山村次五郎は、馬の前足が落ちてきた丸太につまずいた拍子に落馬した。

その直後、又三郎の狙《ねら》いすました竹槍の穂先が突きだされた。が、落馬したために空を切った。落馬したことが山村に幸いした。

高倉の方は虚空《こくう》から、

「どけい！」

という大声が響くといきなり黒く大きな影が飛び落ちてきて、首に太い腕が巻きついた。

驚いた馬が二人を振り落とした。

が、高倉の首の腕は緩むどころかぐいぐいと絞め上げられ、なにが起こったか分からないままに絞め殺されていた。

「さあ、かかれ！　一人として鳥居峠の向こうにやるでないぞ」

作次郎の大声が鳶沢一族の者たちを勇気づけて響いた。

落馬した山村次五郎は路傍に腰を打ちつけたが、雪が痛みを和らげてくれた。片膝《かたひざ》ついて上体を起こした次五郎は、又三郎の竹槍の穂先が向け直されたのを見た。

「そなたらは大黒屋か」

「知れたこと」

又三郎の竹槍が再び突きだされた。が、さすがに円明流の達人、抜き打ちに竹槍の穂先から一尺のところを斬《き》り落としていた。

又三郎が竹槍を捨て、腰の一剣を抜いた。

祖伝夢想流を遣わせたら、総兵衛も一目おく腕前の又三郎だ。小太刀もよく遣った。商人に偽装して暮らす一族の者たちの戦いが常に定寸の剣が使えるとはかぎらない。その場にある道中差しでも脇差《わきざし》でも使えるようにと習得した技であった。

又三郎は刃渡り二尺（約六〇センチ）に満たない剣を右手一本に構えながら、戦いの場をちらりと見まわした。

ふいをついたことが効を奏して鳶沢一族が押していた。

なにより作次郎が地上の戦いに加わったことで、又三郎は眼前の敵に集中できると見た。

山村次五郎はすでに立ちあがり足場を固めて、刃渡り二尺六寸余（約八〇センチ）の長剣を上段に構えていた。

次五郎の剣者の本能は戦いが長引いては不利と教えていた。

「大黒屋とは忍びの一族か」

山村次五郎が又三郎に訊いた。

「若年寄久世様も踏んではならぬ虎《とら》の尾を踏みつけたものよ」

「糞《くそ》めが」

次五郎は又三郎の肩に袈裟《けさ》斬りを見舞うべく一気に走った。

又三郎も同時に踏みこんでいた。

馬上で冷え切った山村次五郎の踏み込みはいつもの生彩を欠いていた。

それに比べ、待ち伏せしつつも体を動かしつづけてきた又三郎の突進は敏捷《びんしょう》にも山村の懐《ふところ》深くに入りこみ、鋭く一閃《いっせん》された小太刀が脇腹から胸を斬りあげていた。

山村次五郎は、立ち竦むように止まった。

「無念……」

朽木が倒れるようにゆっくりと木曾路の雪道に倒れこんでいった。

戦いは瞬時の間に終わった。

鳥居峠の十三人の刺客は消えた。

又三郎の命で馬を集める者、死体を隠す者と分かれて戦いの場が雪の下に消えた。

馬は七頭がなんとか集められた。

「よし、須原宿まで戻るぞ」

又三郎の声が響いて、馬を引いた一団が藪原宿に向かっていった。

鳥居峠から南におよそ十五里（六〇キロ）余り離れた馬籠峠でも待ち伏せしている者たちがいた。

総大将久世家の用人丹後賢吉に指揮された二十五人の刺客たちだ。

すでに峠のあちこちに弓隊を隠し、攪乱《かくらん》した隙《すき》に突撃させる槍隊も伏せていた。

だが、その日の夕刻になっても目指す相手が通過する様子はなかった。また、山村次五郎たちの組が南下してくる気配もなかった。

「御用人、先ほどの飛脚も申しておりましたが、鳥居峠が雪で難渋しているのでございましょうかな」

水城茂母里が言いだした。

「斥候は戻らぬか」

「未《いま》だ……」

「女連れの旅、夜の峠越えは致すまい。われらもいったん宿に戻るか」

丹後らは数人の見張りを峠に残して馬籠峠と馬籠宿の間にある旅籠《はたご》に引きあげることにした。

「お師匠、どうなされますか」

丸茂祐太郎が潜み声で訊《き》いた。

一行の中で二人が浮き上がった存在であることは承知していた。

加納も祐太郎も嫁入りする娘の命を絶つ刺客団に加わったことを快く考えてはいなかった。

（天下の若年寄のなさることではない）

そう加納は思っていたが、そのことを口には出さなかった。なにしろ前渡し金を貰《もら》い、すでに半分ほどは使い果たしていた。

「祐太郎、今しばらく様子を見てみようか」

そう答えた加納十徳には、敵方の大黒屋総兵衛が気がかりだった。

（只者《ただもの》ではない。なんとしても剣術家として尋常の戦いを挑んでみたいものじゃが……）

同じ刻限、須原宿外れの定勝寺に一仕事を終えた又三郎らが戻ってきた。

七頭の馬は須原宿の伝馬問屋に預け、世話を頼んでいた。

寺の宿坊には、本庄絵津と付き添いの老女清亀ら女中衆、男は川崎孫兵衛に総兵衛だけが待っていた。

が、駒吉の姿はなかった。

「どうしてのけたな」

報告を受けた総兵衛が又三郎らを労《ねぎら》った。

「駒吉はどうしましたか」

「昼間に寝ておったが、先ほど馬籠峠の様子を見てくると出ていきおった」

「一息にあちらも始末いたしますか」

「駒吉には一切手出しはならぬ、様子だけを見て参れと命じておいた。あやつが戻ってきてからこちらの行動を考えてもよかろう。まずは休め」

「総兵衛様、われら大勢が泊まっても庫裏《くり》に迷惑ではございませぬので」

宿場には本陣も脇本陣も旅籠もある。それをわざわざ避けて泊まっていた。寺に不審を抱かせぬかと又三郎が心配したのだ。

「大目付の本庄様の花嫁道中ということは明かしてある。それに過分な布施《ふせ》も庫裏に届けてあるわ。それにな……」

と総兵衛がうれしそうに笑った。

「なんでございますな」

「この定勝寺、加賀の前田家が中山道を通られるとき、必ずお参りされる寺じやそうな。江戸家老の前田家とも知り合いとか。光太郎様に嫁がれる姫君のご一行、なんの懸念《けねん》もなく好きなだけ滞在してくだされと言われておる」

「おおっ、それはようございました」

又三郎らも奇遇に笑みを浮かべたものだ。

駒吉は見張りだけを残した馬籠峠の様子を見てとると、総兵衛の言葉を思い起こし、定勝寺へと戻りかけた。

夜道を四里ほど戻った野尻宿の西の外れ、阿寺《あでら》川と木曾川が合流するところに差しかかると前方から人の気配がした。

咄嗟《とっさ》に駒吉は路傍の古木の背後に身を潜めた。

夜分に旅する人間の身許《みもと》を確かめておきたい注意が働いたからだ。

息遣いが夜気に伝わってきて、駒吉が隠れる前を早足が過ぎていこうとした。

(なんと丹後賢吉の世話をする小者だ)

ということは、後詰めの組への連絡に行かされたか。

駒吉は直《す》ぐに腹を決めた。

総兵衛様は、馬籠峠の本隊には手を出すなと申された。が、つなぎ方まで手を出すなとは命じられなかった。

駒吉は街道の藪陰《やぶかげ》を走ると街道を先回りして待ち受けた。手にはむろん自慢の縄があって、すでに用意を終わっていた。

小者の浅吉《あさきち》は必死で馬籠宿へ急行しようとしていた。

奈良井宿を通った山村次五郎たちの一行は、藪原宿との間で忽然《こつぜん》と姿を消していた。

木曾路は右にも左にも避けようがない。

鳥居峠でなにかが起こったのだ。

そのことを主《あるじ》の丹後賢吉様に知らせねば。夢中で駒吉が潜む場所を通り過ぎようとした。

駒吉が立ちあがった。すでに反動をつけて回されていた手鉤《てかぎ》付きの縄が小者の首に飛んで捲《ま》きついたのはその直後だ。

首にかけようとした浅吉の手が虚空に泳ぎ、

きゅうっ

と縄が絞められて、浅吉は、
がくん
と膝を折って倒れこんだ。

駒吉は平然と浅吉の体を肩に担《かつ》ぎあげ、須原宿外れの定勝寺へと戻っていった。

総兵衛は駒吉が丹後賢吉の斥候を捕まえて戻ってきたと聞いて、寝床から飛び起きた。

小者の浅吉は、定勝寺近くの破れ寺《やでら》の本堂の柱にひっくくられていた。

「駒吉、ご苦労、手柄を立てたな」

「なんのこれしきのこと」

駒吉は、謙遜《けんそん》してみせたが、うれしそうな笑みが顔に浮かんでいた。

又三郎や作次郎ら一族の面々に囲まれた浅吉は怯《おび》えていた。すでに総兵衛を呼ぶ前に尋問が行われていたらしい。

「駒吉、なんぞ考えがあって摑《つか》まえてきたか」

「こやつ、又三郎さんや頭が始末した浅草田原町の道場主の一味と連絡をとるために送られた浅吉にございます。どうやら、鳥居峠の一件に気がついた様子で主に知らせに戻る道中でございました」

「危なかったな」

駒吉の機転が一族を救おうとしていた。

「こやつに手紙を書かせて馬籠峠の本隊に送りとどけ、どこぞに誘《おび》き寄せて、殲滅《せんめつ》してはどうかと愚策を考えましてございます」

「ほう、駒吉どんは愚策ときたか」

総兵衛がそういいながらも沈思した。

「よかろう。駒吉の手柄じゃ、その策に乗ろうではないか。だがな、駒吉、戦《いくさ》ばかりが策ではないぞ」

総兵衛は、

「浅吉さんよ、ものは相談じゃがな……」

相談もなにもない。

総兵衛ら鳶沢一族の猛者《もさ》に囲まれては、総兵衛の言いなりに手紙を書くしかない。

「さて、だれを使いに立てたものか」

駒吉が名乗りを上げたが、

「ここは洗馬宿の様子を見知った善三郎を飛脚に仕立てよ」

と総兵衛に命じられて、善三郎が馬籠峠へ走ることになった。

この昼過ぎ、定勝寺の前を丹後賢吉に指揮された二十五人の刺客団が急ぎ足で洗馬に急行していくのが目撃された。

一行の最後尾には加納十徳と丸茂祐太郎が従っていた。

その四半刻《しはんとき》後、絵津や老女の清亀ら女衆と川崎孫兵衛は七頭の馬に乗せられて、丹後たちが向かった洗馬宿とは、反対の妻籠、馬籠宿へと進みだした。

総兵衛は、木曾路を抜ければ、人の往来も多い。いくら若年寄久世の用人らでも白昼の街道で襲いかかる真似《まね》はすまいと、まずは丹後の一行とすれ違ったのだ。

須原から三留野宿まで四里（約一六キロ）ばかり、夕暮れ前に到着した。

が、三留野の本陣を素通りした一行は、提灯《ちょうちん》の明かりを点《とも》して先を進む。次の宿場は妻籠宿、およそ一里半ほど先だ。

「絵津様、寒うもございますし、強行軍でもありますが今晩一晩ご辛抱くだされ」

総兵衛がかたわらで絵津を励ました。

「総兵衛様、絵津は綿入れを着て、懐炉《かいろ》を懐に入れております。向後《こうご》、夜旅で馬籠峠を越えることもございますまい。生涯の思い出にございます」

「さよう、夜の木曾路を馬の背で越えた方は、加賀百万石にもおられぬかもしれませぬな」

総兵衛と絵津は、あれこれと話しながら妻籠から馬籠峠に差しかかった。すると使いの役を果たした善三郎が峠の頂で待っていた。

「お待ちしておりました」

「善三郎、ようやった。丹後の一行が洗馬宿まで行くようなことがあれば、もはやわれらに追いつかぬわ」

一族の総帥《そうすい》、総兵衛に褒められた手代見習いの善三郎がうれしそうに笑った。

駒吉がその様子をうらやましげに見ていることに気がついた総兵衛は駒吉を峠の端に呼びだした。

「使いを頼もうか」

「はっ、はい。どちらにでございますな」

「われらに先行し、夜を徹して走ることになる」

「承知しました」

総兵衛から行き先を告げられた駒吉の顔には驚きが走り、やがて喜びにとって変わった。

「絵津様が無事に加賀国金沢に到着できるかどうか、そなたの走りにかかっておる。なんとしてもお届けせねば、本庄勝寛様に申し訳が立たぬ」

駒吉が総兵衛の顔を正視して頷《うなず》くとその場から馬籠宿の方角に走りだした。

その背を見送り、一行を振り返った総兵衛が命じた。

「さて参るか」

月明かりを頼りに馬籠へと下る絵津の花嫁道中を林の中から見送る者がいた。

剣術指南の水城茂母里が残した中間の卯之吉《うのきち》だ。卯之吉は、茂母里から剣術から忍びの技まで仕込まれた中間だ。

「糞《くそ》っ、あやつ、偽《にせ》の使いであったか」

そう呟いた卯之吉は、

（新たな使いはどこに行かされたか）

と思った。だが、総兵衛と駒吉の会話は、卯之吉どころか又三郎らも聞くことはできなかったのだ。

（仕方がない。偽の使いだけでも早く知らせて街道を後戻りさせなければ……）

と考えた卯之吉は、自慢の足で駒吉とは反対に木曾路を妻籠宿へと走りだした。

四

中山道の関ヶ原宿から木之本越前道《きのもとえちぜん》、北国脇《わき》往還が分かれていた。およそ七里半（約三〇キロ）の脇往還だ。

参勤交代の道として越前福井藩や加賀藩が使い、北陸の塩や茶の下り荷、畳表や藍《あい》などの上がり荷で賑《にぎ》わった道である。

本庄絵津の花嫁道中は北国脇往還を通り、天下分け目の古戦場の関ヶ原から、伊吹山麓《さんろく》を抜けて木之本宿に向かった。

夜旅で馬籠峠と美濃への境の十曲峠を越えて、三日後のことだ。

絵津は再び馬から乗り物へと変わっていた。

「総兵衛様、絵津は往来の空気が吸いとうございます」

「背中が痛くなりました」

と絵津はなにやかにやと理由をこしらえては徒歩での旅を望んだ。

総兵衛もそんな絵津の希望をできるだけ叶《かな》えようとした。

夕暮れ前、木之本宿に入るところで残照の琵琶湖《びわこ》が広がり、一行は思わず息を飲んだ。

木之本は中山道の分岐点の鳥居本宿からの本道、北国街道と北国脇往還が合流する宿場であり、琵琶湖の東岸を望む風光明媚《めいび》な町並みである。なにより木曾路の重く陰鬱《いんうつ》な気候とは一変していた。

一行の眼前に琵琶湖に浮ぶ竹生島《ちくぶしま》の孤影が夕日に染まって輝いていた。

「なんと美しい光景にございましょうか」

絵津はしばし街道から琵琶湖の夕暮れを見詰めていた。

「絵津様、もはや若狭《わかさ》の海も近うございます。海魚も琵琶湖の魚も今宵の膳《ぜん》を飾りましょうぞ」

絵津は名残りおしそうに見ていた琵琶湖から目を離すと、

「旅も終わりになりましたね」

と総兵衛に話しかけたものだ。

「絵津様、加賀のご城下の前田様のお屋敷にご到着になるまでは、気を抜かれてはなりませんぞ」

丹後賢吉の一行が偽書に気づいて木曾路を引き返すとしたら、そろそろだと総兵衛は考えていた。だからこそ手代の稲平らを関ヶ原に残していた。

先行させた駒吉の姿はどこへ消えたか、未《いま》だなかった。

その夜遅く稲平が木之本宿の本陣に姿を見せた。

「総兵衛様、丹後ら一行、春照《すいじょう》宿の旅籠《はたご》に分宿したのを見届けて報告に上がりました」

「ご苦労であったな」

総兵衛は瞑想《めいそう》した。

「明日は七つ立ちでようございますか。それとも……」

又三郎が夜旅で加賀の国境へと急行するかと遠回しに訊いた。

絵津の暗殺を狙《ねら》う丹後らの襲撃も最後の機会だ。間違いなく死力を尽くして襲ってくる。

その刺殺団がわずか五里のところに迫っていた。

「いや、いつもどおりに七つ立ちでよい」

総兵衛にはなにか考えがあるのか、言い切った。

だが、その総兵衛も深夜九つ（午前零時頃）に丹後の一行が春照宿を発《た》つことを考えに入れていなかった。

丹後の一行は、絵津が泊まる木之本宿の本陣を通り過ぎて先行し、宿場外れで待ち伏せに入っていた。

七つ（午前四時頃）の刻限、木之本本陣では絵津が乗り物に乗りこんだ。

「又三郎、行列は塩津街道を敦賀《つるが》に進む」

「はっ」

と畏《かしこ》まった又三郎が先頭に立つ作次郎のところに行くとそのことを告げた。

「塩津街道ですか」

「さよう、総兵衛様は塩津街道と」

「承知しました」

二人の復唱を水城茂母里の探索方の卯之吉が本陣の見送り人の一人のような格好で聞いていた。

（なんと金沢に直行しないのか）

卯之吉はそっと後ろ下がりに闇《やみ》に身を溶けこませると忍び走りで報告に走っていった。

塩津街道は、木之本から敦賀までの道のりで、土地の人間には裏七里半越えと呼ばれ、古くから利用されてきた道だ。

それは京から琵琶湖の西北岸の今津を経て木ノ芽峠を越え、道の口から敦賀に入る西近江道が七里半越えと呼ばれたのに対してのものだ。

総兵衛は鳶沢一族の者たちに絵津の乗り物を囲ませて、天正十一年（一五八三）、羽柴秀吉軍と柴田勝家軍が雌雄を決した古戦場の賤《しず》ヶ岳《たけ》の麓《ふもと》を通り、塩津浜に出た。

そのとき、騎馬をまじえた丹後賢吉ら襲撃隊は、余《よ》呉湖《ごのうみ》の北岸の山道を強引に抜けて、塩津街道に出ていた。むろん卯之吉の報告を受けてのことだ。

総兵衛らのおよそ半里前だ。

夜明けにはまだ間があった。

空は墨を流したように暗く、今にも白いものが降ってきそうなほど寒かった。

すでに街道には敦賀湾で獲《と》れた魚を天秤《てんびん》に振り分けて、木之本から長浜へ売りにいく漁師の女房や、塩を馬の背に乗せた商人たちが往来し始めていた。

「水城、そなたは先行して待ち伏せによき地を定めよ」

丹後の命に水城茂母里は馬八頭を率いて塩津街道を北へと急行していった。

むろん丹後ら徒歩《かち》組も早足でそのあとを北行していく。

水城が死闘の場所に選んだのは、西近江道と合流する半里ほど手前の、裏七里半越えの麻生口だ。

暗い空から雪が舞い落ち始めた麻生口は、竹藪《たけやぶ》の中に切通しが抜けて、昼でも薄暗い道だ。それが曇天の気候で夜のように暗く沈んでいた。

水城は馬の背に積んできた槍《やり》や弓などの武器を下ろすと、後発の丹後に知らせるため配下の一人を騎馬で戻らせた。そうしておいて切通しの上に弓隊を、その出口に槍隊をと配置を調《ととの》えた。

丹後ら後発の組が麻生口に到着したのは、昼下がりの刻限だ。

雪は激しく降り募り、街道に積もり始めていた。

丹後は、水城の手配りを聞くと一同を集めた。

「江戸から追尾してきた大黒屋一味を襲う最後の機会じゃ、なにがなんでも本庄絵津を麻生口に始末いたす。よいか、だれでもよい、絵津と総兵衛の首を取ったものには、報償五十金を与える」

「はっ」

「ここがそなたらの死場所と心得、死力を尽くせ！」

「畏まって候《そうろう》」

張り切った一行は草鞋《わらじ》を履き替え、股立《ももだ》ちを取り、鉢巻襷《たすき》がけの戦《いくさ》支度で馬の背に運ばれてきた酒樽《だる》の酒を呑《の》んで寒さを凌《しの》ぎながら、そのときを待った。

本庄絵津の花嫁道中が麻生口に差しかかったのは、八つ（午後二時頃）を過ぎた刻限だ。

雪道のせいで進行が遅れていた。

着流しに菅笠《すげがさ》と蓑《みの》をつけただけの総兵衛の腰には、三池典太光世《みいけでんたみつよ》があった。

そして、行列の先頭を作次郎ら豪の者で固め、後尾を又三郎に押さえさせていた。そして自らは、絵津のかたわらにぴったりと付き従っていた。

人の往来が途絶えた街道の行く手の竹藪に不吉な予感を感じた総兵衛は、一行を止めると稲平と文五郎を探索に送った。

二人は顔を手拭《てぬぐい》で覆《おお》うと腰を屈《かが》めるように麻生口に向かって走っていき、竹藪の手前で二手に分かれた。

稲平は、一帯に濃密に充満する殺気を感じて立ちどまった。

が、文五郎は、切通しへと駆けこんでいった。

暗い道には潜む者たちの気配があった。

文五郎はふいに走りを止めて、口の手拭を下げた。

「若年寄久世様用人丹後賢吉一統に申しあげる。夢を抱いて嫁入りする本庄絵津様に危害を加えるなど笑止千万、まずは大黒屋の荷運び人足、韋駄天《いだてん》の文五郎と勝負せえ！」

切通しの上に配置された弓隊は、文五郎の誘いに乗らなかった。

が、切通しの出口に陣取っていた弓手の一人が、

「ちょこざいな奴《やつ》めが」

と呟《つぶや》くときりきりと弦《つる》を引き絞って文五郎の胸に射かけた。

稲平の叫びに文五郎は、暗い切通しを切り裂いて飛びくる矢に体を捻《ひね》ってかわそうとした。だが、避けきれず矢は肩口に突き立った。

「文五郎、矢じゃぞ！」

「総兵衛様、待ち伏せにございますぞ！」

文五郎の叫びが総兵衛まで届いた。

総兵衛が後退の命を発しようとしたとき、行列の後方から騎馬三騎が走り来るのが見えた。

総兵衛は周囲を見まわした。

後方には戻れない。

前方には敵の主力が待ち受ける切通しがあった。

切通しを囲むように竹藪が広がっていた。

その竹群の葉は雪を被《かぶ》って撓《たわ》み倒れかかっていた。

切通しの手前には狭い田圃《たんぼ》が街道の左手に広がっていた。そして、畦道《あぜみち》と塩津街道の交差するところに小さな地蔵堂が見えた。

「作次郎、絵津様の乗り物を地蔵堂に着けよ！」

総兵衛は咄嗟《とっさ》に切通し前に広がる雪をかぶった田圃を戦いの場に選んでいた。

「畏まって候！」

大力の作次郎がどこに隠しもっていたか、大斧《おおおの》を片手に叫ぶと一行を先導し始めた。

「又三郎、後続部隊の馬を蹴散《けち》らせ！」

「はっ」

又三郎は、この日、樫《かし》の六尺棒を手に街道に立ち塞《ふさ》がった。

総兵衛はそれを見届けると絵津の行列を追って前方に走った。

稲平は弓に射かけられた文五郎にかけ寄ると、切通しの外へ引きだそうとした。すると引き口の切通しが槍を持った一団に塞がれているのを見た。

切通しの上では弓隊が二人に矢を向けようとしていた。

「文五郎さん、走れるか」

「おおっ、こんな矢なんぞは大したことはねえよ」

文五郎は左肩に刺さった矢を右手でへし折った。

「文五郎さん、手拭で目と口を塞ぐのじゃぞ！」

「心得た！」

稲平は懐《ふところ》に用意していた唐辛子の粉と米粉などを混ぜた投げ球を前後に投げた。すると唐辛子と米粉が白く広がり、雪と相まって視界を完全に塞いだ。

咳《せ》きやくしゃみがあちらこちらから起こった。

そのとき、後方に控えた風神の又三郎に三騎の馬が迫ってきた。

先頭の刺客は小脇に抱えていた真槍の穂先を街道に立ち塞がる又三郎の胸板目掛けて突きだしてきた。

又三郎の六尺棒が唸《うな》ると突きだされた槍の千段捲《ま》きを叩《たた》き、さらに馬の前足を襲った。

「ひひーん！」

馬が悲鳴を上げて、転がった。

騎乗していた刺客も前方へ大きな円弧を描いて投げだされた。

又三郎が街道のかたわらに飛び下がったとき、二頭目が倒れこんだ馬に突っこんできた。

又三郎は、手綱を必死で引き絞る三頭目の刺客に迫ると、小脇にかかえた槍を捨てた相手の腰を六尺棒でしたたかに叩いて落馬させた。

「お、おのれ！」

必死で立ちあがろうとする壮年の刺客の頭を又三郎の棒が襲い、刺客は押し潰《つぶ》されたように街道に転んだ。

そのときにはすでに風神の又三郎は、落馬した二人の刺客に迫っていた。

待ち伏せしていた弓隊の急襲を文五郎の無謀な行為が露《あらわ》にし、いきなり乱戦となった。

総兵衛は、地蔵堂に乗り物を着けさせると絵津と女衆を狭い地蔵堂に入れた。

小柄な川崎孫兵衛老人が必死の形相で地蔵堂の前に立ち塞がった。

「総兵衛どの、大丈夫であろうか」

「われらの命に変えても絵津様はお守りいたす」

総兵衛がそういうと、戦いを見た。

地蔵堂の前に作次郎が大斧を手に仁王のように立ち、一族の者たちが固めていた。

切通しの中の白煙はようやく静まろうとしていた。

稲平と文五郎の退路を断つように出口には槍を持った武装の刺客たちが穂先を構えていた。

ふいに稲平が飛びだした。怪我《けが》した文五郎も続いていた。

穂先が先頭の稲平に襲いかかった。

稲平は一本目の槍を抜き身を叩きつけて切り落とした。が、二本目の槍が太股《ふともも》に刺さった。

すかさず文五郎が片手斬《ぎ》りに稲平を突いた刺客の肩口を斬りつけた。

そのとき、切通しに新たな馬蹄《ばてい》が響いて文五郎たちの背中に襲いかかった。

稲平と文五郎は互いに体を抱き合って、路傍に飛んだ。

騎馬武者五騎は、仲間たちの槍隊を蹴散らかして、絵津のいる地蔵堂へと突進していった。

先頭の刺客は、鐙《あぶみ》に仁王立ちになると薙刀《なぎなた》を大きく頭上に振りかぶっていた。

中団には抜き身を構えた水城茂母里がいた。

作次郎が大斧を片手に振り翳《かざ》すと、馬の前に走りだしていった。

蓑を跳ね飛ばして脱ぐと総兵衛は三池典太を抜き放ち、作次郎が今までいた場所に立った。

半身に構えた総兵衛は葵典太を八双に構えた。

馬群が街道に立ち塞がる竹と雪を撥《は》ね退《の》けて、腰を沈めた作次郎に迫った。

そのとき、作次郎は大斧を左手一本に、右手は雪を払った竹を撓ませて保持していた。

馬蹄に作次郎の体がかけられようとした直前、馬上から薙刀が振りおろされるのを見ながら作次郎の手の竹が放され、撥ね上がる竹とともに体が虚空《こくう》へと高々と舞いあがった。

馬が竹の撓《しな》りに驚いて嘶《いなな》き、立ち止まった。

薙刀を振りおろしていた刺客の体勢が崩れ、作次郎の大斧が眉間《みけん》を断ち割った。


血飛沫《しぶき》が上がった。

作次郎が竹藪の斜面に下りたとき、二頭三頭……と馬が通り過ぎた。が、最後の五頭目の乗り手に間に合った。その体に横飛びにすがりつくとその背後に飛び移り、

「うっ」

という呻《うめ》きもものかは、絞め殺した。

総兵衛は、間合いを計って静かに立っていた。

馬蹄が轟《とどろ》き、馬が大きく嘶いた。

馬は静かに立つ総兵衛に咄嗟に危険を感じたか、そのかたわらを走り抜けようとした。

馬上の刺客が総兵衛の肩口に大刀を振りおろした。

不動の総兵衛の典太がゆるりと舞ったのは、その瞬間だ。

馬上から振りおろされた刃風を寸余の間にかわすと刺客の腰骨を深々と斬りおろしていた。

「ぐえっ！」

落馬する相手に目もくれず、続く騎馬の刺客の斬りおろしに瞬時に引きまわした典太を斬りあげた。

二人目が落馬するかたわらを水城茂母里が疾走していった。

切通しの上にいた弓隊の矢が地蔵堂に集中し始め、孫兵衛も地蔵堂に逃げこんだ。が、地蔵堂の内部は矢が突き立つ音が、
ぶすりぶすり
と響いて不気味だった。

「絵津様、ご辛抱を」

孫兵衛の鼓舞する声が悲鳴のように聞こえた。

作次郎は、絞め殺した相手の体を田圃に振り落とすと、馬首を返して地蔵堂に迫りくる丹後賢吉の主力部隊と向き合った。

鳶沢一族も稲平、文五郎のほかに三、四人が手傷を負い、すでに戦闘能力は

半減していた。

総兵衛は反転した馬上の水城茂母里と十数間の間合いで睨《にら》み合った。

「大黒屋総兵衛、もはや、そなたらのような下忍は要らぬ世の中じゃ。水城茂母里が始末してくれる！」

茂母里は馬上で八双に構えた。

右足を引き、腰を沈めた総兵衛は脇《わき》構えに三池典太を置いた。

茂母里が走りだした。

一気に間合いが縮まり、八双の剣が振りおろされ、脇構えの典太が応じた。

振りおろされる剣と馬首をかすめて車輪に回された典太がぶつかり、火花を雪の原に降らせた。

きいーん！

茂母里の剣がへし折られ、さらに脇腹を両断された水城茂母里の体がぐらりと馬上から落ちた。

茂母里の小者で探索方の卯之吉は、主《あるじ》の死を近くの山影からじっと見ていた。

唇を噛《か》み締めた卯之吉は、

（おのれ、大黒屋め、茂母里様の仇《かたき》なんとしてもこの卯之吉が取ってやる）

と肝に銘じた。

「地蔵堂に火が点《つ》きましたぞ！」

火矢が刺さり、地蔵堂が燃え上がろうとしていた。

丹後の主力部隊の十数人が槍《やり》の穂先を揃《そろ》えて、地蔵堂に迫ってきた。

「固まれ！　絵津様をお守りするのじゃ」

総兵衛の声が響き、鳶沢一族は地蔵堂を囲んだ。

そこへ無情にも矢が飛んできて、残った一族の者たちを一人二人と射落としていった。

「総兵衛様、絵津様をお守りしてお引きくだされ！」

「われらがあの者たちを引きつけますぞ！」

又三郎と作次郎が口々にいった。

さすがの総兵衛も迷った。

卯之吉は道中差を構えて大黒屋総兵衛の背後に迫ろうとしていた。

そのとき、切通しに新たな馬《ば》蹄《てい》が響いた。

作次郎と又三郎は、

（これまでか）

と覚悟した。

が、切通しから飛びだしてきたのは、なんと駒吉だ。

さらに後続の馬になんと深沢美雪が、そして大黒丸で琉球《りゅうきゅう》に行ったはずの忠太郎、清吉らが麻生口に走りこんでくると駒吉の声が、

「総兵衛様、援軍をお連れしましたぞ！」

と誇らしげに響き渡った。

「おおっ、来たか」

戦局は一気に逆転した。

刺客団は忠太郎らの騎馬部隊に背後を突かれ、頭領の丹後賢吉は作次郎の大斧を背中に食らって惨死《ざんし》した。

戦いは止《や》んだ。

「美雪様ばかりか、忠太郎様まで……」

呆然《ぼうぜん》とする又三郎らの顔をうれしそうに見た総兵衛が高笑いすると、

「絵津様、もはや歩くことはございませぬぞ。花婿《はなむこ》の待つ加賀金沢まで総兵衛がなあ、新造の大黒丸でお送りしますでな」

と言い放ったものだ。

卯之吉は、

（いまに見ておれ）

と胸に呟くと金沢目指して歩きだした。

第五章　祝《しゅう》言《げん》

一

越前岬と経《きょう》ヶ岬の二つの岬に抱かれた若狭《わかさ》湾は鯖《さば》や鰈《かれい》などの魚が豊富で、湾周辺には八百隻《せき》以上もの漁師舟がいて、千張の漁網を持っていたという。それは偏《ひとえ》に山一つ越えた地に京という大消費地を抱えていたからだ。

若狭湾の東、敦賀《つるが》半島と越前道にかこまれて小浜《おばま》分家の酒井飛騨守《ひだのかみ》一万石の敦賀城下があった。

この敦賀から西に下れば、若狭小浜に至り、東北にとると新保《しんぼ》、二ツ屋を経て、北国路の要衝、今庄《いまじょう》についた。

だが、小浜分家の小大名敦賀藩が治める敦賀の地が古い歴史を持つゆえんは、北陸道総鎮守といわれた気比《けひ》神宮に守られた海路の要《かなめ》の湊《みなと》であったことだ。殷賑《いんしん》をきわめる敦賀の湊には、米、大豆などの俵物や、塩干物、紅花、木材などのほか、美濃《みの》、近江《おうみ》、北伊勢《きたいせ》からは茶が運ばれてきた。

井原西鶴は、『日本永代蔵』に、

「越前の国敦賀の湊は、毎日の入舟、判金壱枚ならしの上米《うはまい》ありといへり。淀《よど》の川舟の運上にかはらず。万事の問丸、繁昌《はんじゃう》の所なり。殊更《ことさら》、秋は立ちつゞく市の借屋《かりや》、目前の京の町。男まじりの女尋常に、其《その》形気、北国の都ぞかし」

と書いた。

その敦賀の湊に諸国の物産を積んだ弁才船《べざいせん》や西廻りの千石船が帆を休めていた。

そんな中に一際《ひときわ》異彩を放って停泊しているのが琉球《りゅうきゅう》を往復して敦賀の湊に姿を見せた大黒丸だ。

大黒丸の大きな船体は初航海でつけた自信に溢《あふ》れ、敦賀の湊に停泊する数多《あまた》の大型船を睥睨《へいげい》するように帆を休めた姿は、貫禄《かんろく》であった。

江戸から金沢への嫁入り道中の最中の本庄絵津の一行は、塩津街道の麻生口の戦いの場から日暮れどきに敦賀城下に到着して、大黒丸の艀《はしけ》に迎えられたところだ。

まず小舟で戦いに傷ついた怪我人《けがにん》が乗せられ、大黒丸に運ばれた。そして、絵津、老女の清亀、川崎孫兵衛らが総兵衛、美雪とともに一隻の艀に乗った。

「総兵衛様が造られた船があの船でございますか」

日没から宵闇《よいやみ》へと静かに移り始めた敦賀の海に碇《いかり》を下ろす大船に絵津は、息を飲んで訊《き》いた。

「いかがですかな」

「なんとも美しい船ですね」

「絵津様の金沢城下乗り込みに用意いたしました」

「まあ、絵津のためにですか」

さよう、と頷《うなず》く総兵衛に孫兵衛が訊く。

「総兵衛どの、大黒丸を敦賀の湊に着けるよういつ命じられたのですな」

「江戸を出帆した折りですよ。主船頭の忠太郎に琉球からの戻りに敦賀へ立ち寄れと命じておきました」

むろんその他にも考えがあってのことだ。

「いやはや、そなた様にはなにやかやと驚かされる。孫兵衛はこの旅ほど肝を潰《つぶ》した旅もござらぬぞ」

と老用人が嘆息した。おどけてみせるほど孫兵衛は、絵津をなんとか無事に金沢へ送りとどける大役が果たせそうだと安心したのだ。

「塩津街道ではもはやこれまで、絵津様をお守りしてあの世に行くのかと覚悟しました」

「ちと美雪らの到着が遅れまして、孫兵衛どのの命を縮めましたかな」

総兵衛がかたわらの美雪に微笑《ほほえ》みかけながら言いだした。

「絵津様、孫兵衛どの、紹介が遅れましたな」

「おおっ、そうじゃ。なにしろ戦《いくさ》の混乱でこの女性《にょしょう》がだれか訊くのを忘れておったわ」

「絵津様、孫兵衛どの、深沢美雪と申してな、大黒屋六代目の嫁女になる女です」

「な、なんと申されたな」

孫兵衛よりもだれよりも当の美雪が仰天した。思いがけないところで言いだされたからだ。

「この方は、総兵衛どのの内儀となる方ですとな」

「さよう」

未《いま》だ息を飲んだままの美雪を見ていた絵津が、

「総兵衛様と美雪様、お似合いのご夫婦にございます」

と笑みを浮かべた。そして、

「美雪様、お礼が遅れました。先ほどは絵津を始め、供の者たちの危難を助けていただき、真《まこと》にありがとうございました」

美雪も絵津の言葉にようやく微笑み返した。

「絵津様、おめでとうございます。思いがけなく絵津様の花嫁道中にご一緒させていただき、なんと運のよいことでございましょう」

「美雪様こそおめでとうございます」

それは……、と言葉を止めた美雪は一息に言った。

「総兵衛様のおたわむれにございます、絵津様」

絵津が美雪の顔から総兵衛に視線を移し、

「総兵衛様、たわむれにございますか」

と訊いた。

「絵津様、総兵衛はたわむれなど申しませぬぞ」

と総兵衛が絵津と美雪の二人を交互に見ると、

「孫兵衛どの、此度《こたび》の金沢入りの総兵衛の役は、本庄勝寛様、菊様の代役でありましたな。祝言《しゅうげん》に花嫁の父一人では花嫁も寂しゅうございましょう。総兵衛も夫婦で出ようと思うたまでです」

「なんと申されます」

美雪が慌《あわ》てた。

「美雪、迷惑か」

突然の総兵衛の問いに美雪が、

「総兵衛様、急にそのようなことを……」

と言葉を詰まらせ、顔を赤らめた。

孫兵衛が帯に挟んでいた扇子をぱあっと開き、

「めでたくも絵津様の花嫁道中に二親が揃《そろ》いましたぞ！」

と声を張りあげた。そのとき、

「花嫁様のご入来《じゅらい》！」

「めでたやな、めでたやな！　三国一の花嫁を加賀金沢百万石まで大黒丸にて送り込み、送り込み！」

と大黒丸の船上から水夫《かこ》たちの祝いの声が降ってきた。

琉球から数日前に敦賀湾に入った大黒丸は、京からきた美雪やじゅらく屋の番頭佐助を船に迎えていた。すでに佐助は大黒丸の荷を見た。あとはじゅらく屋側と大黒屋側が商いを詰め、
どれほどの荷を上方卸しにするか。

値はいくらか。

を決するだけだ。

「総兵衛様、大黒丸はなかなかの船にございますぞ」

「琉球などひと跨《また》ぎにございましたよ」

と操舵《そうだ》と航海を担当した新造と正吉が叫んだ。

どちらも大海を乗り越えた自信でたくましい面魂《つらだましい》と変わっていた。

「ようやった」

舷側《げんそく》から縄梯子《なわばしご》が下ろされて花嫁の一行が大黒丸に上がった。

「まずはお部屋へ」

美雪の案内で絵津一行は船室の一つに招じ入れられた。そこは艫櫓《ともやぐら》下の、賓客が乗船したときに使われる、十畳間二つの続き部屋だ。

船室は異国の調度や珍しい布や宝飾品で飾られていた。

「琉球の首里に残りましたおきぬが絵津様のために飾りつけた部屋にございます。加賀金沢までの最後の船旅、ゆっくりとくつろいでくだされ」

忠太郎が言う。

「なんと美しい部屋にございましょう」

家具や段通や壁飾りを見詰める絵津に総兵衛がいった。

「絵津様、気に入りましたかな。総兵衛からのささやかな贈り物、花嫁道具にございます」

「総兵衛様、ここにある調度の数々は絵津の嫁入り道具なのですか」

「絵津様は加賀百万石の家老職のご嫡男《ちゃくなん》に嫁がれる身にございます。総兵衛にもちと親代わりの真似事《まねごと》をさせてくだされ」

「総兵衛様」

絵津の瞼《まぶた》に涙が浮かんだ。

「道中だけでも総兵衛様に多大なご迷惑をおかけ申しました。そのうえ、このような高価な品々を……」

「江戸に戻った折り、父上母上には総兵衛の差し出がましい行為、お詫《わ》び申しますでな、快く受けてくだされ」

絵津が頭を下げた。

一夜明けた七つ半、

「船が出るぞ！」

と帆柱上の檣楼《しょうろう》から水夫の声がして、銅鑼《どら》の音が鳴り響いた。

総兵衛は出帆の光景を見るために船室を出た。

艫櫓の甲板に上がると主船頭の忠太郎が仁王立ちになって操船を指揮していた。

「前柱主帆、拡帆用意！」

「へえぇい！」

水夫頭の伍助が応じて、手早く水夫たちが帆柱の横桁《げた》に巻きこまれていた帆の綱を解き、横桁が滑車で吊《つ》り上げられると、まずは三段の帆の一段目が美しくも広がった。

操舵は正吉が受け持っていた。

舳先《へさき》には、助船頭の清吉が屹立《きつりつ》して忠太郎の補佐をしていた。

「忠太郎、拡帆作業も慣れたようじゃな」

「はい。琉球への航海の途中、日がな一日、拡帆縮帆の作業を繰り返してきましたゆえ、慣れてもきましたし、手直しすべき箇所も見えてまいりました」

「なによりのことじゃ」

「総兵衛様、この風具合なれば、金沢の犀川《さいかわ》沖まで一息に走れます」

「絵津様の花嫁道中の最後を天が祝福してくれたか、穏やかな敦賀の海じゃ。

だが前田家に送った使いが金沢に着くのが今日の深更、前田様も使いが着きました、船が着きましたでは、慌《あわただ》しかろう。祝言の日までまだ三日はある。ゆっくりした船旅にしたいものよ」

「ならば、明後日に犀川河口に碇を下ろす算段にてようございますか」

「結構結構」

作次郎が艫櫓に上がってきた。

「怪我人の具合はどうか」

「矢傷、槍傷《やりきず》を負ったものが文五郎以下、七人にございます。傷口を切り開いて消毒しておきましたゆえ、まずは命に別状ないかと思われます」

鳶沢《とびさわ》一族の者たちには戦で負った傷は自分たちで治す知恵が伝承されてきた。また大番頭の笠蔵が大黒丸の出帆に際して、自ら調合した傷薬を積ませていた。

「三人ほど熱を発しております」

「念のためじゃ、金沢に着いたらお医師を船に呼べ」

「畏《かしこ》まりました」

「作次郎、麻生口の戦いじゃが、丹後の一統の中に加納十徳、丸茂祐太郎の主従はいたか」

「あっ、そう申されれば、あの二人、戦いに加わってはおりませんでしたな」

作次郎は、櫓下にいた稲平に、

「手代さん」

と呼びかけ、訊いた。が、稲平も、

「総兵衛様、討ち死にした者の中にも逃げのびた者の中にも見てはおりませぬ」

と答えた。

「あやつら、どこぞで一統と離れおったか」

鎌倉河岸《がし》で一度命を狙《ねら》われた総兵衛は、二人が気になっていた。

そのとき、敦賀の浜に立った二人の侍が、

「十徳様、大黒屋総兵衛、一体全体何者でございましょうな」

「うーむ」

と遠ざかる大黒丸の船影を目で追いながら、言い合っていた。

「祐太郎、徳川幕府を始められた家康様は、幕府百年の計を慎重に立てられたそうな。そんな策の一つにな、隠れ身分の武士集団を残されたと噂《うわさ》に聞いたことがある。もしやして大黒屋総兵衛と奉公人たちは、そのような隠れ武士かもしれぬな」

「麻生口の戦いを見ても、あれは商人の戦いぶりではありませぬ」

「幕府が始まって百年、禄《ろく》を戴《いただ》く武士は、戦士の気概を忘れておる。だが、大黒屋一統は戦国の気風を留めて、見よ、祐太郎、遠く南蛮に向かう船まで造りあげた」

「空恐ろしき人物にございますな」

と応じた祐太郎が、

「十徳様、これからどうなされますな」

「うーむ」

と唸《うな》った十徳は大黒丸の船影を追っていた。

加納十徳は三州吉田藩の畳奉行、といえば格好もつくが六十四石の閑職である。ただ一人の配下が丸茂祐太郎であった。

独り身の十徳は、明正意心流の技を流祖の渋谷《しぶや》武山《ぶざん》安邦《やすくに》から叩《たた》き込まれ、その後剣技を独習してきた。家中の者はその腕前をだれも知らなかったが、ただ一人の配下の丸茂祐太郎が偶然にも十徳の屋敷を訪ねてそのことを知ったのだ。

以来、祐太郎は十徳の弟子になった。

二人が衆道《しゅどう》に落ちたのは、五年も前の恒例の徹夜稽古《げいこ》を終えた明け方、祐太郎が師匠の汗を拭《ふ》こうとして手と手が触れ合った瞬間だ。

元々、ふたりにその性癖があってのことだ。

二人は藩中の上役と部下、剣術の師匠と弟子の関係のほかに情愛において交わりをもつことになった。

むろんこのことは極秘にされてきた。

二人の仲に漣《さざなみ》が立ったのは、祐太郎の両親が嫡男の独り身を案じて強引に嫁取りをしたことだ。

祐太郎は家では夫の役目を、十徳の前では女方の役を使い分けることになった。

祐太郎の性癖を見抜いたのが、祐太郎の嫁になったきさだ。

きさは夫への面当《つらあ》てに屋敷の若党佐々木保と密会を重ねているところを祐太

郎の父親に見られ、若党の保が咄嗟《とっさ》に木刀で殴り殺してしまうという事件を起こした。その現場からきさと佐々木保は逃げだした。

家に戻った祐太郎は嫁と若党の不倫を知らされ、妻仇《めがたき》討ちと父親の仇を討つ旅に出る羽目に落ちた。

仇討ちの旅に加納十徳が加わるいわれはない。だが長年、肌まで親しんだ丸茂祐太郎と別れるに別れられず、

「十徳様、それがし、一人では心もとのうございます。十徳様も……」

と祐太郎に泣きつかれるままに畳奉行の役職と六十四石の家禄を捨てて、仇討ちの旅に加わったのだ。

二人が仇を討ったからといって、もはや三州吉田藩に復帰ができるわけもない。

そんな加納十徳にとって、ただ一つの望みは明正意心流奥義《おうぎ》の完成である。

仇討ちの旅で金に困ると道場破りなどをしながら草鞋《わらじ》銭を稼いできて、それなりに自信を持っていた十徳が初めて出会った強敵が大黒屋総兵衛その人だった。

（あやつを倒したい）

さすれば剣の奥義に到達しよう。

「祐太郎、われらも行こうか」

「どちらへでございますか」

「加賀金沢へだ」

十徳と祐太郎は視線を交じり合わせ、頷《うなず》き合うと北国街道への道を歩きだした。

美雪に連れられて絵津も甲板に出てきた。

総兵衛が艫櫓から下りて、二人を舳先へと案内した。

そこは助船頭の清吉の持ち場だった。

「清吉、顔が焼けたな」

「琉球の日差しは、春先とも思えませぬ。まるで真夏のように強うございます」

清吉も他の乗り組みの者たちも一段とたくましくなっていた。

敦賀の海の風が二人の女たちをなぶるように吹きつけてきた。

「北の海が黄金色に輝いて見えます」

絵津が輝く瞳《ひとみ》を黄昏時《たそがれどき》の大海原に送った。

「総兵衛様、おきぬ様と信之助様はお元気でございましょうな」

絵津が訊いてきた。

「清吉、琉球に残した二人はどうか」

「一番番頭様の顔と申しましたら、今まで見たこともない表情でほころんだままでございました」

「ほう、三段突きの槍の名手がおきぬとの暮らしにやにさがっておるか」

「いえ、おきぬ様も一段とお顔が輝いてみえました。それは南国の光の強さのせいだけではありますまい」

「安心しました」

と絵津が言った。

「私から申しあげてよいかどうか」

清吉が言葉を躊躇《ちゅうちょ》した。

「おきぬのことか、申してみよ」

「おきぬ様の手紙を主船頭が持参されております。その中には、絵津様に宛《あ》てた手紙もございます。後ほど主船頭がお渡しいたしましょう」

「まあ、なんとうれしい知らせでしょう」

と絵津が笑みを浮かべ、

「清吉さん、絵津が手紙を書きましたら、次の旅の際におきぬ様に届けてくれますか」

「おやすい御用にございます」

銅鑼の音が響いた。炊《かしき》の彦次が、

「客人方、夕餉《ゆうげ》にございますぞ！」

と帆柱の下に立って怒鳴っていた。

夕餉は主船頭らが集う部屋の長くて大きな卓に用意されていた。卓上には異国の酒が林立し、絵津たちが見たこともない果実が大皿に盛られていた。

「総兵衛様、琉球で習いました料理を作ってみました。敦賀の市で買い求めました蒸鰈《むしがれい》を炙《あぶ》ってございますよ」

豚の三枚肉を半日も煮込んだらふてぃー、なかみの吸い物、薩摩揚《さつまあ》げに似た付け揚《チキアギ》げ、さらには彦次が敦賀の市場で求めた蒸鰈の炙り焼きなどが次々に運ばれてきた。

どれも絵津らには初めてお目にかかる珍味ばかりだ。

「彦次、果実のようじゃが、どれも食べられるのか」

「はい。おきぬ様の供で琉球の市場で購《あがな》ったものばかりです。これはばななと申す果実にございます。なんともやわらかくて甘い果物にございますよ。そのほか、この季節だというのにみかんがございました。瓜《うり》も甘くて美味《おい》しゅうございます、食事の後に食べてください」

彦次はこれらのものもおきぬ様が総兵衛様と再会したときに出すようにと指示をしていた果物だという。

「彦次、船旅が楽しくなってきたぞ」

総兵衛はそういうと、箸《はし》をとった。

二

その夜、美雪は総兵衛の部屋に呼ばれた。

総兵衛は、なぜか着流しの腰に三池典太《みいけでんた》を差していた。

「美雪、今晩からそなたとおれは、褥《しとね》は一緒じゃ。いやなれば、申せ」

美雪は、総兵衛の顔を見て、

「総兵衛様にはいつも驚かされてばかりでございました、心からのお話にございますか」

「美雪、そなたは鳶沢総兵衛が負わされた宿命を承知じゃな」

「はい」

「一族の者でもなきそなたを鳶沢村に送ったときから、総兵衛の気持ちは決まっておったわ。それを知らぬそなたでもあるまい」

「深沢美雪に鳶沢一族と生死をともにせよと仰《おお》せですか」

「知れたことじゃ」

総兵衛は三池典太を鞘《さや》から抜くと目釘《めくぎ》を外して片手で立て、もう一方の手で柄《つか》をかるく叩いた。

柄をゆるめた総兵衛は柄巻を抜き取った。茎《なかご》が美雪に見せられた。

「美雪、われら鳶沢一族の頭領が負わされた刻印じゃ」

三池典太光世と刀鍛冶《かじ》の銘が打刻された上に葵《あおい》の紋が刻まれていた。

「一族の頭領しか知らぬ秘密をそなたは知った」

そういった総兵衛は、三池典太の柄を再び戻した。さらに卓上に用意していた葡萄酒《ぶどうしゅ》ちんたの栓を開け、ぎやまんの容器を美雪に差しだした。

美雪は両手で押しいただいた。

酒器に総兵衛が血のように赤いちんたを注いだ。

「祝言《しゅうげん》は江戸に戻って致す。今宵はおれとおまえ二人だけの夫婦の固めじゃあ」

「美雪は総兵衛様と運命《さだめ》をともにいたします」

「おおっ、それでよい」

ぎやまんの器を持った美雪は瞑目《めいもく》した。

美雪の顔がうっすらと紅を差したように赤みを帯びた。

目を見開いた美雪がちんたをゆっくりと半ばまで飲み、

「総兵衛様」

と差しだした。

総兵衛が片手でつかむと、

「死ぬも生きるも一緒じゃ」

と叫ぶように言うと飲み干した。

空の器が卓上に乱暴に戻され、総兵衛の太い腕が美雪の小柄な体をぐいっと抱き寄せると肩に担《かつ》ぎあげた。

「これ、総兵衛様」

「美雪、褥まで道行じゃぞ」

総兵衛がのしのしと寝間に美雪を運んでいった。

翌日のことだ。

前田光太郎は犀川河口に姿を見せた大黒丸の勇姿を驚きの目で見た。

そのかたわらには、塩津街道の戦《いくさ》のあと、北国街道を馬で金沢城下まで急行してきた又三郎と駒吉が従っていた。むろん総兵衛の命を受けてのことだ。二人は前田家に本庄絵津の金沢入りを前触れするための使いに出されていたのだ。

「あれが富沢町の惣代《そうだい》どのの新造船ですか」

前田綱紀の御小姓《おこしょう》組として仕える光太郎は二十四歳の若者だ。江戸勤番を三年勤めた光太郎は、大黒屋総兵衛について、なにがしかの知識があるようだ。

年上とはいえ、町人の又三郎に丁寧な口を利《き》いた。

「さようにございます」

「なんとも大きいですね」

「全長百三十七余尺（約四二メートル）、船幅三十三尺（約一〇メートル）、二本の主帆柱は百二十余尺（約三七メートル）、石高は二千二百を超えます」

「江戸から絵津様を乗せて来られましたか」

ふと気がついたように光太郎が訊いた。

「いえ、江戸から試走の航海に琉球まで参った大黒丸が絵津様御一行をお迎えしたのは敦賀湊にございます」

「なんと大黒丸は琉球に行かれたというか」

又三郎の平然とした態度に光太郎は呆《あき》れて振り見た。

「大黒丸は商船にございます。主《あるじ》の総兵衛は交易のためにどこまでも波濤《はとう》を越えていくように大船を建造いたしました。琉球であれ、異郷であれ、海が続くかぎり商いに参ります」

光太郎は、大黒屋総兵衛が聞いていた噂《うわさ》などよりも何倍も肝の据わった大きな人物だと直感した。

大黒丸からは伝馬《てんま》が下ろされ、又三郎らが立つ河口の船着場に漕《こ》ぎ寄せてきた。

又三郎と駒吉は昨日のうちに金沢城下に到着し、片町の旅籠《はたご》の十三屋《じゅうさんや》に入って身なりを整えた。それは金沢城の東南に位置する下石引町《しもいしびきまち》の人持《ひともち》組前田家を訪問して、総兵衛の書状を江戸家老の前田光悦、光太郎親子に差しだすためだった。

「なんと花嫁様は船でご入来《じゅらい》か」

一度だけだが総兵衛と面識のある光悦もさすがに驚いた。

「船は明日、犀川河口に到着いたしましょう。明後日の祝言には、船から花嫁行列を組んでご城下に入りたく思いますがよろしゅうございますか」

「ならば、犀川の船着場に迎え人を行かせる」

「畏《かしこ》まってございます」

祝言を控えた前田家はごった返していた。

使いの役目を果たした又三郎と駒吉が親子に対面した座敷から辞去しようとすると、光太郎が気軽にも二人を玄関先まで見送りにきた。

「又三郎さん、船を見物にいってもよろしいですか」

「ならば、お迎えに上がりましょう」

と気さくな若者に又三郎が応じると、

「片町の十三屋に私が訪ねていきますよ」

といったものだ。

そんなわけでこの日、三人揃《そろ》って犀川河口に出向いてきたのだ。

「又三郎さん、駒吉さん、ご苦労様でしたな」

伝馬には作次郎が乗っていたが、一緒に立つ若者を前田光太郎とみて、作次郎が丁寧に頭を下げた。

「光太郎様、うちの奉公人の荷運び頭の作次郎にございます」

又三郎の紹介に二人は会釈《えしゃく》をし合った。

作次郎が磊落《らいらく》にも、

「光太郎様、総兵衛の命で大黒丸にお迎えに参りました」

光太郎はまさか船にまで案内されるとは考えていなかった。

「いいのかなあ」

と自問するように呟《つぶや》いた。

船には花嫁になる絵津がいた。

光太郎は祝言を明日に控えた花婿《はなむこ》が花嫁と会ってよいものかと迷ったのだ。

「金沢では、祝言前に花婿花嫁が会っては差し障《さわ》りがございますかな」

と又三郎が若者に訊いた。

「いや、そういうこともありませんが、それがしが訪ねていって、絵津様が当惑なされぬかな」

「光太郎様、絵津様の江戸からの道中、大変に難儀な旅にございました。死ぬような目に何度もお遭いになりながらも、光太郎様の下へ嫁ぐ強いご意志で乗り越えてこられたのです。そんな絵津様が光太郎様に会われることにお迷いなされましょうか」

「父に聞きましたが大目付の本庄様と加賀藩が関わりを持つことにあらぬ憶測をなされる方が江戸におられるとか。道中、絵津様に危害をかけるような真似《まね》をなされましたか」

又三郎が頷き、

「いつの日か、江戸からの旅がどんなものであったか、絵津様のお口からお聞きなされませ」

と言い足した。

その言葉で絵津の道中の苦労を察した光太郎が、

「絵津様に労《ねぎら》いの言葉を一言だけでもかけとうございますし、総兵衛様にもお礼も申しあげたいと思います。光太郎を同道させてください」

「畏まりました」

三人の男たちを乗せた伝馬が船着場を離れた。

河岸《かし》には金沢藩の御船手《おふなて》番所の役人たちが見慣れぬ船を見物に現われた。

むろん前田家からは御船手番所や金沢町奉行所などに届けが出されていた。

後年、銭屋五兵衛《ぜにやごへえ》という海運業者が金沢藩の御手船裁許を得て、海外に雄飛することになる加賀藩だ。進取の気性に富んだ国柄でもあり、江戸への対抗意識も強い。

役人たちは花嫁船を取締るというよりも好奇心で見物にきたようだ。

「なんと大きな船か」

「かたちも弁才船《べざいせん》とは大いに変わっておるのう。二本帆柱の他に何枚もの弥帆《やほ》が張られるようじゃぞ」

「それに帆柱から張りおろされた綱の多いことよ」

「まるで蜘蛛《くも》の巣で船上が囲まれたようじゃ」

「見よ、船首に鳥の頭のような飾りがあるぞ」

河口にも大勢の見物人が大黒丸の姿を望遠しながら言い合っていた。

「絵津様、前田光太郎様をご案内してきましたぞ！」

駒吉が船に叫んだ。

するとと絵津が光太郎に手を振り、思わず叫んでいた。

「光太郎様」

老女の清亀が慌《あわ》てて、

「絵津様、はしたのうございますぞ」

と注意したが絵津は再会の喜びを全身で表現していた。

総兵衛もそんな絵津を、

「よいよい、それでよいのじゃ」

と見ていた。

伝馬が大黒丸の船腹に接舷《せつげん》された。

真下から見あげる二本の主帆柱は、天空を切り裂くように伸びていた。そして、帆柱の途中には水夫たちが見張りや拡帆作業のために立つことのできる檣《しょう》楼《ろう》があった。そこに立つ水夫がまるで豆粒のように小さい。

「又三郎さん、大きゅうございますな」

光太郎が改めて大黒丸の巨体に驚きの声を上げた。

「ささっ、船上に上がられてください」

又三郎に言われて、光太郎がするすると縄梯子《なわばしご》を登った。

「絵津様、よう来られた」

舷側から甲板に上がった光太郎は絵津に会釈すると、

「道中、数々のご苦労があったとのことを聞きました。もはや、金沢にございますればご安心ください」

と頼もしくも言い切った。

「光太郎様……」

と名を呼んだ絵津は感激に絶句した。

「よう参られた」

と今一度絵津の顔を正視して言い切った光太郎の視線が迷わず総兵衛に移された。

「大黒屋総兵衛様にございますね、絵津様と夫婦《みょうと》となります前田光太郎にございます。此度《こたび》のこと、光太郎、終生忘れはいたしませぬ。かたじけのうございました」

光太郎はそういうと腰を深々と折って挨拶《あいさつ》した。

「光太郎様、本庄勝寛様はお役目柄、江戸を離れることが適《かな》いませぬ。大黒屋総兵衛が絵津様の代父を務めさせていただきます。祝言に出させてもろうてようございますか」

「江戸の舅《しゅうと》殿からも手紙をいただいております。ぜひともお願いいたします」

総兵衛は絵津の夫となる人物が若木のように素直な若者であることを喜んだ。光太郎も総兵衛が体も大きいが心も大きな人物と一目で敬服していた。

「総兵衛様、大黒丸を見物させてもらってようございますか」

光太郎の願いに頷《うなず》いた総兵衛が、

「絵津様、光太郎様をご案内してくだされ」

と命じたものだ。

「私にてようございますか」

絵津がうれしそうに答えて、明日には夫婦になる二人が舳《へ》先《さき》に向かった。

総兵衛たちは客室に下がると若い二人を待った。

「これはまるで異国の船のようです」

光太郎は亢奮《こうふん》の態《てい》で総兵衛らが待つ艫櫓《ともやぐら》下の客間に入ってくると、そこでまた内装と調度に目を奪われ、立ち竦《すく》んだ。

「総兵衛様、驚きました。このような船を加賀でも江戸でも光太郎は見たことがございませぬ」

「総兵衛と船大工の統五郎が知恵を絞った船にございますよ。大黒丸の初乗りに奇《く》しくも絵津様の花嫁船に使わせていただき、総兵衛も感激しております」

大きな卓に異国の赤葡萄酒ちんたとぎやまんの杯が用意されてあった。

「今宵は前祝にございます。ちんたを受けてくださいますかな」

美雪が光太郎ら、男衆《おとこし》の杯にちんたを満たした。

女たちの杯には甘いまでいら酒が注がれた。

「光太郎様、明晩には確かに絵津様を送りとどけますので末永くお幸せにな」

「総兵衛様、今後ともよろしくお付き合いのほど、お願いいたします」

一座の者たちは若い二人の門出を祝福して酒を飲み干した。

光太郎は半刻《はんとき》余り談笑して、大黒屋のだれとも親しくなって名残り惜しそうに船を下りた。

さらに半刻後、大黒丸に客があった。

城の南西部から犀川に架かる犀川大橋に向かう通りは、北国街道へと繋《つな》がる大路だが、この片町筋には、質屋、仏具屋、古道具商、造酒屋、米問屋、蔵宿、手判問屋、呉服屋、太物屋、扇子商、小間物屋、袋物屋など藩中の高禄《こうろく》の屋敷を顧客にする老舗《しにせ》が軒を連ねていた。

その中でも呉服屋の加賀御蔵屋《みくらや》は、利家《としいえ》以来の藩御用達《ごようたし》で当代の冶右衛門《やえもん》は六代を数えた。

大黒丸の訪問者は六代目冶右衛門と大番頭の南蔵《なんぞう》の二人であった。

総兵衛は甲板まで二人を迎えた。

「大黒屋どの、過日は江戸より書状をいただき、ありがとうございました」

「御蔵屋様、ようおいでなされた。ささっ、まずは、部屋にお通りくだされ」

先ほどまで光太郎がいた客間はがらりと様相を変えていた。

大きな卓には天竺《てんじく》の色あざやかな布が敷かれ、そこへ琉球の久米島紬《つむぎ》、南風《はえ》紬、宮古上布、芭蕉《ばしょう》布、唐絹、広幅の桟留縞《さんとめじま》やら、二人が初めて目にする異郷の布地の数々が、さらには珍品雑貨が山と積まれていた。

「おおっ、これは……」

二人は絶句して凝視した。

「大黒屋様、触らせてもらってよいですか」

南蔵がおずおずと言いだした。

「ご自由に手にとってお調べくだされ」

南蔵は、まず天竺のさんとーめ島から渡来した細織糸を使った縞木綿を手にとって広げ、紺地に蘇芳《すおう》染めの色に思わず嘆息した。

総兵衛は冶右衛門を部屋のもう一つの卓に案内すると椅子《いす》に座らせた。

「いやはやこれほどまでの荷を集めてこられるとは夢にも思いませんでした」

加賀御蔵屋の主《あるじ》が正直に告白した。

「此度の仕入れでどれほどの荷を集めてこられましたな」

「大黒丸の船倉いっぱいにございます」

「なんと」

平然と応じた総兵衛に冶右衛門は絶句した。

「琉球に一番番頭を派遣して大黒屋の仕入れ出店を設けましたで、次からは荷集めも無理なく揃いますし、注文にも応じられましょう」

「さてさて驚きました」

「異国の珍奇な品々はすべて仕入れをせよと番頭に命じてあります」

「これらの品々を大黒屋様は、江戸、京、そして、加賀金沢で売り出されるとか」

「手紙に書きましたとおりにございます」

総兵衛は大黒丸の試走に合わせて、大黒丸が異国から運んでくる荷の捌《さば》き先を考えてきた。

まず第一に江戸では、布ものは三井越後屋を中心に卸す。そのほか工芸品、美術品、雑貨の数々は、大黒屋の直営店を造り、江川屋の崇子を主にすえる。これは他日、崇子の希望を聞いたときに即座に考えたことだ。

第二に上方での販売を京のじゅらく屋を通して捌く。

そして、第三に北国の雄藩金沢を拠点にと考えていた。そこで手づるを得て、加賀御蔵屋にあたりをつけて手紙を出していたのだ。ただ絵津の相手の前田光太郎が江戸勤番から国許《くにもと》へと転属になり、絵津の嫁入り先が金沢になるとは予測もしなかったことだ。

総兵衛は本庄勝寛から代父を頼まれたとき、絵津を金沢に送りつつ、商いの道をつけてこようと腹を固めた。そのために大黒丸を琉球から若狭の敦賀経由で金沢まで回すことを考えたのだ。

美雪がぎやまんに入れたちんたと杯を運んできた。

「これは造作をかけます」

冶右衛門がちんたを注ぐ美雪に挨拶をなした。

「御蔵屋さん、この者は、総兵衛の家内になる女にございます、入魂《じっこん》に願います」

「おおっ、お内儀とな。金沢の御蔵屋にございますれば、よろしくお付き合いのほどをお願い申しあげます」

「こちらこそよろしくお引きまわしください」

美雪の全身からはもはや女武芸者の面影はどこにもない。

恥じらいを顔に掃いた美雪は、商人大黒屋総兵衛の妻たらんと努力しようとする気持ちがあった。

「ごゆるりと……」

美雪が去り、冶右衛門がずばりといった。

「金沢での卸し、加賀御蔵屋に一手に任せてくださるか」

「御蔵屋様、最初からその気で金沢まで大黒丸を回したのです」

「大黒丸は加賀藩の前田光悦様のご嫡男《ちゃくなん》光太郎様の花嫁様が初荷ばかりと思うてましたがな」

「むろんそれもございます。ですが、御蔵屋さん、大黒屋は商人にございます。大船を加賀まで回す以上、算盤《そろばん》勘定が合わなければ動かしはしませぬ」

「恐れ入りました」

と答えた御蔵屋冶右衛門が、

「ならば、うちの考えを正直に申しますぞ」

「申されよ」

「大黒丸の荷、確かに冶右衛門が引き受けました。なれどそれは商いの半分、大黒丸の片荷にも御蔵屋も乗せてくだされ」

「加賀の友禅を初めとする物産を異国へ運んでくれと申されるか」

「さよう」

「承知致しました」

二人の商人がちんたの酒杯を取りあげると、

ぐいっ

と飲み干した。

三

黄道吉日《こうどうきちにち》のその日の黄昏《たそがれ》、犀川沖の大黒丸には何艘《そう》もの小舟が集まり、まずは花嫁道具の数々が積みこまれた。

それは加賀百万石の城下の人たちの目を奪うに十分な数と珍しいものばかりであった。

河口の船着場では荷積みの様子を見物の衆が群がって見物した。

きれいに飾りつけられた小舟が大黒丸の花嫁を迎えに出た。すると満艦飾に飾られた大黒丸の船上には無数のランタンが点《とも》された。

「おおうっ、なんという光じゃな」

岸辺から歓声が沸いた。

大黒丸から二丁の乗り物が下ろされた。

花嫁と老女清亀の乗り物だろう。

大黒丸の水夫たちが花嫁を送りだしながら、木遣《きや》り歌を歌い始めた。

その声が海を渡って犀川河口に届いた。

「さすがに江戸の豪商、大黒屋が代父を務める花嫁行列だな。金沢でも見たこともない晴れやかさだ」

絵津は乗り物に座したまま船着場まで運ばれた。

その乗り物のかたわらには、代父の大黒屋総兵衛と本庄家の用人川崎孫兵衛が付き添っていた。

総兵衛は紋付羽織袴《はかま》、腰には白扇を差しただけの姿であった。

緊張の孫兵衛は肩衣《かたぎぬ》半袴に脇差《わきざし》を差していた。

船着場で本庄絵津の行列が整えられた。

行列の先頭の舟には、前田家からの出迎え人が立ち、本庄家の家紋入り提灯《ちょうちん》を捧《ささ》げ持った大黒屋の手代見習いの善三郎と小僧の助次が並んだ。

その後に花嫁道具の舟が組まれた。

その人足を束ねるのは作次郎だが、今宵は全員が本庄家の紋入りの真新しい長半纏《ながばんてん》をきりりと着込んでいた。

「おい、見たか。お道具の舟で十隻《せき》にはなりそうだぜ」

「なんたって花嫁は、南蛮船でご入来《じゅらい》だ」

御道具のあと、花嫁の乗り物が乗った舟が続く。

「総兵衛様、出立いたしてようございますか」

又三郎が行列の整ったことを知らせ、許しを請《こ》うた。

「絵津様、前田光太郎様の下に参りますぞ」

「お願いいたします」

乗り物から声がした。

犀川の沖に泊まった大黒丸から夜空を染めて花火が打ち上げられた。

「さすがに江戸の花嫁様は派手じゃな」

「人持組前田様の花嫁様は、幕府大目付本庄豊後守勝寛様のご息女だ」

「大目付とは金持ちのことですかな」

年寄りが物知りに訊く。

「馬鹿《ばか》いっちゃいけないよ。旗本三千何百石かのお武家様、大名家の監督が役職だ」

「たったの三千何百石……」

「ところがよ、本庄様には、古着を一手に扱いなさる大黒屋総兵衛という豪商がついていなさらあ。ほれ、みな、乗り物のかたわらに立つ大男が総兵衛様だよ」

川岸の見物衆がどよめいた。

行列は犀川をゆっくりと上がっていった。

城下までの一里半、花嫁行列はゆるゆると進んで、城下の入り口に到着した。

ここからは舟から下りて、行列を組み直す。

北国の正月二十五日は夜を迎えていた。

城下の入り口の犀川大橋付近には、さらに出迎えの明かりが見えた。

「絵津様、あと少しで金沢城下に入りますでな」

乗り物の先頭に声がかけられた。

行列を整え終えた一行は、整然と進み始めた。

塩津街道の麻生口で討ち死にした水城茂母里の中間《ちゅうげん》にして探索方の卯之吉は、

花嫁行列を見物する金沢の町衆のような格好で軒下の暗がりに立っていた。

あの戦いの場から金沢まで雪道を辿《たど》ってくる間に卯之吉は、大黒屋総兵衛への憎しみを募らせていた。

(一介の商人がなんという横柄《おうへい》な振る舞いか)

なんとしても許せぬと思った。

あの男を苦しめるにはどうすればよいか。あやつの命をとるよりも総兵衛を苦悩させるのは、花嫁を亡《な》き者にすることだ。

そのために卯之吉は命を張る覚悟で準備を終えてきた。

花嫁行列が城下への最後の道にかかっていた。

卯之吉は、騒ぎが始まるのを待っていた。

二日前に金沢に到着した卯之吉は、浅野川沿いの飲み屋で三人のやくざ者を見つけて銭を与えて花嫁行列への悪さを頼んでいた。

(見てやがれ、大黒屋総兵衛)

先導する善三郎は、見物の中に風体人相の際立《きわだ》って悪い三人組が懐手《ふところで》でこちらを窺《うかが》うように見ているのに気がついた。

「助次、見よ」

小声で助次に注意した。

そのとき、男たちが懐から手を抜くと、前田家の出迎え人の老人に光るものを翳《かざ》して突きかかってきた。

善三郎は、出迎え人の体を突き飛ばすと手にしていた提灯を、匕首《あいくち》を手に突っこんできた男の顔に投げた。助次も、

「なにをなさいます」

と言いながら、身を挺《てい》して行列を庇《かば》った。

匕首が善三郎の太股《ふともも》に浅く刺さった。

見物の衆が悲鳴を上げて、大力の作次郎も気づいた。又三郎も行列の騒ぎに行動を起こしていた。

「なにをなされますな」

作次郎が騒ぎの現場に走り寄ると善三郎を刺した男の襟首を摑《つか》み、放り投げた。さらに二人目に躍りかかろうとすると、

「逃げるぜ！」

という声とともに三人は、人込みの中に紛れこんだ。

総兵衛は乗り物のかたわらから四、五歩進んで先頭の騒ぎを確かめようとした。

その背後で殺気が走った。

振りむくと背を丸めた男が手槍《てやり》を先頭の乗り物の引戸越しに突き入れていた。

「おのれ、なにを致す！」

卯之吉は、手槍を突き入れたとき、花嫁を仕留めたと思った。だが、引戸を突き破った穂先が、
ぐいっ
と捉《つか》まえられて、びくりとも動かなくなった。さらに引戸が乗り物の中から押し倒されるように開けられ、手槍の穂先を片手に摑んだ美雪が姿を見せた。

(だれだ、こいつは)

それは旅の間に幾度も見た絵津ではなく、見知らぬ女だった。

深沢美雪は女剣客として数多《あまた》の修羅場を潜《くぐ》ってきた女だ。ただの人間ではない。

「総兵衛様」

「おうっ」

総兵衛の白扇が卯之吉の眉間《みけん》を、
発止
と叩《たた》くと卯之吉は手槍の柄から手を放してくたくたと腰砕けになった。そこへ駒吉たちが駆けつけて卯之吉を取り押さえた。

「行列を整え直せ！」

総兵衛の厳しい声がして、ただちに鳶沢一族の者たちが動いた。

総兵衛は、後ろの乗り物に行くと、

「絵津様」

と本物の絵津に声をかけた。

「総兵衛様、なにごとかございましたか」

「絵津様の美しさに惑わされた小鼠《こねずみ》が騒ぎたてたまで、もはや鎮《しず》まりましてございますよ」

と安心させた。

総兵衛は、麻生口の残党が最後の襲撃を試みるのを考えて、先頭の乗り物に美雪を乗せて、あたかも絵津のように行列してきたのだ。

「総兵衛様、鎮まりましてございます」

又三郎が報告にきた。

「行列を進めよ」

再び行列は何事もなかったように進みだした。

「総兵衛様、丹後賢吉一味の中間が一人で企てた襲撃のようにございます。先棒を騒がせたのは、どうやら土地の無頼者と思えます」

「うーむ」

と総兵衛は頷《うなず》き、

「又三郎、最後の最後まで気を抜くでないぞ」

と命じるとこんどは前に出た絵津の乗り物のかたわらにぴったりとついた。

犀川一之橋とも呼ばれる犀川大橋には、加賀御蔵屋の主《あるじ》の冶右衛門が紋付き羽織袴の正装に威儀を正して出迎えていた。

「ようお着きなされました」

御蔵屋の奉公人たちが竹籠《たけかご》に白梅紅梅の花を山盛りに盛って、それを花嫁行列の上へと撒《ま》いてくれた。

北国に白梅と紅梅がはらはらと舞い散って、それが提灯の明かりに映えて、雪道に落ちた。

なんとも幻想的な光景だった。

「おおっ、なんと美しいことか」

見物の衆から思わず嘆声が洩《も》れた。

作次郎が金棒を引きながら、渋い声で木遣り歌を歌って応《こた》えた。

「さすがに江戸からの花嫁様じゃぞ。金沢に春が戻ったようでなんともはなやかではないか」

総兵衛は心遣いを見せてくれた加賀御蔵屋の主と会釈《えしゃく》を交わした。

「おめでとうございます、絵津様。加賀御蔵屋の主、冶右衛門にございます」

冶右衛門の言葉に絵津は引戸をあけた。

乗り物が止まった。

「冶右衛門様、ありがとうございます」

白無垢《しろむく》の花嫁の前に片膝《かたひざ》をついた加賀金沢藩第一の御用商人が、

「おおっ、三国一の花嫁御寮にございますぞ」

と声を上げた。

見物の衆からもどよめきが起こり、

「前田光太郎様は美しい姫君をもらわれたものじゃ」

「なんという果報者か」

という嘆声が重なった。

「絵津様、祝言《しゅうげん》の席でまたお目にかかりましょうぞ」

会釈した絵津の乗り物の戸が閉まり、行列は加賀御蔵屋を始めとする老舗が並ぶ片町筋を進んだ。さらに御堀に架かる香林坊橋を渡って、加賀、能登、越中三国を支配する百万石の金沢城を見上げる広坂を抜けて、竹沢御殿から前田家のある下石引町へと入っていった。

竹沢御殿から南東に延びる道が石引町だ。

金沢城の普請《ふしん》のための戸室石を搬入してきたので、この名がついた。

下石引町の角は、八家の年寄役奥村丹後守《たんごのかみ》の屋敷だ。

この一帯は加賀金沢の藩中でも年寄衆本座譜代衆が住む一帯である。人持組の前田光悦の屋敷は、奥村邸から三軒目に門を連ねていた。

門前にはかがり火が焚《た》かれ、清めの門火が燃やされて行列を迎えた。

玄関先では老女の清亀らがまず漆塗りの貝桶《かいおけ》を渡す。

金泥《きんでい》や胡粉《ごふん》や丹《に》であでやかに彩色された蛤《はまぐり》貝が三百六十余も入った桶が渡される習わしには、古くからいわれがあった。

二枚貝の蛤は、ほかの貝とは決してかみ合わないという。夫婦和合の意味があり、一度嫁《か》したならば再婚せずとの意が込められているとか。

この儀式の後、待上臈《まちじょろう》によって花嫁は屋敷に招じ入れられる。

総兵衛と孫兵衛に付き添われて、絵津は前田家の玄関式台を上がり、祝言の間に進んでいく。

明かりが煌々《こうこう》と点された廊下を進む絵津の顔には、緊張と不安が漂っていた。

そして、付き添う総兵衛と孫兵衛の胸中には、江戸から花嫁を無事に届ける役目を果たしたという安堵《あんど》があった。

「総兵衛どの、孫兵衛は、そなたの親切を終生忘れまいぞ。江戸に戻ったらな、事細かに殿様と奥方様に申しあげるでな」

と囁《ささや》いた。

「孫兵衛様にも心労でございましたな」

祝言の広間の床飾りには白綾《しろあや》の水引をして、奈良蓬萊《ほうらい》、置鳥、置鯛《たい》、三盃《さんぱい》、銚子《ちょうし》提などが飾られていた。

広間には加賀藩の八家を始め、人持組のお歴々が参列して白無垢の花嫁に見入った。そして、あちらこちらから絵津の美しさに嘆声やら吐息やらが洩れた。

武士階級において婚姻の意義はなにより子孫を残して家系を保つことにあった。

容姿容貌《ようぼう》は二の次にされ、家格などが優先された。だから往々にして幼い花嫁であったり、醜女の嫁であったりすることも少なくなかった。

だが、前田光太郎の花嫁は、清雅な美しさと若さの中にも色香をほんのりと漂わせていた。

「光太郎どのは、なんとも幸せ者じゃな」

「おお、寝所が楽しみなことじゃ」

と不謹慎なことをいう老人もいた。

花婿《はなむこ》の光太郎は、直垂《ひたたれ》大紋に長裃《かみしも》で白無垢の絵津を迎えた。

床の間を前に向かい合って座った前田光太郎と本庄絵津に、待上﨟が入って祝言が始まった。

手掛台が置かれ、三方《さんぼう》二台が出されて、一台目には、昆布、熨斗《のし》、勝栗《かちぐり》が、もう一台には、梅干、水母《くらげ》、塩、生姜《しょうが》、削熨斗を盛り上げる。

婿の光太郎、嫁の絵津、待上﨟の三人が三献ずつ、三度繰り返して三々九度の杯を終えた。

「おめでとうございます」

一同が和して、絵津が色直しに立った。

色直しの衣装は花婿の前田家から贈られた加賀友禅だ。そうなると絵津は前田の嫁へと変わったことになる。

「大黒屋総兵衛とは、そなたか」

八家の年寄で五万石の本多政長が総兵衛に声をかけたのは、祝言の席に酒が入ってからだ。

「はい。本多様、此度《このたび》、本庄勝寛様の御依頼により絵津様のお届け役を務めさせていただきました大黒屋総兵衛にございます。諸々《もろもろ》不行き届きの点もございましょうがお許しくだされますよう」

「不行き届きじゃと申すか、よう言うたわ。そなた、江戸城近くで平然として南蛮船の如《ごと》き大船を建造し、花嫁を乗せて犀川沖に乗りこんできおって、不行き届きもないものじゃ。加賀金沢は外様《とざま》ながら三百諸侯の雄、百二万石の大藩じゃ、少々のことには驚かぬ。だがな、そなたはいとも簡単に城下じゅうを引っかきまわしてくれたわ」

「恐れ入りましてございます」

「本多様、大黒屋の噂《うわさ》、江戸にて数多《あまた》聞きましたが、聞きしに勝る傑物ですな」

村井《むらい》親長《ちかなが》が感嘆した表情で言った。

「そのことよ、大老格にまで出世なされて飛ぶ鳥落とす勢いの柳沢吉保様をきりきり舞いさせることができるただ一人の男じゃそうな」

政長の目がうれしそうに笑っていた。

奥村丹後も言いだした。

「大目付本庄様のご息女と光悦どのの嫡男《ちゃくなん》が祝言を挙げて、これで加賀は大黒屋とも縁ができましたな」

本多政長の視線が列座の冶右衛門に向けられた。

「すでに御蔵屋は大黒屋と商いを始めたというがほんとうか」

「はい、さようにございます。昨夕、総兵衛様と話し合ったところにございます。加賀の物産を他国に大黒丸で運んでいただくことになりました」

冶右衛門が答え、親長が応じたものだ。

「光悦どの、そなたは花嫁と一緒にどえらい人物を金沢に呼んだやも知れぬぞ」

光悦が苦笑いした。

「皆々様、金沢藩にご迷惑をかけぬようにいたしますので、よしなにお付き合いのほどをお願い申しあげます」

総兵衛が頭を下げた。

「よかろう。正直申して綱吉様の稚児《ちご》が嫌いでな。その天敵と加賀が組むのじやあ。これほどめでたいこともないではないか」

「さようさよう」

政長がいうと八家の年寄衆が呼応した。

酒が回って、江戸と柳沢吉保への不満が次々と言いだされた。

総兵衛はただ耳を傾けながら、柳沢吉保がこの婚姻を恐れたわけを身をもって感じていた。

吉保は若年寄久世《くぜ》大和守《やまとのかみ》を焚《た》きつけて、大目付本庄勝寛の息女と加賀藩江戸家老前田光悦の嫡男との婚姻を必死で阻止しようとした。それは、加賀家中がうちに秘めた江戸への敵愾心《てきがいしん》、対抗心を十分に承知していたからかと改めて総兵衛は納得した。

絵津が色物の加賀友禅を着て現れたとき、二度目のどよめきが起こった。

「光太郎どの、そなたは果報者じゃぞ。このように美しい嫁女をもらいよってな」

すでに酒に酔った客の一人が裃に着替えてきた光太郎に絡《から》んでいた。

「総兵衛どの、此度は造作をかけたな」

前田光悦がわざわざ総兵衛の席まできて、挨拶《あいさつ》をした。

「前田様、今宵はおめでとうございます」

とまず総兵衛は祝賀を述べた。

「ともあれ無事に花嫁を光太郎様の下に届けられましてほっといたしました」

「大目付という要職ゆえ、勝寛どのが金沢まで来られぬのは覚悟しておった。それをそなたがよう助けてくれた。光悦、礼を申す」

と頭を下げた。そして、総兵衛の耳元ににじり寄った光悦が囁いた。

「総兵衛どの、そなたの船を訪ねたい人物がおられる。それがしが明日ご案内いたす。お願いできぬか」

総兵衛は即答した。

「歓迎申しあげます」

「加賀は天下の書府である」

と江戸の新井白石らが羨望《せんぼう》した加賀藩の威勢は五代藩主綱紀《つなのり》の代に成ったものだ。

上方に中心があった前期の元禄《げんろく》文化にしても、江戸に移った後期の化政文化

にしても町人が主役を務めた。だが、加賀の文化はあくまで主人は武士階級、

「加賀文化から武家の文化をのぞいたら、あとにはなにも残らない」

といわれたほどだ。

この加賀文化の中心的な役割を果たしたのが、中興の祖の綱紀であった。

綱紀の好学が加賀に図書を収集せしめ、芸能文化をもたらしたのだ。

綱紀は、上方、江戸から著名な人士を金沢に呼んで家中の者たちに刺激を与え、年少の奥小姓たちに学問を奨励して、人材育成に尽くした。

その一人が前田光太郎であった。

町衆にも茶道、刀剣の鍛冶《かじ》、金工、能楽、書家、漆工、陶工、染工など名人が輩出し、大いに栄えていた。

琉球からの帰路、金沢に立ち寄った大黒丸に関心を抱き、江戸家老の前田光悦を緊張させる人物は、ただ一人しかいない。

前田綱紀だけだ。

「よろしゅう頼む」

「お待ち申しております」

光悦と総兵衛は今一度頷《うなず》き合った。

謡《うたい》の声が響き、祝言はたけなわを迎えた。

総兵衛は祝言の座に着きつつ金沢百万石の底力をじっと考えていた。

四

夜明け前、金沢城御本丸を見上げる広坂を乗り物三丁がいく。

乗り物を囲んでいるのは大黒屋の面々だ。

前田光太郎と絵津の祝宴はいつはてるともなく続いていたが、大黒屋総兵衛は、座を立ってきた。

その日、大黒丸を訪れる人物のための用意があったからだ。それにすでに絵津の代父の役は、果たしていた。

三丁の乗り物には、総兵衛と美雪と川崎孫兵衛が乗っていた。

先頭の乗り物に揺られる総兵衛は、使命を果たした安堵感と酒の酔いにうつらうつらとしていた。

護衛するのは、一族の者たちだ。

安心感が総兵衛を眠りにつかせていた。

屋敷町を下って御堀に架かる香林坊橋を渡ると町家に入ることになる。

総兵衛の乗り物から鼾《いびき》が洩《も》れてきた。

ふいに乗り物が止まり、総兵衛が眠りから覚めた。

犀川大橋下の船着場についたか。

「総兵衛様」

駒吉の声がした。

手代の声音が緊張していた。

「なにごとか」

と言いながら、引戸を押し開けると駒吉が総兵衛の草履を揃《そろ》えて出した。

一行は犀川大橋の上で停止していた。

美雪も乗り物の外に出たようだ。

「待ち人にございます」

総兵衛が草履を履いて立ちあがると、行列の先に旅姿の二人の武士がひっそりと待ち受けているのが見えた。そして又三郎と作次郎がその前に立ち塞《ふさ》がっていた。

「おおっ、加納十徳どのと丸茂祐太郎どのか」

総兵衛の口をついた言葉には親しみが込められていた。

二人の剣客は、最初、総兵衛の前に久世大和守重之の刺客として現われたのだ。

鎌倉河岸《かまくらがし》のことであった。

総兵衛はゆったりと二人の前に歩いていった。

又三郎と作次郎が主《あるじ》の道を空けた。

「元三州吉田藩畳奉行加納十徳……」

「おなじく畳奉行支配下丸茂祐太郎」

と鉢巻姿に古びた羽織を肩からかけた二人が改めて名乗りを上げた。

足元は新しい草鞋《わらじ》をはいていた。

「三河の鳳来寺山《ほうらいじさん》の出、渋谷武山安邦様が流祖の明正意心流でござったな」

「覚えておられたか」

うれしそうに十徳が笑った。

鎌倉河岸の後、総兵衛は聞き覚えのない流儀を調べていた。だが、知りえたことは、流祖が源義朝の従者だった渋谷金王丸の末裔《まつえい》というくらいだった。

十徳は放浪の剣士、渋谷武山から直《じか》に明正意心流を叩《たた》き込まれ、その後、自習して独創の域に達していたのだ。

「加納どの、そなたの雇い主の丹後賢吉どのとその一統の者たちは、総兵衛らが始末いたした。そなたは、もはやなんの義理もなかろう」

「見た」

と加納十徳は言った。

塩津街道の麻生口の戦いをこの二人は見ていたのか。

「ならば、承知であろう。もはや、そなたと総兵衛にはなんの関わりもござらぬ」

「それがし、武士の義と情によって祐太郎の仇討《かたきう》ちを助けんと三州を離れたものにござる。じゃが、もはやわれらは変節した。祐太郎も仇討ちをし遂げたところで、復藩する気はござらぬし、また叶《かな》わぬ。われら主従に今残された望みは、師の渋谷武山安邦がし残した明正意心流の完成のみにござる。世過ぎ身過ぎの刺客に雇われて、そなたを江戸の鎌倉河岸に待ち受けて以来、われらの脳裏からそなたのことが消えぬ」

十徳は言葉を切ると、

「大黒屋総兵衛どの、われら、尋常の立会いを願いたい」

十徳はぱっと羽織を肩から脱ぎ捨てた。

祐太郎も続いた。

二人は襷《たすき》をかけていた。

「ごめん被《こうむ》ると申したところで聞き届けはないか」

総兵衛の呟《つぶや》きにもはや十徳は答える気はなかった。

「総兵衛様」

美雪が三池典太光世を差しだして、

「助勢を」

と願った。

「ならぬ。加納十徳どの、丸茂祐太郎どのはこの総兵衛に立会いを願うておる。

美雪も又三郎らも総兵衛が倒れたとて二人に手出しはならぬ。相わかったな」

「おう」

どよめきのような返答が犀川大橋に木霊《こだま》した。

総兵衛は羽織を脱ぐと美雪の手の典太と交換して、腰に差し落とした。

「待たせましたな」

総兵衛の声に二人が腰を落として剣を抜いた。

十徳も正眼、祐太郎も同じ構えだ。が、祐太郎の切っ先がわずかに高く構えられていた。

「流儀を聞いておきたい」

十徳が総兵衛に訊《き》いた。

「祖伝夢想流」

「おおっ、戦国往来の剣が継承されておったか」

加納十徳はその一言で総兵衛の隠れ身分を察したように頷くと、

「祐太郎、われらが生涯二度とは会えぬ剣術家にあいまみえたと思え」

と注意を促した。

「師匠、心得ました」

祐太郎が潔《いさぎよ》く返答した。

総兵衛は典太を抜くと正眼につけた。

三人が期せずして正眼にとると、一間半（約二・七メートル）の間合いで静かな対峙《たいじ》に入った。

加賀百万石の城下は、未《いま》だ眠りに就いていた。

犀川川原に降り残った雪明かりと善三郎らが下げる提灯《ちょうちん》の明かりが三人の対決を浮かびあがらせていた。

不動の姿勢は無限に続くように時だけが流れていった。

四半刻《しはんとき》後、どこからともなく鶏鳴が時を告げていた。

その声に誘われたように祐太郎が動いた。

正眼の剣を右肩に引きつけると総兵衛に向かって突進した。同時に十徳が風のように走りだしていた。

左右から二本の剣を揃えた見事な連携に一分の隙《すき》もない。

総兵衛が、思わぬ行動に出た。

つつつっと後退しつつ、ゆるやかに体を回転させながら正眼の剣を逆八双に引きつけた。

(な、なんと……)

祐太郎は、背を向けた敵に怒りを覚えた。

(おのれ、愚弄《ぐろう》しおって)

若さゆえの感情の激変が突進を早めて、総兵衛の広い背に鋭く斬戟《ざんげき》を送りこんだ。

総兵衛は動きを止めることなく、突進してきた祐太郎の刃先を寸余にかわしつつ、十徳との間に大きな身体《からだ》をすっぽりと入れた。

一回転して再び後ろ向きに後退する総兵衛を真ん中にしながら、三人は犀川大橋上を走っていった。

「糞《くそ》っ！」

祐太郎がかわされた剣を右脇《わき》構えに引きつけると、すぐかたわらを後退しながら走る総兵衛の腰に送りこんだ。

その瞬間、総兵衛の逆八双に立てられた葵《あおい》典太が舞扇のようにゆるやかに、返されると祐太郎の首筋を鋭く刎《は》ね切った。

(祐太郎の目にはそう映った……)

祐太郎の足がもつれ、血飛沫《しぶき》が上がった。

が、そのときには、後退する総兵衛と前向きに走る十徳は数間先を走っていた。

どさり

犀川大橋に死の音が響いた。

十徳の顔が歪《ゆが》み、前方に突きだされた剣が翻《ひるがえ》って、総兵衛を襲った。

総兵衛の葵典太が払い、二つの剣は絡《から》み合ったまま、西から東へ押し返されていった。

再び総兵衛が二つの刃《やいば》の交わるところを支点にくるりと向きを変えて、十徳の体を前方へと押しこんだ。

総兵衛が止まった。

十徳も足を止めて回転した。

停止した両者はおよそ二間の間合いで睨《にら》み合った。
ふたりとも呼吸一つ乱れていない。
十徳は剣を左腰に流して、切っ先を地面に向けた。
総兵衛は、再び正眼に戻した。
川原から冷たい風が吹きあげてきた。
その瞬間、十徳が走った。
「明正意心流旋風《つむじかぜ》」
総兵衛は、埃《ほこり》を巻き上げるような刃風の伸び上がりに葵典太を合わせた。
火花が散った。
十徳は素早く剣を巻き上げて手元に引き寄せ、二撃目を総兵衛の腰に送った。
それも撥《は》ねた。
再び両雄は、先ほどとは反対の方角に犀川大橋を移動していった。
十徳の攻撃は間断なく繰り返され、総兵衛が撥ね返した。
十徳の剣は旋風が埃を巻き上げるように地表から虚空《こくう》へ渦を巻いて上がっていった。

その攻撃を総兵衛が丹念に受けた。

受けを間違えれば、死につながる。

総兵衛は、ただ無心に攻撃に耐えた。

虚空に舞いあがった十徳の剣が雪崩《なだ》れ落ちる前、一瞬、間が生じた。

総兵衛が反撃に出たのは、その瞬間だ。

十徳の剣が襲いくるのを撥ねると見せかけて、総兵衛の体が虚空に舞いあがった。

十徳の秘剣旋風をはるかに越えて跳躍した総兵衛の葵典太が変幻した。

秘剣落花流水がそのときを知って動いた。

「おおっ」

十徳が旋風の頂点からさらに虚空へと剣を振りあげた。

だが、それをすり抜けるように総兵衛の体が落ちてきて、気配もなく典太光世が十徳の頸《けい》動脈を静かに刎ねた。

「うっ」

十徳は小さな呻《うめ》きを洩らすと、橋上に立ち竦《すく》んだ。

総兵衛が飛びおりた。

ゆらりゆらり
と十徳の体が揺れて、

「明正意心流旋風、敗れたり」

と呟くと前のめりに橋に倒れこんでいった。

橋上の戦いが終わったとき、朝の光が金沢城下に差しこんだ。

前田綱紀は、藩の御用船で犀川を下り、沖合いに停泊する大黒丸を訪ねた。

案内役は前田光悦と光太郎親子である。

加賀百万石の太守《たいしゅ》前田家は外様《とざま》とはいえ、徳川家と結びつきが深い。

三代藩主利常《としつね》の正室は、二代将軍秀忠の次女であった。二人の間に生まれた四代藩主光高《みつたか》には、三代将軍家光に養われていた水戸藩の徳川頼房《よりふさ》の娘が来嫁《らいか》して、当代の綱紀を生んでいる。また綱紀夫人は、家光の弟、会津藩主保科正之《ほしなまさゆき》の娘である。

御三家に準ずる百万石の大大名が一介の商人の新造船、大黒丸を訪ねようとしていた。

縄梯子《なわばしご》を上がってくる綱紀を総兵衛以下、大黒丸の乗り組みの者たちが出迎えた。

「綱紀様にはようこそお出《い》でなされました」

「そのほうが大黒屋総兵衛か」

「はっ」

「商人にあるまじき面魂《つらだましい》よのう」

綱紀はその言葉の中に総兵衛の隠れ身分を示唆《しさ》してみせた。

「恐れ入りましてございます」

「此度《こたび》、人持組前田光太郎の嫁女を江戸より供奉《ぐぶ》してくれたそうな。綱紀からも礼を申すぞ」

「はっ」

総兵衛はただ頭を下げた。

「光太郎の舅《しゅうと》は、大目付本庄豊後守どのじゃそうな。大目付どのとそなたは親しいと江戸にても噂《うわさ》を聞いたが、嫁の代父とは噂以上の交わりかな」

大目付は、大名監督が主たる仕事である。

旗本三千二百石の勝寛が百二万石の加賀金沢藩を監察するのも事実である。

綱紀が、家臣の一人が大目付の娘と婚姻したことに関心を抱くのは当然のことだ。が、それ以上に勝寛と総兵衛の深い交友を綱紀は注視していた。

「ともあれ、光太郎が本庄どのと縁戚《えんせき》を持ったことは、綱紀も喜ばしいことと勝寛どのに申し伝えてくれ」

「畏《かしこ》まってございます」

綱紀は、大黒丸の内外を一刻にわたり見物して回り、操縦性や横帆の性能や固定された舵《かじ》の利《き》き具合や沖乗り航法を事細かに主船頭の忠太郎らに質問した。さらには長崎や琉球で買い求めた南蛮船の航海用具を手にとって調べ、正吉らに実際使わせた。

綱紀の知識は万巻の書から得たものだ。的確であり、深い造詣《ぞうけい》を示していた。

その後、船室に案内された綱紀は大黒丸が積んできた荷にも目を通し、

「総兵衛、次の航海でそなたは金沢の物産を異国に運んでいってくれるそうだが、綱紀の望みも聞いてくれるか」

と言いだしたものだ。

「なんなりと」

「光悦、書付を出せ」

綱紀はなんと希望の品を書付にして持参していた。それは異国の海図、地図から科学、医学まであらゆる図書の目録であった。さすがは、

「加賀は天下の書府」

といわれ、綱紀の時代には書庫八棟に万巻の書物が収集されていた金沢ならではの注文だ。なによりこの綱紀の代まで金沢の金蔵には、

「九億八千万貫」

の蓄財があると豪語されていた。

この数字が誇大であるにしても加賀の財力は抜きんでていたといえる。

加賀文化を綱紀の好奇心と財力が支えていた。

「総兵衛、大船建造に関して大名諸家が幕府の鼻息を窺《うかが》って遠慮しておる折り、このような大船を造船して、異国の海を踏破しようとする心がけ、綱紀は、感じ入ったぞ。加賀もいつの日か、大黒丸のような船を造ってみせる」

と宣言したものだ。

それは後年、銭屋五兵衛によって実現することになる。

盛時の五兵衛は日本各地に出店を持ち、持ち船二百隻《せき》、千石以上の船を自在に動かし、秘《ひそ》かに海外へも雄飛した。むろん加賀藩の後ろ盾があってのことだ。

総兵衛が勧める南蛮の葡萄酒《ぶどうしゅ》を、

「おおっ、このちんたはなかなかの味かな」

と美味《おい》しそうに飲み干し、長いこと談笑して飽きることがなかった。

「総兵衛、次に金沢に参る時は、外港宮腰《みやのこし》を使うことを許す」

「恐れ入ります」

終始満足げな綱紀の大黒丸滞在は三刻（六時間）に及び、大黒丸が持ち帰った異国の品を土産に下船された。

「総兵衛、江戸にて会おうぞ」

それが綱紀の別れの言葉であった。

大黒丸はさらに犀川沖に二日ほど停泊した。

琉球から運んできた荷のうち、三分の一ほどを加賀御蔵屋に卸し、さらに加賀の物産を積みこんだせいだ。

荷積みが終わった夕刻、光太郎と絵津が大黒丸を訪ねてきた。

「総兵衛様、明朝には船出とか、お名残りおしゅうございます」

絵津が総兵衛に言う。

その顔にはすでに女の官能と女房の貫禄《かんろく》がかすかに漂っていた。

「絵津様、もはや総兵衛がいなくとも寂しゅうはございますまい。光太郎どのとな、この金沢でお幸せになられよ」

「はい」

「絵津様はしかと光太郎がお守りいたします。なにしろ過日の帰路、殿からも嫁を大切にせぬと金沢から放りだすと厳命されております」

と光太郎も笑った。

絵津が両親と妹、さらには琉球のおきぬへの手紙を総兵衛に託すと夕餉《ゆうげ》をとって戻っていった。

金沢でのすべての用事を終えた大黒丸は、宝永四年の正月の二十九日に犀川沖から碇《いかり》を上げた。

終　章

大黒丸が江戸湾の入り口、観音崎を回ったのは加賀国の犀川沖を出ておよそ一月余のことだ。

舳先《へさき》に立つ総兵衛の日焼けした顔のそばに美雪がいた。

「美雪、江戸に戻ったら、そなたとの祝言《しゅうげん》じゃぞ」

「はい」

美雪が小さく頷《うなず》いた。

「総兵衛様、明神丸が迎えにきましたぞ！」

主帆柱の檣楼《しょうろう》から水夫《かこ》が叫んだ。すでに大黒丸は縮帆されていた。上げ潮に乗って、一段帆で前進していた。

「よおし、船隠しに大黒丸を案内せえと伝えよ」

総兵衛の命に帆柱の檣楼から旗が振られた。

「総兵衛様、忠太郎様！　お帰りなさいませ！」

二番番頭の国次らが明神丸から手を振って出迎えた。

大黒丸から爆竹が上げられ、歓迎に応《こた》えた。

明神丸が回頭すると大黒丸の先導を始めた。

大地ノ鼻に回りこんだ明神丸は満ち潮に乗ってゆっくりと深浦湾からさらに船隠しへと大黒丸を誘いこんで、静かな内海に碇《いかり》を下ろした。入り江の岸には国次の指揮で大黒丸の船溜《ふなだま》りの小屋や倉庫が何棟もできていた。

「総兵衛様、おめでとうございます」

美雪が江戸湾帰着と大黒丸の初航海の成功を祝ってくれた。

「まずは、第一歩を踏みだしたわ」

「江戸のどなたかが切歯なされましょうな」

美雪の言葉に総兵衛が笑った。

その総兵衛の脳裏には、舳先から突きだした双鳶《ふたつとび》の船首像が異国の海を縦横無尽に走りまわる光景が思い描かれていた。

家康によって鳶沢《とびさわ》一族は徳川幕府を守るために、

「武と商」

に生きることを宿命づけられた。

それは一族が生き延びるためでもあった。

そのためには武力と財力を充実させて、両輪の働きをさせねばならぬ。

そのことが総兵衛の確固たる信念だ。

徳川幕府の鎖国政策の中でいかに徳川一族を守るか。

(それは鳶沢一族が異国に出て力を蓄えることだ)

総兵衛は改めてそう決心した。

家康の遺志を守って鳶沢一族と大黒屋は、百年を生き抜いてきた。今ここに新たな鳶沢一族の百年が始まろうとしていた。

この作品は平成十四年十二月徳間書店より刊行された。新潮文庫収録に際し、加筆修正し、タイトルを一部変更した。

佐伯泰英著
死闘
古着屋総兵衛影始末 第一巻

表向きは古着問屋、裏の顔は徳川の危難に立ち向かう影の旗本大黒屋総兵衛。何者かが大黒屋殲滅に動き出した。傑作時代長編第一巻。

佐伯泰英著
異心
古着屋総兵衛影始末 第二巻

江戸入りする赤穂浪士を迎え撃て――。影の命に激しく苦悩する総兵衛。柳生宗秋率いる剣客軍団が大黒屋を狙う。明鏡止水の第二巻。

佐伯泰英著
抹殺
古着屋総兵衛影始末 第三巻

総兵衛最愛の千鶴が何者かに凌辱の上惨殺された。憤怒の鬼と化した総兵衛は、ついに〈影〉との直接対決へ。怨徹骨髄の第三巻。

佐伯泰英著
停止
古着屋総兵衛影始末 第四巻

総兵衛と大番頭の笠蔵は町奉行所に捕らえられ、大黒屋は商停止となった。苛烈な拷問により衰弱していく総兵衛。絶体絶命の第四巻。

佐伯泰英著
熱風
古着屋総兵衛影始末 第五巻

大黒屋から栄吉ら小僧三人が伊勢へ抜け参りに出た。栄吉は神君拝領の鈴を持ち出したのか。鳶沢一族の危機を描く驚天動地の第五巻。

佐伯泰英著
朱印
古着屋総兵衛影始末 第六巻

武田の騎馬軍団復活という怪しい動きを摑んだ総兵衛は、全面対決を覚悟して甲府に入る。柳沢吉保の野望を打ち砕く乾坤一擲の第六巻。

佐伯泰英著
雄飛
古着屋総兵衛影始末 第七巻
大目付の息女の金沢への輿入れの道中、若年寄の差し向けた刺客軍団が一行を襲う。鳶沢一族は奮戦の末、次々傷つき倒れていく……。

佐伯泰英著
血に非ず
新・古着屋総兵衛 第一巻
享和二年、九代目総兵衛は死の床にあった。後継問題に難渋する大黒屋を一人の若者が訪ね来た。満を持して放つ新シリーズ第一巻。

宮部みゆき著
本所深川ふしぎ草紙
吉川英治文学新人賞受賞
深川七不思議を題材に、下町の人情の機微とささやかな日々の哀歓をミステリー仕立てで描く七編。宮部みゆきワールド時代小説篇。

宮部みゆき著
かまいたち
夜な夜な出没して江戸を恐怖に陥れる辻斬り〝かまいたち〟の正体に迫る町娘。サスペンス満点の表題作はじめ四編収録の時代短編集。

宮部みゆき著
幻色江戸ごよみ
江戸の市井を生きる人びとの哀歓と、巷の怪異を四季の移り変わりと共にたどる。〝時代小説作家〟宮部みゆきが新境地を開いた12編。

宮部みゆき著
孤宿の人
（上・下）
藩内で毒死や凶事が相次ぎ、流罪となった幕府要人の祟りと噂された。お家騒動を背景に無垢な少女の魂の成長を描く感動の時代長編。

宮城谷昌光著
香乱記（一〜四）
殺戮と虐殺の項羽、裏切りと豹変の劉邦。秦の始皇帝没後の惑乱の中で、一人信義を貫いた英傑田横の生涯を描く著者会心の歴史雄編。

宮城谷昌光著
風は山河より（一〜六）
すべてはこの男の決断から始まった。後の徳川泰平の世へと繋がる英傑たちの活躍を描く歴史巨編。中国歴史小説の巨匠初の戦国日本。

宮城谷昌光著
新三河物語（上・中・下）
三方原、長篠、大坂の陣。家康の覇業の影で身命を賭して奉公を続けた大久保一族。彼らの宿運と家康の真の姿を描く戦国歴史巨編。

柴田錬三郎著
眠狂四郎無頼控（一〜六）
封建の世に、転びばてれんと武士の娘との間に生れ、不幸な運命を背負う混血児眠狂四郎。時代小説に新しいヒーローを生み出した傑作。

柴田錬三郎著
赤い影法師
寛永の御前試合の勝者に片端から勝負を挑み、風のように現れて風のように去っていく非情の忍者〝影〟。奇抜な空想で彩られた代表作。

柴田錬三郎著
剣鬼
剣聖たちの陰にひしめく無名の剣士たち——彼等が師を捨て、流派を捨て、人間の情愛をも捨てて求めた剣の奥義とその執念を描く。

司馬遼太郎著
梟の城
直木賞受賞
信長、秀吉……権力者たちの陰で、凄絶な死闘を展開する二人の忍者の生きざまを通して、かげろうの如き彼らの実像を活写した長編。

司馬遼太郎著
燃えよ剣（上・下）
組織作りの異才によって、新選組を最強の集団へ作りあげてゆく〝バラガキのトシ〟——剣に生き剣に死んだ新選組副長土方歳三の生涯。

司馬遼太郎著
関ケ原（上・中・下）
古今最大の戦闘となった天下分け目の決戦の過程を描いて、家康・三成の権謀の渦中で命運を賭した戦国諸雄の人間像を浮彫りにする。

山本周五郎著
一人ならじ
合戦の最中、敵が壊そうとする橋を、自分の足を丸太代りに支えて片足を失った武士を描く表題作等、無名の武士の心ばえを捉えた14編。

山本周五郎著
花杖記
父を殿中で殺され、家禄削減を申し渡された加乗与四郎が、事件の真相をあばくまでの記録「花杖記」など、武家社会を描き出す傑作集。

山本周五郎著
花も刀も
剣ひと筋に励みながら努力が空回りし、ついには意味もなく人を斬るまでの、平手幹太郎（造酒）の失意の青春を描く表題作など8編。

新潮文庫最新刊

佐藤友哉著
デンデラ
姥捨てされた者たちにより秘かに作られた隠れ里。そのささやかな平穏が破られた。血に飢えた巨大羆と五十人の老婆の死闘が始まる。

河野多惠子著
臍の緒は妙薬
私の秘密を隠す小さな欠片、占いが明かす亡夫の運命、コーンスターチを大量に買う女。生が華やぐ一瞬を刻む、魅惑の短編小説集。

江國香織・角田光代
金原ひとみ・桐野夏生
小池昌代・島田雅彦
日和聡子・町田　康
松浦理英子著
源氏物語九つの変奏
時を超え読み継がれた永遠の古典『源氏物語』。当代の人気作家九人が、鍾愛の章を自らの言葉で語る。妙味溢れる抄訳アンソロジー。

沢木耕太郎著
旅する力
—深夜特急ノート—
バックパッカーのバイブル『深夜特急』誕生前夜、若き著者を旅へ駆り立てたのは。16年を経て語られる意外な物語、〈旅〉論の集大成。

糸井重里監修
ほぼ日刊イトイ新聞編
金の言いまつがい
なぜ、ここまで楽しいのか、かくも笑えるのか。まつがってるからこそ伝わる豊かな日本語。選りすぐった笑いのモト、全700個。

糸井重里監修
ほぼ日刊イトイ新聞編
銀の言いまつがい
うっかり口がすべっただけ？　ホントウに？隠されたホンネやヨクボウが、つい出てしまったのでは？「金」より面白いと評判です。

雄《ゆう》飛《ひ》

古着屋総兵衛影始末 第七巻

新潮文庫　さ－73－7

平成二十三年五月一日発行

著者　佐《さ》伯《えき》泰《やす》英《ひで》

発行者　佐藤隆信

発行所　株式会社新潮社

郵便番号　一六二―八七一一
東京都新宿区矢来町七一
電話　編集部(〇三)三二六六―五四四〇
　　　読者係(〇三)三二六六―五一一一
http://www.shinchosha.co.jp

価格はカバーに表示してあります。

乱丁・落丁本は、ご面倒ですが小社読者係宛ご送付ください。送料小社負担にてお取替えいたします。

印刷・株式会社光邦　製本・株式会社植木製本所

ISBN978-4-10-138041-4 C0193